사과파이
나누는
시간

김재영 소설

자음과모음

차례

사과파이 나누는 시간

입자 작은 흰 눈이 바람 한 점 없는 허공을 천천히 가르며 내려왔다. 창가에 앉아 신상품의 광고 문구를 고민하던 미래는 흰 설탕을 넣어 만든 달콤한 사과파이를 떠올렸다. 퇴근길에 카페에라도 들러, 따끈한 커피와 먹고 싶었다. 그때 전화기가 진동했다. 순간 우주가 아닐까, 하는 기대를 해보았지만 아니었다. 문자메시지를 확인하니 카드회사에서 사용 내역을 보낸 거였다.

우주는 특별한 용무 없이도 가끔 전화를 걸어오던, 거의 유일한 친구였다. 하지만 그는 지금 이 도시에 없다.

우주가 들려준 과학 이론에 따르면, 허공은 더 이상 허공이 아니다. 분자와 원자 그리고 눈에 보이지 않는 어떤 신비한 에너지와 물질로 가득 찬 공간이다. 암흑에너지와 암흑물질……. 온 세계

물질의 사 퍼센트를 차지한다는, 눈에 보이진 않지만 모든 것에 스며 있을뿐더러 아주 강력하다는, 하지만 겨자씨만큼도 그 정체가 알려지지 않다가 1998년에야 처음 발견되었다는 신비한 물질을 감지하려고 미래는 공중을 향해 손을 뻗었다. 아무것도 잡히지 않았다. 손가락 끝의 냉기만이 주먹 안쪽에 차갑게 느껴졌다.

누구랑 함께할까. 머리를 굴려보았지만 선뜻 떠오르는 사람이 없었다. 미래는 뉴욕에서 돌아온 직후처럼 자신이 다시 외로운 신세가 되었음을 실감했다.

몇 해 전, 미래는 봄부터 여름까지 뉴욕에서 지냈다. 그 시기에 그녀는 여행 전에 상상했던 온갖 즐거움을 거의 다 누렸다. 박물관과 갤러리를 수없이 돌아다녔고 센트럴파크에서 비키니 차림으로 일광욕을 즐겼으며, 브루클린 다리에서 항구를 붉게 물들이는 장엄하고도 황홀한 저녁놀에 빠져들곤 했다. 저녁이면 소문난 재즈카페에 들러 뉴욕을 찾은 세계의 젊은이들과 흥겹게 먹고 마셔댔다. 그러는 동안 한국에서의 일이, 말하자면 어두운 기억이나 아픈 상처 따위가 빠르게 잊혔다. 오랫동안 꿈꾸던 게 현실에서 실현되는 걸 지켜보면서 그녀는 점차 낙관론자가 되어갔다. 살다 보면 누구에게나 세 번의 행운은 찾아온다는 걸 믿게 되었고, 귀국하면 조건 좋은 광고회사에 취직할 수 있을 거라는 확신도 생겼다. 팔월 말이 되자, 그녀는 마지못해 꿈같은 생활을 접고 인천행 비행기를 타야 했다.

인천공항에 도착해 주머니에 손을 넣어보니, 이십 달러짜리 한 장과 만 원짜리 대여섯 장이 잡혔다. 그렇다고 문제될 건 없었다. 우선 도시개발공사를 찾아갔다. 발걸음도 가볍게 건물로 들어선 그녀는, 그러나 얼마 안 있어 어깨를 축 늘어뜨린 채 되돌아 나와야 했다. 두 개의 여행 가방이 내는 덜덜거리는 바퀴 소리가 그녀의 마음을 무겁게 짓눌렀다. 비로소 정신이 번쩍 들었다. 뉴욕으로 가기 직전에 자신의 원룸을 정리했다는 사실이 상기되었다. 돌려받은 보증금은 이미 모조리 써버렸다. 난감했다. 여행 전에 세워둔 애초의 계획과 하나도 맞지 않는 어이없는 상황이었다. 계획대로라면 지금쯤 부모님으로부터 물려받은 허름한 단독주택이 철거되고, 그 대신 보상금을 수령하게끔 되어 있었다. 그런데 어찌 된 사정인지 한 푼도 들어오지 않았다.

어쩔 수 없이 미래는 두 개의 여행 가방을 끌고 다 쓰러져가는 자신의 옛집으로 갔다. 낡은 철대문과 회색 담벼락에 빨간 페인트로 쓰인 글자가 눈에 들어왔다. 강제 철거 반대, 적정 보상금 쟁취. 그녀는 얼마든 좋으니 제발 보상금이나 빨리 나오게 해달라고 속으로 빌었다.

옛집은 부모님이 돌아가신 뒤로 오랫동안 비워둔 상태였다. 헐값으로 세를 놓은 적도 있지만, 여기저기 고장 날 때마다 고쳐달라는 성화에 시달리다가 세놓기를 포기했던 것이다. 녹슨 철문이 심하게 삐그덕대는 소리를 들으며 안으로 들어섰다. 마당은 기억

했던 것보다 좁고 어두컴컴했다. 제멋대로 자라난 나무들이 두터운 그림자를 드리워 마당을 덮고 있었다. 현관문을 열자, 곰팡내가 훅 끼쳐왔다. 습기로 들뜬 장판은 울퉁불퉁했고, 벽지는 군데군데 찢겨져 나간 데다가 손을 대면 금방 가루가 되어 떨어질 것처럼 낡아 있었다. 거실 유리도 깨져 있었고 갈라진 벽에선 벌레가 기어 나왔다. 그나마 쓸 만한 곳은 그녀가 어릴 적부터 써온 작은 방 뿐이었다. 직장 근처에 원룸을 얻어 나간 뒤로 사용하지 않은 탓인지 거의 그대로였다.

어쩌다 이 지경이 된 걸까. 부모님이 갑자기 돌아가시기 전까지는, 그런대로 살 만한 집이었다. 다락이 딸린 안방에다 거실과 부엌 그리고 작은 방이 두 개나 있었다. 볕이 잘 드는 거실은 온 가족이 둘러앉아 단란한 한때를 보내기 좋았다. 여름이면 돗자리 위에 앉아 오미자 냉채에다 갓 쪄낸 햇감자와 옥수수를 먹었고, 겨울이면 카펫을 깔아놓고 벽면에 설치된 라디에이터를 한껏 틀어놓은 채 동지팥죽이나 동치미 메밀국수를 말아 먹었다. 창밖에선 눈 내리는 소리가 사박사박 들리고, 거실에선 라디에이터가 딸깍대던 겨울밤…… . 정겨운 지난날의 추억은 미래를 더욱 울적하게 만들었다. 결혼도 전에, 서른을 넘기자마자 부모 없는 외톨이가 된 자신이나, 그토록 알뜰하게 살펴주던 집주인을 잃고 폐가가 된 이 집이나 똑같은 신세로 여겨졌다. 집은 세입자들의 거친 손에 시달리더니 한 해가 다르게 낡아갔고, 볼품없어졌다. 볼품없어지기는 그녀 자신도 마찬가지였다. 어느새 삼십대 중반. 곱던 눈가엔 주름이 생겨났고, 언제부턴가 하이힐을 신으면 무릎이 아파왔다.

미래는 여행 가방에서 낡은 셔츠를 꺼내 바닥을 대충 닦은 뒤, 그대로 쓰러졌다. 잠깐 졸았는가 싶었는데 눈을 떠보니 새벽이었다. 배가 몹시 고팠다.

"제발 앞일을 생각하고 행동하렴. 먼 데를 보고 걸어야 똑바로 걷게 되는 거야."

교통사고로 생을 마감하기 전, 마치 자신의 갑작스러운 죽음을 예측이라도 한 듯이 어머니가 했던 말이, 그 간곡한 당부가 아프게 떠올랐다. '엄마, 그동안 나도 무척 애썼거든. 오죽하면 내 이름을 미래라고 바꿨겠어? 하지만 이번 일은 어쩔 수 없었어. 이 도시를 떠나지 않았으면 죽을 수도 있었단 말이야. 그러니까 화내지 마, 엄마.'

미래는 손등으로 눈물을 훔쳤다. 울고만 있을 때가 아니었다. 당장 목구멍에 풀칠이라도 하려면 일자리부터 구해야 했다. 현관 밖으로 나서니, 주목나무 사이로 스며든 아침 햇살이 땅바닥에 작은 동그라미를 만들며 어른대고 있었다. 동그라미들은 새로 만든 주화처럼 절실하게 빛났다.

*

퇴근 시간이 가까워지자, 작고 가늘던 눈은 점점 굵어져 함박눈이 되어 있었다. 미래는 하던 일을 멈추고 창밖에 시선을 두었다. 확대경을 들이댄 것처럼 갑자기 눈의 결정체가 머릿속에 그려졌다. 역시 우주의 영향이 컸다. 그에게는 주변 사물을 분자 혹은 원자 상태로 바꾸어서 바라보는 습관이 있었다. 사실 그는 솔직하고 활달한 편이어서 쉽게 친해질 수는 있지만, 이성적 매력은 떨어지는 남자였다. 평생 좋게 지낼 수는 있지만 일순간 사랑에 빠지기는 힘든 상대. 미래에게 이성적 매력이란 뭐랄까, 숨겨진 비밀 같은 것이 남아 있는, 긴장감 속에서만 발견되는 신비한 힘이었다. '주목나무는 좀 어때?' 우주라면 염려 어린 목소리로 그렇게 물었을 것이다. 물처럼 투명한 목소리로. 하지만 아쉽게도 그는 가까이에 없었다. 지금쯤 지구 반대편 도시에서 아침 식사를 하면서 떠나온 고국에 대해 생각하고 있을는지 모르겠다.

미래는 혼잣말로 대답했다. '계속 잎이 말라가고 있어. 아무래도 크게 탈이 났나 봐.' 베란다에서 하루가 다르게 시들어가는 주목나무를 떠올리자 한숨이 폭 쉬어졌다. 그 나무는 옛집 마당에 심겨져 있던 거였다. 그녀를 낳던 해에 아버지가 심은 거라는데, 집이 철거되면서 화분에 옮겼다. 주목을 실내로 들이는 일은 생각만큼 쉽지 않았다. 천장에 높이를 맞추느라 우듬지를 잘라냈는데, 그래서인지 아니면 햇빛과 바람이 부족한 실내가 답답해서인지 나무는 시름시름 병치레를 시작했다. 잎은 노랗게 말랐고, 가을이면 크리스마스 장식처럼 예쁘게 달리던 빨간 열매도 맺지 못했다.

'다시 땅에 옮겨 심어야겠어. 이러다가 아예 죽어버릴까 봐 걱정이야.'

이리저리 몰려다니는 아이들처럼 제멋대로 휘날리던 눈은 도로 위로 내려앉자마자 물이 되어버렸다. 존재의 형태만 바뀌었을 따름인데 금세 무겁고 칙칙해져, 바닥에서 검게 얼룩졌다. 뉴욕에서는 한없이 밝고 가벼웠던 자신이 현실로 돌아오는 순간, 낡은 집에서 추위와 배고픔을 견뎌야 하는 존재가 되었던 것과 같았다.

옛집에서 혼자 살게 된 그해 가을은 너무도 짧았다. 일교차가 극심한 날이 이어지더니 곧바로 한겨울 추위가 닥쳤다. 옛집의 보일러는 고장 난 지 오래였다. 다행히 아직 전기가 끊기기 전이었다. 미래는 직장에서 받은 첫 월급으로 전기장판과 이불부터 마련했다. 식기류와 한 달 먹을 식량을 사고 나니 통장은 금세 바닥이 났다.

그즈음에 우주를 만났다. 우주와 해후한 건 마을회관에서였다. 마을회의에 참석하라는 안내장을 받아 든 미래는 망설임 없이 회관으로 찾아갔다. 빨리 보상금을 받으려면 찬성표 한 개라도 더 찍어야 했기 때문이다. 주민들 중 상인을 포함한 몇몇은 이주비와 보상금이 적정하지 않다며 재건축 사업에 반대했다. 그들은 나날이 지쳐가는 주민들에게 이대로 물러서면 집도 일자리도 다 잃는 거라며, 조금만 더 참자고 했다. 사람들이 열을 올리는 만큼 미래 역시 한 표라도 더 행사하려고 애썼다. 그러던 중에 회의장에서 초등학교 동창인 우주를 만난 것이다.

물리학을 전공한 우주지만 현재는 중소기업 AS센터에서 출장 서비스 일을 한다고 했다. "언젠가는 천체물리학 공부를 더 해보고 싶어. 기회가 닿는다면 말이야." 전공과 상관없는 곳에서 일하는 친구가 주변에 허다했기 때문에 미래는 그 말을 흘려들었다. 오히려 관심을 끈 것은 환갑을 훨씬 넘긴 그의 아버지에 대한 거였다. 오랫동안 철물점을 운영한 우주 아버지는 보일러나 수도, 지붕 따위를 고칠 일이 생기면 어머니가 가장 먼저 부르던 사람이었다. 기술이 좋은 데다가 일 마무리까지 야무져서였지만, 막걸리 한 잔이면 간단한 수리비는 받지 않기 때문이기도 했다. "한동네 살면서 우째 이런 것까지 받습니꺼. 막걸리나 한잔 주이소." 그러면서 뻐드렁니를 훤히 드러내 껄껄 웃곤 했다.

며칠 뒤에, 여전히 사람 좋은 웃음을 잃지 않은 우주 아버지가 이웃 몇 명을 데리고 찾아왔다. 깨진 유리를 갈아 끼우고 갈라진 벽을 시멘트로 메우는 것만으로도 한결 집의 기능을 되찾았다. 부엌의 수도를 고치고 나자 우주가 중고 가스오븐레인지를 구해 와 설치해주었다. 그 보답으로 미래는 달콤한 사과파이를 구워주었다. 그 일을 계기로 이웃들과 친해졌고, 우주와는 종종 퇴근길에 만나 함께 저녁을 먹거나 술을 마시는 사이가 되었다.

알고 보니 우주는 미래와 같은 동짓달에 태어났다. 미래의 예전 애인은 그녀와 정반대의 계절에 태어난 만큼 성격도 사뭇 달랐다.

정반대의 기질을 타고난 사람들끼리는 알 수 없는 매력에 이끌리기 마련이지만 서로를 진정으로 이해하지 못한다고 들었다. 한데 우주는 같은 계절에 태어나서인지 마음이 무척 잘 통했다. 한 사람이 차나 술을 마시자고 하면 거절하는 경우가 드물었고, 감기라도 걸려 몸이 아프면 같이 아팠다. 무엇보다 둘 다 사과파이를 좋아했다.

*

미래는 회사 건물 앞에서 우산을 펼치다가, 안으로 급히 들어서는 한 남자와 어깨를 심하게 부딪쳤다. 눈 때문에 바닥이 미끄러워 고꾸라질 뻔했다. "똑똑히 보고 다녀!" 예의라곤 없는 남자였다. 발목이 심하게 아파왔다. 사과는커녕 성질부터 내는 남자를 노려보다가, 씁쓸하게 돌아서고 말았다.

한때 미래는 '가을엔, 사과하세요!'라는 문구가 적힌 상품 포스터를 질리도록 보고 지냈다. 여배우의 하얀 피부와 사과의 붉은 색상 대비가 도드라지는 그 광고는 사람들의 시선을 삽시간에 빼앗았다. 여배우는 가을 내내 상점 유리창에 붙어, 오가는 도시인들의 가슴에 '사과'를 날렸다. 사람들은 서로 시새우듯이 '사과쟁이'가 되어갔다. 그것은 그녀가 이제껏 살아오면서 경험한, 가장 쉽게 세상을 변화시킨 경우에 속했다. 어떤 것들은, 그러니까 수십만의 인파가 촛불을 들고 광화문에 모여 염원한다고 해도 쉽게 변하지 않았다. 어디 그뿐인가. 힘없는 사람들이 억울함을 호소하다 불덩이가 되어 죽어가더라도 절대로 해결되지 않는 문제도 있었다. 그게 그녀가 지난 몇 년간 경험한 세상이었다. 하지만 그해 가을, 여배우가 만든 사과음료 광고는 놀랍도록 빠르게 세상 속으로 파고들어 사람들을 바꾸어놓았다.

사실 그 광고는 밀란 쿤데라의 소설에서 힌트를 얻어 기획한 거였다. '사과쟁이'는 어떻게 만들어지는가? 작가는 (어느 냉소적인 인물의 입을 통해) 사과쟁이란 착각 속에서 만들어진다고 했다. 사과로 다른 사람의 환심을 살 수 있다고 생각하지만 그건 착각일 뿐, 자기 잘못이라고 밝힌다는 건 상대방이 당신에게 욕을 퍼붓고 당신이 죽을 때까지 만천하에 당신을 고발하라고 부추기는 거나 마찬가지라면서. 그게 바로 사과하는 행위의 치명적인 결과라고 했다. 하지만 사과쟁이 캐릭터를 가진 인물(실제로는 작가의 마음을 대변하는 인물이었는데)은 슬픈 목소리로 말했다. "그래도 나는 사람들이 모두 빠짐없이, 쓸데없이, 지나치게, 괜히, 서로 사과하는 세상, 사과로 서로를 뒤덮어버리는 세상이 더 좋을 것 같아."*

미래는 노벨문학상 후보로 거론되는 그 작가를 좋아했다. 그래서 그 작가가 원하는 대로 거리를 온통 사과 사진으로 도배해버리

* 밀란 쿤데라, 『무의미의 축제』, 방미경 옮김, 민음사, 2014, 58쪽.

기로 마음먹었다.

 '가을엔, 사과하세요!'

 포스터 속의 여배우는 지치지도 않고 행인들에게 사과, 사과, 사과를 날렸다. 그 가을엔 고온현상이 늦도록 이어져 매출 역시 급속도로 증가했다. 자신감을 얻은 미래는 이번에는 진짜 사과를 준비했다.

 어느 화창한 금요일이었다. 사과가 그려진 음료수를 들고 미래는 다투고 헤어진 애인을 찾아갔다. 그는 스물일곱에 만나 서른넷이 될 때까지 사귄 남자였다. 오래 만난 만큼 이별 역시 쉽지 않았다. 아니, 어쩌면 아직 이별을 하지 않은 건지도 모르겠다고 그날 아침에 문득 생각했다. 둘 다 서로의 눈치를 보면서 누군가 먼저 다가와주기를 바라는 건 아닐까. 어쩌면 다시 시작할 수 있을지도 몰라. 그녀는 사과음료를 가방에 넣었다. 그러고는 그의 회사 건물 앞에서 정오가 되기 전부터 기다리기 시작했다. 하지만 어찌된 일인지 점심시간이 다 지나가도록 나타나지 않았다. 발걸음을 돌리려고 할 때였다. 거짓말처럼, 낯익은 얼굴이, 검은 가지를 뚫고 돋아나는 새잎처럼, 인파 속에서 피어났다. 피어났다……. 피어났다……. 보들레르 시가 갑자기 떠올라 그녀의 마음을 아련한 낭만으로 채웠다. 마른기침을 한번 하고는 아무렇지도 않은 듯이 그에게 다가갔다. 가을 국화처럼 잔잔하게 웃어야지. 아니, 코스모스처럼 환하게 웃을까? 생각하는 사이 어느새 그가 코앞에 다가와 있었다. 그는 땀을 뻘뻘 흘리고 있었다. 일교차가 큰 환절기여서 가끔 한낮 기온이 변덕스럽게 높이 치솟곤 했다. 그에게서 콩나물 국밥 냄새가 났다. 그녀는 시들어가는 금잔화처럼 웃는 자신을 느꼈다.

"잘 지내?"

그가 먼저 아는 체를 했다.

"응, 그쪽도?"

뭐라고 불러야 할지 난감했다.

"저기, 음료광고가 성공했다면서? 어디선가 들었어."

하긴 그와 함께 알고 지내는 친구들이 꽤 있었다. 워낙 오래 사귀다 보니 그랬다. 그가 땀을 닦으며 초조한 기색으로 물었다.

"날씨가 덥다, 그치?"

"그러게……."

침묵이 흘렀다. 침묵은 점점 깊어져 순식간에 강이 되어 흘렀다. 한참 만에 그가 더듬거리며 말했다.

"회, 회의가 있어서 급히 올라가봐야 하는데, 어쩌지?"

그는 눈썹을 피에로처럼 심하게 찡그리며 난처한 표정을 지었다. 미래에게는 매우 낯익은, 오래된 표정이었다. 미래는 그에게 다가가 손에 쥐고 있던, 땀으로 축축해진 사과음료를 건네고 말없이 돌아섰다. 다행히도 신호등이 파란색으로 바뀌어 횡단보도를 빨리 건널 수 있었다.

전 애인과는 그렇게 화해했다. 화해를 하고 나자, 관계는 더 이상 특별하지 않은 게 되었다. '사과'는 둘 간의 얽힘을 풀었고, 인간관계의 친밀도를 평균적 수치로, 말하자면 '그라운드 제로' 상태로 되돌려놓았다. 제로에서 다시 시작할 수도 있겠지만, 그건 불가능에 가까웠다. 누구든 실패할 걸 뻔히 알면서 두 번, 세 번 실수를 반복하지는 않는 법이니까. 서로를 가장 사랑한다고 느낀 순간부터 치열하게 다투었고 수없이 많은 오해와 불신에 시달렸다. 일일이 열거해봤자 골치만 아픈 사연들이었다. 남들에겐 그저 그런 애정 다툼으로 보였을지 모르지만 겪는 당사자에겐 치명적인 고통이 뒤따르는 순간들이었다. 그들이 올라탄 사랑이란 이름의 쪽배는 온갖 사연과 함께 산산이 부서졌고, 표류 끝에 이별의 바닷가에 겨우 가 닿았다. 죽지 않고 살아남은 게 다행이라면 다행이었다.

무엇 때문인지 몰라도 그 뒤부터 사과음료 매출이 갑자기 뚝, 떨어졌다. 없어서 못 팔던 것이 순식간에 재고로 쌓였다. 변덕스러운 도시인들의 입맛에 변화가 왔거나, 누군가 레몬이나 블루베리로 만든 새 상품을 팔기 시작한 게 분명했다. 아니면 사과를 하면 할수록, 거꾸로 일이 잘 안 풀린다는 걸 사람들이 드디어 알아차린 걸까. 사과로 다른 사람의 환심을 살 수 있다고 생각했지만 쿤데라의 냉철한 분석처럼 그건 착각일 뿐이고, 자기 잘못이라고 밝히는 건 상대방더러 죽을 때까지 욕을 퍼붓고 만천하에 고발하도록 기회를 준 것과 마찬가지라고 믿게 된 걸까? 때로는 사과가 영원한 이별을 불러올 수도 있으며, 그게 바로 사과하는 것의 치명적인 결과라는 걸 눈치채버린 걸까?

미래는 자기 생각을 입 밖에 내지는 않았다. 다만 "사과음료는 계절상품이에요, 가을에만 팔아야 하죠"라는 말로 사장을 달랬다. 그 말은 어느 정도 설득력이 있어서 "좋아, 그렇다면 사과파이 광고를 만들어봐. 사계절 내내 팔 수 있게"라는 지시를 받았다. 그날부터 그녀는 저녁에 사과파이를 굽기 시작했다. 직접 만들다 보면 뭔가 그럴듯한 영감이 떠오르지 않을까, 하는 기대감에서였다. 하지만 행운은 두 번 연달아 찾아와주지 않았다. 사과파이는 잘 팔리지 않았고, 계약직 사원이었던 그녀는 회사를 그만두어야 했다. 사과파이 만드는 기술만이 그녀 몫으로 남았다.

미래는 애인과의 추억으로 얼룩진 원룸 보증금을 뺐다. 그러고는 항공사 사이트를 뒤져 뉴욕행 비행기표를 최저가로 알아보았다. 차근차근 여행 계획을 세우는 도중에 갑자기 부모님으로부터 유산으로 물려받은 낡은 주택이 재개발로 철거 대상이 되었다는, 머지않아 보상금이 나올 거라는 소식이 들려왔다. 믿는 구석이 생긴 마당에 더 이상 지체할 이유가 없었다. 미래는 가장 빠른 날짜에 떠날 수 있는 비싼 비행기표를 구매했다. 커다란 트렁크를 사고, 싸구려 게스트하우스 대신 호텔을 예약했다. 그리고 마침내 삼월 첫번째 토요일, 그녀는 뉴욕행 비행기에 몸을 실을 수 있었다.

버스에서 내리니, 눈은 어느새 그쳐 있었다. 입춘 지나서 내린 습기 많은 눈은 빠르게 녹아 발밑에서 질척댔다. 도로는 몹시 혼잡했다. 자동차 추돌사고가 있었는지, 여기저기서 시비가 붙었다. 사람들은 서로 이를 드러내고 삿대질을 해댔다. 대머리 아저씨가 들고 있던 서류 가방을 상대방에게 던졌다. 가방에 뺨을 맞은 생머리 아가씨가 하이힐을 벗어 대머리에게 내던졌다. 아저씨가 아가씨에게 주머니칼을 들이댔다. 몰려든 사람들이 비명을 질러댔다.

새로 이사한 집까지 가려면 도로를 따라 한참 걸어야 했다. 가게에서 흘러나온 빛이 길을 환히 밝혀주었다. 옛집이 철거되기 전까지 매일 걸었던, 구불구불하고 어두웠던 골목이 떠올랐다. 가로등조차 희미한 골목길을 걸어가는 동안 보고 또 보았던 이웃들의 허술한 살림살이, 담장 하나 사이로 함께 고락을 나누던 정 많은 사람들, 거리에 나붙은 강제 철거 반대 글자, 그리고 '단결'이니 '투쟁'이니 하는 거친 단어들 앞에서 자신이 지어 보인 숱한 냉소…… 그 냉소가 부메랑이 되어 마음을 아프게 했다.

돌이켜보면, 옛집에서 시낸 그 겨울은 최근 몇 년 중에 가장 평온했다. 비록 낡았지만 집세 걱정이 없었고, 이웃들이 나눠준 배추김치며 동치미, 말린 시래기 따위 덕에 반찬 걱정도 줄었다. 무엇보다 더 이상 아무도 사랑하지 않는 고독한 평화가 있어서 좋았다. 이제껏 그녀가 경험한 대로라면, 인간이란 서로 다른 복잡한 내면을 가진 존재들이어서 일부러 맞추려고 애쓰면 애쓸수록 오히려 더 다투게 되거나 사소한 오해 끝에 깊은 상처를 주고받기 쉬웠다. 원룸 보증금을 다 날려버리는 비싼 여행 끝에 그녀가 얻은 것은 '사랑 없는 행복'이었다. 혼자 지내는 생활에 익숙해지고 외로움을 두려워하지 않게 되자 일상이 계획대로 돌아가기 시작했다. 사람에 대한 애정이나 관계에 대한 집착을 덜어내면 낼수록 살기에는 편했다. 그즈음 우주를 만났고, 사랑에 빠질 위험이 극히 적은 소꿉친구와 보내는 저녁은 무균실에서 지내는 것처럼 안전했다.

언젠가 미래는 우주 앞에서 어깨를 으쓱이며 "비록 여행에서 보증금을 다 써버리긴 했지만, 인생의 보증금은 마련했다고 봐"라고 허세 부리듯 말한 적이 있었다. 생선에서 가시를 골라내던 우주가 젓가락질을 멈춘 채 그녀를 한참 쳐다보았다. 잠시 뒤에 그는 눈을 조용히 내리뜨면서 말했다. "나도 지구 반대편에 있는 도시에 가보고 싶어. 부에노스아이레스 말이야." 왜 하필 그곳이냐고 물었더니 "마치 물구나무서기를 한 채 사는 기분일 것 같아"라며 빙긋 웃었다.

집에 도착하자마자 미래는 주목나무부터 살펴보았다. 아침에 물을 잔뜩 주었는데도 잎은 더 말라 있었다. 인터넷에 들어가 '병든 주목나무 살리는 방법, 가르쳐주세요'라고 글을 올렸다.

이상할 정도로 사과파이가 먹고 싶었다. 밀가루와 사과, 설탕, 우유, 달걀 그리고 계피 가루를 준비했다. 예열된 오븐에 공들여 만든 반죽을 집어넣은 다음, 인터넷 댓글을 확인해보았다. 신통한 정보는 없었다. '우주야, 좋은 생각을 내봐. 그게 네 장기잖아.'

고소하고도 달콤한 파이 냄새가 실내를 채우기 시작했다. 우주와 사과파이를 굽던 저녁이 떠올랐다. 그와 만든 사과파이는 언제나 특별했다. 탄소 덩어리, 초신성, 중성자, 암흑물질이 잔뜩 들어간 독특한 파이. 파이를 구워 먹으면서 그와 급속도로 가까워졌다. 하지만 우주는 김빠진 맥주 맛이 나는 둘의 관계를 썩 달가워하지만은 않았다. 그래서 떠나버린 걸까? 뜨거운 태양의 열기 속에서 정열의 여인들과 즐기기 위해? 아님, 이 도시를 떠나지 않으면 못 견딜 것 같은 절박함 때문이었을까?

우주만을 위해 사과파이를 처음 굽던 날도 눈이 내렸다. 그는 어깨에 쌓인 눈을 대충 털고는 현관과 거실 사이에 있는 미닫이문을 급히 열어 안으로 들어섰다. 아니다. 그러기 전에 고개를 먼저 쑥 내밀고 물처럼 맑은 특유의 목소리로 감탄했다. "음, 냄새 좋은데." 코를 벌름대며 부엌으로 들어서면서 그는 축축하게 젖은 앞머리카락을 뒤로 훌쩍 넘겼다. 하얗고 반듯한 이마가 훤히 드러났다. 숨겨져 있던 그의 매력이 처음으로 미래의 눈에 들어왔다.

파이를 먹기 좋은 크기가 될 때까지 여러 번 자르는 걸 유심히 지켜보던 우주가 사과파이를 반씩 나누는 걸 계속하면 어떻게 되는 줄 아느냐고 물었다. 모른다고 했더니 사과 부스러기를 계속해서 자르다 보면 원자 알갱이가 된다고 했다.

"원자에 이르려면 몇 번이나 칼질을 해야 하게? 바로 아흔 번이야."

미래는 왜 하필 아흔 번일까, 머리를 굴려보았다. 그 모습을 지켜보던 우주의 입가에서 간지럼 타듯 웃음이 새어 나왔다.

"농담이야. 원자가 될 때까지 자를 수도 없지만 맨눈으로는 볼 수도 없어. 원자는 대개 전자의 구름으로 둘러싸여 있고 과학자들은 그걸 음전하로 불러. 그런데 전자구름 속 깊숙한 곳에는 양성자와 중성자들로 구성된 핵이 숨어 있지. 핵은 원자 전체의 십만분의 일밖에 안 될 정도로 아주 작지만 원자의 질량은 그 조그만 핵에 거의 다 모여 있어."

"나랑 비슷하네. 나를 허당이라 불렀잖아."

"내가? 언제?"

"아, 그쪽이 아니었던가? 미안!"

그 말은 전 애인이 미래를 놀리기 위해 가끔 하던 말이었다. 그리고 그와 헤어진 뒤로는 스스로에게 자주 퍼붓던 자학적 언어였다.

"칼의 외곽부는 음전하를 띠는데, 그건 도마 원자도 마찬가지야. 음전하들은 서로를 밀치지. 닮은 사람이 서로에게 혐오감을 느끼듯이 부호가 같은 전하들 사이엔 척력이 작용해."

"우리처럼 말이지?"

"그렇다고 해두지. 그게 칼이 도마를 뚫고 밑으로 빠지지 않는 이유야. 음전하 간의 강력한 척력 때문에 사물과 일상은 유지되는 거라고."

"맞는 말이네. 우리도 척력이 있어서 이렇게 일상을 함께하잖아?"

"또 그 얘기로군. 귀에 딱지가 앉도록 들었으니 그만 좀 해."

"왜? 왜 그렇게 화를 내?"

"내가 아무리 공을 들여 봤자 우리 사이엔 로맨스가 생겨날 수 없다는 말로 들리니까. 김빠진 맥주 맛이 난다고, 어째."

미래는 사랑하면 이렇게 편하게 만나서 파이를 만들어 먹을 수 없을 거라고, 금세 타버리는 사랑보단 오래 지속되는 우정이 좋다고 말했다. 그러자 우주가 조용히 웃더니 "하긴 별도 질량이 높을수록 수명이 짧다니까, 비슷한 이치겠지"라며 화제를 금방 바꾸어 버렸다. 역시 성격 좋은 친구였다. 태양보다 질량이 큰 별들은 높은 에너지를 분출하면서 엄청난 빛을 내뿜지만, 빨리 타버려서 금세 소멸된다는 설명을 듣고서 미래가 말했다.

"어쩜, 사랑별이로구나!"

"초신성더러 사랑별이라. 재미있는 표현이군! 아무튼 초신성이 폭발하면 충격파가 주위에 있던 성간물질에 전해져. 성간운의 밀도가 증가하면 새로운 별의 탄생으로 이어질 중력 수축이 유발되고. 이처럼 모든 건 서로 연결되어 있어."

미래는 태양의 최후가 궁금했다. 우주의 설명에 의하면, 상대적으로 질량이 작은 태양은 초신성이 되지 않는 대신 적색거성이 되는데, 적색거성의 바깥 대기층은 항성풍의 형태로 서서히 흩어져 나가고, 어느 순간 수성과 금성 그리고 지구까지 집어삼킬 거라고 했다.

"지금으로부터 수십억 년 후, 지구는 최후의 순간을 피할 수가 없어. 지구 사정 따위는 아랑곳하지 않은 채 태양이 자신의 진화 과정을 어김없이 밟아갈 테니까."

"나쁜 자식!"

"뭐? 지금 나한테 한 소리야?"

"아니. 태양 하는 짓이 꼭 전 애인 같아서……. 나한테 미안하다는 말 한마디쯤 했어야 하지 않아? 내 청춘을 고스란히 바쳤는데. 애를 낳아 길렀으면 지금쯤 학교 가겠다고 나섰을 거라고. 내 인생의 사기꾼!"

"잊지 못하는 걸 보니, 너 아직 그를 사랑하는구나?"

"아니라니까. 화가 날 뿐이야. 사과하는 시늉이라도 해야 용서를 하든, 잊든 할 거 아냐."

"용서는 무조건 하는 거라더라. 한데, 정 힘들면 찾아가서 말해."

"사실, 그는 큰 오해를 하고 있어. 죽어서 진주가 되지 않는 한 내 진심을 믿어주지 않을 거야."

"왜 하필 진주야?"

미래는 우주에게 베트남에서 전해 내려오는 옛이야기를 들려주어야 했다. 아름다운 '미쩌우' 공주는 적군 왕자와의 사랑 때문에 아버지를 위기에 빠뜨리는데, 그 사실을 알게 된 왕이 딸을 죽이게 된다는 내용이었다. 공주는 아버지의 칼을 피하지 않는 채 "소녀가 만일 반역의 마음을 품어 아버지를 해할 생각이 추호라도 있었다면 죽어서 티끌이 되게 하소서. 그러나 만일 실수로 그리했다면 진주가 되어서라도 원수를 갚으리다!"라고 외쳤다고 한다. 그 대목에서 우주가 고개를 끄덕였다. 공주의 장례를 치르자 정말로 시신이 진주로 변했다고 말하고서 미래가 어깨를 축 늘어뜨렸다.

"내가 죽으면 알게 될 테지. 어쩌면, 끝까지 모를 수도 있고. 우리는 왕자, 공주가 아니라서 진주 따윈 안 나올 테니까."

어떤 상황에서건 옛사랑을 떠올리는 미래를 우주는 어이없다는 듯이 한동안 쳐다보았다. 그러더니 고개를 절레절레 흔들고 나서 아까 하던 이야기를 이어갔다.

"암튼, 서서히 식으면서 수축을 계속한 태양은 백색왜성으로 변신하고, 수십억 년이 더 흐르면 결국 흑색왜성이 되어 시야에서 영원히 사라질 거야."

영원이란 단어가 목구멍에 걸려, 순간 현기증이 일었다. 영원한 이별. 무한하게 펼쳐진 공간 속으로 미끄러지는, 엇갈린 운명으로 멀어져만 가는 두 개의 행성…….

"이게 무슨 냄새지? 뭔가 타고 있는데?"

미래는 화들짝 놀라 오븐 뚜껑을 열었다. 안에서 검은 연기가 뭉텅뭉텅 피어올랐다.

"맙소사. 탄소물질이야."

우주는 눈물을 훔치면서도 농담을 잊지 않았다. 그는 타버린 파이 조각을 뒤적이다가 아쉽다는 듯이 일어섰다. 다음번에는 더 맛있는 파이를 굽기로 하고 헤어졌다.

그즈음부터였을까. 늦은 밤, 잠이 오지 않을 때면 우주한테 문자를 보내곤 했다. '지금 뭐 해? 자니?' 그러면 거의 예외 없이 답장이 왔다. '아직. 통화할래?' '응.' 그러고 나면 금방 전화기가 울렸다. 그는 다짜고짜 이야기보따리를 풀어놓곤 했다. 암흑에너지에 대해 들려준 날에도 그랬다.

"혹시 암흑에너지에 대해 알아?"

"당연히 모르지. 난 그저 광고쟁이일 따름이라고. 내 뇌는 소비자 심리를 자극하는 이런저런 잡동사니로 가득 찬 창고와도 같아."

미래가 자기 머리를 두드리며 웃었다. 우주도 따라 웃었다.

"암흑에너지는 우주를 팽창시키는 미지의 힘을 말해."

"음, 방금 이해했어. 파이를 부풀게 하는 어떤 에너지처럼 말이지?"

"그렇게 간단하다면 좋게. 지금까지 알려진 어떤 형태의 에너지와도 무관하다는 아주 이상한 에너지야. 암흑물질은 입자의 소나기 같은 건데 그 소나기가 지구는 물론 우리 몸을 늘 관통하고 있다고 보면 돼."

우리가 잘 알고 있는 물질은 우주에서 고작 사 퍼센트를 차지할 뿐이라고 했다. 세상에! 미래는 인생이 어디로 굴러갈지 전혀 예측할 수 없는 것도 결국 그 막막한 암흑물질과 암흑에너지 탓이라고 믿게 되었다.

그날 저녁, 우주는 정말이지 말이 많았다. 오랜만에 자기 이야기를 재미있게 들어주는 상대를 만나 몹시 흥분한 것 같았다. 미래가 맞장구치듯 말했다.

"우주의 대부분이 알 수 없는 암흑물질로 이루어져 있다는 건 정말 놀라워."

"그치? 나도 처음엔 그랬어. 하지만 세상 모든 것이 반짝여야 할 필요는 없잖아?"

"하긴 빛을 내지 않는 것들도 얼마든지 있지. 평범한 시민인 너와 나처럼."

"바로 그거야. 재밌잖아? 이 세상도 재벌이나 권력자, 유명인이 아니라 암흑물질처럼 평범한 사람들로 채워져 있고, 결국 그들이 이 사회를 지탱하고 있다는 게."

"그 말은 우리 입맛에 맛있는 파이면, 남들도 좋아하게 된다는 거야. 맞지? 아함, 근데 나 이제 졸려……."

오랫동안 불면증으로 고생하던 미래였다. 하지만 늦은 밤에 우주와 대화를 하다 보면 가슴을 짓누르던 알 수 없는 불안이 봄눈 녹듯 사라져, 어느 결에 잠이 들곤 했다.

그 겨울에는 정말이지 파이를 자주 구웠다. 때때로 우주가 사과를 잔뜩 사 들고 와서 다짜고짜 파이를 만들어내라고 졸라대면, 미래는 못 이기는 체하고 만들었다. 그 시기의 그는 최신 우주 이론에 푹 빠져 있었다. 중성자별에 대한 이야기도 그에게 들었다. 중성자별……. 그때까지만 해도 그 겨울에, 중성자 덩어리로 남을 잊지 못할 사건을 겪게 될 줄은 아무도 몰랐다.

바람이 세게 불던 밤이었다. 창문이 덜컹댈 때마다 깜짝, 깜짝 놀라 우주에게 가까이 다가가 앉았다. 연금술사처럼 커피에 각설탕 하나를 넣어 한참을 저으며 그가 말했다.

"태양보다 큰 별은 초신성 폭발을 거쳐 중심에 중성자별을 남기는 것으로 일생을 끝맺게 돼. 중성자별을 구성하는 물질은 찻숟가락 하나분의 무게가 보통 산 하나의 무게와 맞먹어. 자, 찻숟가락 분량의 중성자 덩어리를 만약 놓친다고 상상해볼까? 마치 돌멩이가 떨어지듯이 지구 속으로 들어가겠지. 그다음엔 지구 전체를 관통해서 반대쪽으로 빠져나갈 거야."

"서울에서 떨어뜨리면 부에노스아이레스로 간다는 거야?"

"그렇지. 중성자 덩어리 하나가 그 도시의 지면을 뚫고 나올 때, 마침 길을 걷던 사람들이 거기 있었다면 땅바닥에서 솟아오른 돌멩이에 깜짝 놀라겠지? 한데 그 돌멩이가 다시 땅 밑으로 가라앉는다고 생각해봐. 웃기지? 만약 중성자별의 조각이 지구에 떨어진다면 여기저기에 구멍을 뚫으며 진동을 계속할 거야."

미래는 각설탕 하나를 찻숟가락에 올려놓고 무게를 재듯이 흔들어보았다. 오래된 사랑이 그녀의 심장을 뚫고 지나간 자리가 느껴졌다. 구멍이 숭숭 뚫린 치즈처럼 가슴이 허한 적이 한두 번이 아니었다. 다행히 우주가 있어, 그 구멍으로 허허로운 웃음이나마 들락거리게 할 수 있었다. 딴생각에 빠져 있는 사이, 우주도 심각한 표정을 지은 채 침묵했다.

"왜 그래?"

"아냐. 갑자기 좋지 않은 소식이 생각나서."

"좋지 않은 소식? 뭔데?"

우주는 한동안 창밖을 뚫어져라 쳐다볼 뿐 말이 없었다. 진지한 그의 옆얼굴에서 어딘가 믿음직스러운 구석이 엿보였다. 우주가 겨우 입을 열었다.

"마을 사람들이 망루로 신나 통을 들고 가는 걸 봤어. 머지않아 농성장을 경찰이 칠 것 같다면서. 우리 아버지도 거기서 주무실 거래. 아무리 협상하자고 해도 정부가 대답조차 없으니까 그러기로 했다나 봐."

"설마, 나쁜 일이 생기기야 하겠어? 양쪽 다 겁주기일 거야."

가벼운 말투가 마음을 놓이게 했는지, 우주 얼굴에서 서서히 긴

장이 풀렸다.

"야, 쓸데없는 걱정 말고 별 얘기나 계속해. 중성자별의 물질이 덩어리 형태로 지구에 떨어진 적이 있어? 응?"

미래가 재촉하자 우주는 눈을 빛내며 다시 이야기 속으로 빠져들었다.

"아니, 없어. 하지만 중성자별의 미세한 조각, 즉 중성자는 사방에 널려 있지. 그러니까 찻숟가락, 종달새, 한 방울의 물 따위에 말이야. 심지어 우리 몸을 이루는 질소, 칼슘, 철의 원자 알갱이 하나하나가 모조리 별의 내부에서 합성됐다는 게 믿어져?"

"그러므로 우리는 별의 자녀들이다, 이거로군. 낭만적인걸!"

"수천 광년 떨어진 곳에서 초신성 폭발과 함께 많은 양의 우주선 입자들이 생겼다고 치자. 입자들은 은하수 은하를 이동하다가, 일부가 아주 우연하게 지구에 들어와서 생물의 유전적 형질을 바꾸어놓지. 이 순간에도, 아주 먼 옛날에 발생한 우주선들이 지구 대기에 계속 들어오고 있어."

"우주선 존재를 정말로 믿어?"

"이 바보야, 우주인을 태운 우주선 말고. 전자와 양성자로 이루어진 우주선(線)!"

둘은 한바탕 크게 웃었다. 그랬다, 그때까지는 그렇게 웃을 수 있었다. 자신의 운명을 알지 못할 때 인간은 웃을 수 있다. 커다란 아픔이 기다리고 있다는 걸 모르는 한은. 전기장판 위에서 배를 움켜쥔 채 뒹굴던 우주가 미래의 옆구리를 간질이기 시작했다. 장난은 점점 심해졌고, 어느 순간 그의 커다란 몸이 그녀를 올라타다시피 했다. 뜨거운 입김이 입술을 거쳐 안으로 파고들었다. 놀란 그녀는 순간적으로 몸을 확 비틀며 옆으로 돌아누웠다. 어색한 정적이 흘렀다.

"그만 돌아가. 이제 아무 때나 찾아오지 마."

얼굴이 벌겋게 달아올랐는데도 우주는 접시에 놓인 파이를 다 먹어치운 다음 자기 집으로 갔다. 사과파이를 그토록 좋아하는 사람은 그 전에도, 그 뒤로도 아직 만나보지 못했다.

그날 이후로 우주를 보기 힘들었다. 농성장으로 사람들이 하나둘 모여들 무렵이었다. 미래는 참여를 독촉하는 이웃들의 목소리를 외면한 채 혼자만의 저녁을 보냈다. 우주 역시 농성장 일로 바빠서인지, 그녀가 했던 말 때문인지 다시는 찾아오지 않았다. 아니, 처음엔 그런저런 이유로, 나중엔 그녀를 찾아올 수가 없어서 발길을 끊었을 것이다.

*

파이 한 조각을 겨우 먹었을 뿐인데도 더 이상 먹히지가 않았다. 미래는 일찌감치 침대에 누웠다. 바람이 부는지 창문 덜컹대는 소리가 들려왔다. 눈을 감자, 하늘에서 찻숟가락들이 눈처럼 쏟아졌다. 찻숟가락, 찻숟가락, 찻숟가락……. 미래는 지난겨울에 죽어간 마을 사람들을 한 명, 한 명 찻숟가락 위에 올려놓았다. 불길에 휩싸여 죽어간 그들은 평범한 소시민들이었다. 너무 평범해서 세상이 자기를 버릴 거라곤 상상조차 못하던. 그들은 국가가 자신들을 지켜주는 아버지 같은 존재라고 여겼다. 하지만 믿던 아버지는 제멋대로 주먹을 휘두르는 폭군에 불과했다. 그들의 요구를 들어주려는 의지가 전혀 없었던 아버지는 법의 이름으로, 언론이란 수단을 동원해 그들을 깡패로 낙인찍었다. 그러고는 마침내 어느 추운 겨울날 아침에 물을 퍼부어대며 무리한 진압을 자행했다. 망루에 올라가 강제 철거를 거부하던 사람들은 마지막까지 자신들의 아버지를 믿었다. 그들은 웃으면서 불을 지폈고, 고기를 구워 술안주로 먹었다. 신나가 담긴 통이 근처에 있었지만 그건 어디까지나 협박용이었지, 사용하려고 들여놓은 것은 아니었다. '설마 우리를 죽이기까지야 하겠어?' 그들은 시커먼 탄소 덩어리가 되기 직전까지 그렇게 믿으며 저 아래에서 가물거리는 도시를, 출근을 서두르는 이른 아침의 거리를, 종종걸음 치는 고단한 시민들을 지그시 바라보았다. 하지만 다음 순간에 경찰이 내는 요란한 경고음을 들었고, 추운 영하의 날씨에 차디찬 물세례를 받았고, 곧이어 불길에 휩싸였다. 그 반대였다면 어땠을까. 어쩌다 실수로 불이 났고, 경찰이 농성자들을 구하기 위해 물대포를 쏘아댄 거였다면. 사상자를 병원으로 보내기 위해 요란한 사이렌 소리가 울린 거였다면.

'그랬다면 우주야, 죽은 사람들이 이렇게 중성자 덩어리가 되어 나타나진 않을 테지?'

이제 와 생각하니, 그해 겨울이 어느 때보다 평화롭고 좋았던 건 '사랑 없는 행복' 때문만은 아니었다. 오히려 우주를 비롯한 이웃들의 사랑과 도움 덕이었다.

미래는 두 눈을 꼭 감았다. 중성자 덩어리가, 작년 겨울에 알고 지냈던 이웃들의 타버린 심장에서 생겨난 덩어리가 허공에 떠 있다. 작지만 무거운 그 덩어리를 찻숟가락 위에 올려놓는다. 덩어리는 금세 찻숟가락을 뚫고 밑으로 빠져버린다. 땅 밑으로, 땅 밑으로 서서히 미끄러져 간다. 그들 존재도 우리 사회에서 그렇게 잊혀진다. 그러던 어느 날, 어느 순간에, 중성자 덩어리는 지구 반대편의 도시 위로 튀어 오른다. 지구 반대편에서 살고 있던 사람들은 깜짝 놀란다. 처음엔 재밌어하며 깔깔 웃는다. 유쾌한 소동을 본 기분 좋은 아침이 된다. 사람들을 웃게 만든 그 신기한 덩어리는 다시 지구 중심을 향해 빠져든다. 그렇게 몇 번을 반복하니, 지구가 구멍 난 치즈처럼 변해간다. 도시마다 싱크홀 현상이 일어나기 시작한다. 자동차가, 빌딩이, 길을 걷던 사람이, 잠자던 사람들의 침대가 갑자기 땅 밑으로 빠져든다. 누군가에 의해 저질러진 악행은 그냥 사라지지 않는 법이다. 저 하늘의 어디선가 폭발한 별들의 잔해가 사라지지 않고 우리에게 남겨졌듯이. 하물며 우리 이웃의 심장이 타버려 생겨난 덩어리들이 그리 쉽게 사라질 리가 있을까?

잠이 오지 않았다. 우주에게 문자라도 보내고 싶은 밤이었다. '지금 뭐 해? 자니?' 답장이 없었다. 다시 문자를 보냈다. '우주야, 봄이 깊어지면 주목나무도 새잎을 밀어내게 될까?'

우주는 겨울이 닥치기 전에 멀리 떠났다. 살려고 올라간 사람들이 죽어서 내려오는 이 도시를. 모든 것이 거꾸로 되어 차마 견딜 수 없는 이 도시를. 그는 서울에서 떨어뜨린 중성자 조각이 지각을 뚫고 솟아오르는 지구 반대편으로 갔다.

떠나기 전에 그가 집으로 찾아왔다. 망루에서 죽음을 맞은 자기 아버지 묘소에 같이 가달라고 했다. 차마 혼자서는 가지 못하겠다면서. 새벽 버스를 타고 공원묘지에 갔다. 희생자들의 장례식이 끝나자마자 수년간 옥살이를 해야 했던 그는, 그제야 죽은 아버지 앞에서 절을 올릴 수 있었다. 절을 하고 난 그는 차디찬 바닥에 엎드려 한참을 흐느꼈다. 망자들의 억울함을 풀고 죄인이란 누명을 벗고 싶었지만, 아무것도 이루어지지 않았다면서. 어디선가 까마귀 소리가 들려왔다. 빈 하늘에 큰까마귀 한 무리가 날아올라 오래 선회했다.

죽음으로도 밝혀지지 않는 진실……. 미래는 옛이야기 속에 나오는 미쩌우 공주의 진주를 다시 한 번 떠올렸다.

마지막으로 파이를 굽던 날 저녁, 미래의 집에서 나간 우주가 들른 곳은 망루였다. 아버지 곁에서 잠을 잔 그는 불이 나자 창문으로 뛰어내렸고, 그대로 기절해버렸다. 일일구 구조대에 의해 병원으로 옮겨졌지만, 입원 일주일 만에 방화범으로 몰려 구치소에 수감됐다. 아버지의 시신은 유가족에게 연락이 취해지기도 전에 부검을 끝낸 상태였다. 게다가 경찰이 제시한 영상 자료에는 진압을 전후한 장면이 잘려 나가 있어 도대체 누구의 책임인지 알 수 없게 되어버렸다. 원인 규명도 진상 파악도 되지 않은 상태에서 우주는 감옥살이를 해야 했다.

무리한 진압을 지시한 고위급 경찰은 나중에 공사의 사장이 되었고, 총리는 '유감'의 뜻을 밝히는 것으로 모든 책임을 끝냈다. 미래는 '유감'이란 말이 '사과'가 아니란 걸 나중에야 알게 되었다. 그것이 사과였다면, 아버지를 잃은 유가족을 차디찬 감옥으로 끌고 가진 않았을 거다. 집과 일터를 잃어버린 철거민들이 지하 월세에서 살든 말든, 하루 벌어 하루 사는 신세가 되었든 말든, 집이 사라지면서 가족이 뿔뿔이 흩어졌든 말든, 무관심하지는 않았을 거다. 사과하지 않는 한, 어떤 잘못을 하든 책임지지 않아도 된다는 걸 시민들은 알게 되었다. 높은 곳에서 시작된 사과 없는 문화는 점점 아래로, 아래로 흘러내렸다. 더 이상 이 도시에선 아무도 사과하지 않는다. 사과음료도, 사과파이도 잘 팔리지 않는다. 어이없는 참사가 반복될 뿐이다.

지금 우주는 무엇을 하고 있을까. 물구나무서기를 하는 기분으로 낯선 거리를 쏘다니고 있을까? 부에노스아이레스. 열두 시간 시차가 나는 도시. 이곳에서 볼 때 모든 게 거꾸로인, 태양과 탱고의 고장. 미래는 눈을 감은 채 상상해봤다. 자신이 잠에서 깨어나는 이른 아침에, 탱고의 열정에 빠져들기 위해 밤의 극장가를 기웃거리고 있는 그를. 자신이 잠자는 한밤중에, 정수리 위로 쏟아지는 태양빛을 받으며 먼지 이는 흙길을 하염없이 걷고 있을 그를. 자신이 파이를 굽는 시간에, 바람 부는 거리를 걸으며 슬픔과 절망을 날려버리려 몸부림치는 그를. 자신이 혼자 외로워하는 동안에, 낯선 거리를 끝까지 걸어도 돌아오지 않는 아버지와 제대로 된 사과 한마디 듣지 못한 망자들을 먼 우주로 돌려보내기 위해 기도하는 그를.

만약 여기서 암흑에너지를 쏘아 보낸다면, 정말 지구를 거뜬히 뚫고 우주에게 다다르게 될까. 암흑에너지 폭탄을 맞은 그는 대낮부터 여자친구를 떠올리고는 얼굴이 달아올라 어쩔 줄 모르게 될까? 지금 이곳에서도, 한밤에 침대 위에 누워 그에 대한 그리움으로 몸을 뒤치는 것처럼?

지구 반대편에 가 있는 그는 이전의 그가 아니다. 불타는 각목에 깔려 심하게 오그라든 왼쪽 뺨 때문만이 아니다. 그는 지금 태양의 도시에서 거꾸로 서 있는, 한여름의 기운을 잔뜩 머금은, 절망을 털고 내일을 기약하려 애쓰는, 매력적인 남자다.

미래는 사과파이 한 조각을 찻숟가락 위에 올려놓은 다음, 가만

히 흔들어본다. 달콤하고 사랑스러운 에너지를 지구 반대편으로
쏘아 보낸다. 자, 받아! 달콤하고 사랑스러운 에너지가 부에노스
아이레스의 지면을 뚫고 나갈 때, 우주야, 너도 놀라겠지? 혹시 지
금, 너도 웃고 있니?

미
로

1

희는 라스베이거스 호텔 침대에 누워 잠들기 직전에 생각했다.

'태어나 처음 맡은 게 어머니의 젖 냄새였다면, 지금쯤 나는 무엇을 하고 있을까.'

건기를 맞은 사막의 냄새가 코끝을 간질이는 순간이었다. 아니, 카지노 게임머신이 내는 떼구루루 소리가 머릿속에서 모래알처럼 서걱대는, 병적인 증상을 느끼는 순간이었던가. 까무러지는 희를 지탱하는 건 오래전의 어렴풋한 기억뿐이었다. 공중으로 흩어져가던 흐린 의식이 형광등 아래에서 빙빙 돌다 천천히 내려앉았다.

이십팔 년 전, 갓 태어난 희를 기다리고 있었던 것은 이미 네 번이나 계집애를 싼 적이 있는, 나달나달한 강보였다. 어머니는 핏덩이의 아랫도리를 확인하자마자 낡은 강보에 둘둘 말아 윗목 구석에 쓱 밀어놓았다. 아들을 낳으면 쓰려던 하늘색 새 강보는 어느새 누군가 치워놓은 상태였다. 핏덩이는 꽃사슴이 그려져 있는 강보 냄새에 휩싸이자 첫울음을 그쳤다. 서늘한 바람과 흰 달빛, 가을 국화와 묵은 된장 단지, 그리고 한옥 기둥이 내뿜는 소나무 향이 뒤섞인 오래된 냄새였다. 그 뒤로 아기가 가장 좋아하는 것은 어머니가 아닌 그 강보였다. 희의 어머니는 종일 울어대기만 할 뿐 갓난아기에게 젖을 물리지 않았다. 젖은커녕 얼굴도 보지 않았다. 그러다가 아기 얼굴을 처음 본 건 출산 후 이틀쯤 지나서였는데, 내내 울어대던 아기가 너무 오래 잠잠하기에 혹시 죽었나 싶어서였다. 희의 어머니는 두려운 마음으로 강보를 슬쩍 들쳐보았다. 그때였다. 하도 울어서 눈이 개구리처럼 부어버린 어머니와 아기의 시선이 마주친 것이. 우물 속에 산다는 금빛 잉어처럼 해맑은 아기는 살짝 열린 강보 틈새로 갑자기 나타난, 어머니의 빨갛게 젖은 코와 두텁고 메마른 입술이 우스워서 빙긋, 웃었다. 그 최초의 웃음이 결국 아기를 살렸다.

어머니는 젖이 불어 쑤셔대는, 뽀얗고 커다란 자신의 젖무덤을 내려다보며 한숨을 내쉬었다. 그러고는 다섯번째도 아들을 낳지 못한 자신과 태어나자마자 버림받은 아기의 처지가 서러워 다시 눈물을 흘리기 시작했다. 눈물은 기미가 잔뜩 낀 두 뺨을 지나 메마르고 두터운 입술을 적신 뒤 턱 밑에 맺혔다가 똑, 똑, 아래로 떨어져 내렸다. 짜고 투명한 눈물은 빨갛고 주름진 아기 이마 위로 한 방울 두 방울 자리를 옮겼다. 그때마다 아기는 어머니의 차갑고 축축한 농담에 방긋, 방긋, 웃어주었다. 그날부터 아기는 희(熹)라고 불렸다.

외할머니는 어릴 적에 희가 치통을 앓을 때마다 주문을 외듯이 말했다. "이게 다 네 어미 탓이란다. 네 어미 탓이야." 할머니는 매번 그날의 일을 들려주었다. "애어미가 몸 풀었다는 소식을 듣고 달려와 보니 글쎄…… 에구머니! 사위란 놈은 아예 집을 나가 보이질 않고, 식은 미역국 한 그릇 방 안에 덜렁 놓여 있더라고. 누에고치처럼 둘둘 말려 있는 강보를 열어보니 갓난애가 축 늘어져 있더구나. 어디 아기뿐이더냐. 어미란 건 젖을 안 물려 젖몸살이 났는데도 가슴을 싸쥔 채 그저 울어만 대고 있더라고. 하는 수 없이 아기한테 꿀물을 먹였단다. 그 탓이니라. 네가 단것 좋아하는 이유가 거기 있느니라."

그래서인지 희는 유달리 단걸 밝혔다. 꿀이 떨어지면 조청이나 설탕물을 들이켰고, 사탕은 아예 입에 달고 살았다. 오렌지사탕, 박하사탕, 청포도사탕, 계피사탕……. 구멍가게에 사탕이 남아 있는 한 희는 하루하루가 달콤하고 행복했다. 그러니까 어릴 적 희에게 인생이란 설탕물이 솟아나는 황금연못에서 놀다가 가끔씩 불어오는 폭풍 같은 치통을 견뎌내는 거였다.

밤이 되면 희는 사탕 대신 강보를 찾았다. 희는 강보 냄새를 맡을 수만 있으면 언제 어디서든 잘 자고 잘 놀았다. 하지만 어머니는 낡은 강보를 보기 싫어했다. 딸 다섯을 낳은 사실을 상기시키는 불운의 상징일 따름이었다. 그래서 하루는 몰래 가져다가 쓰레기통에 넣어버렸다. 강보가 사라진 사실을 안 희는 땅바닥을 데굴데굴 구르며 숨이 넘어가도록 울어댔다. 그 바람에 크게 당황한 어머니는 쓰레기통을 뒤져 다시 강보를 집 안에 들였다. 기어코 낡아빠진 강보를 찾는 어린 딸을 보며 어머니는 고개를 설레설레 흔들었다. "아무튼 쟤는 특이하다니까!"

'특이하다는 말을 듣고 싶어 그랬을까'라고 희는 여전히 침대에 누워 천장을 바라보며 생각했다. 호텔의 이국적인 아라베스크 무늬 벽지가 가뜩이나 기운 없는 그녀를 더욱 어지럽게 했다. 살며시 눈을 감았다. 그러자 어린 시절의 기억이 하나둘 되살아났다.

오랜만에 만나는 친척들은 매번 희와 그 위로 층층이꽃처럼 쌓인 자매들의 얼굴을 구별하지 못했다. "애가 둘째야?" "아니, 셋째." "그럼 애가 넷짼가 보지?" "아니, 막내." "어머나, 이름 외는 데만도 한참 걸리겠어." 그러면서 깔깔 웃어대는 얼굴에다 자매들은 언제나 침을 뱉고 싶어 입술을 실룩대곤 했다. "푸하하. 입술 움직이는 것까지 똑같잖아, 쟤네들." 그런 손님의 무릎 위에 슬그머니 앉았다가 오줌을 눠버리는 건 희만의 장기였다.

희의 아버지는 꼭 아들을 낳아야 한다고 생각하는 사람이었다.

아들을 앞세워 축구장에 가고, 낚시하러 가고, 목욕탕에 가는 게 소원인 평범한 남자였다. '아버지의 그 보수성이 아니었으면 내가 세상에 태어날 수나 있었을까?' 시체처럼 침대에 누워, 스물네 시간 이어지는 슬롯머신 소리를 들으며 희는 아버지를 처음으로 용서했다.

희를 끝으로 아버지는 정관수술을 해버렸다. 대신 딸들을 아들 못지않게 키우리라, 다짐했는데 그 결심의 첫번째 피해자는 맏이와 둘째였다.

아버지는 언제나 일등만을 강요했다. 시골 읍내에서 약국을 운영하던 아버지는 초등학교 교문 앞에서 늘 대기하고 있다가 맏이와 둘째가 나타나면 곧장 학원으로 데려가 수학과 영어를 선행학습시켰다. 저녁에 아버지를 따라 집으로 돌아올 때면 지친 자매의 몸에서 단내가 났다.

셋째와 넷째에게는 각각 피아노와 체조를 시켰다. 아버지는 그들에게도 날마다 고된 훈련을 요구했다. 무식하게 소리 지르고 쪼아대는 것. 그것 말고는 아버지의 교육에는 철학도 기법도 없었다. 하지만 자매는 언제나 딸로 태어났다는 원죄의식에 짓눌려 반항 한번 못 했다. 공부를 잘하는 맏이와 둘째 그리고 각종 대회에 나가 상을 받아 오는 셋째와 넷째 덕에 희의 아버지는 언제나 주변의 부러움을 샀다.

어머니는 모자보건담당 공무원이었다. 어머니가 하는 일은 학생들에게 예방주사를 맞히거나, 가임여성에게 불임수술을 권유하는 일이었다. 산아제한정책만이 살길이라고 떠들어대던 시절이었는데, 그런 업무를 담당한 어머니가 툭하면 배가 불러 다니니 늘 분란이 일었다. 사람들은 노골적으로 손가락질하며 수군댔고, 심지어는 불임수술 뒤에 외아들을 잃은 어느 아낙한테 봉변을 당한 적도 있었다.

결국 아버지나 어머니 둘 다, 위의 네 딸에게 신경 쓰느라 어린 희에게는 미처 관심을 두지 못했다. 그 덕에 희는 외할머니와 함께 집 안에서 평화롭게 지낼 수 있었다. 붕괴된 건물의 폐허 속에서도 기적적으로 만들어지는 삼각구조 덕에 누군가는 살아남는 것처럼.

읍의 변두리에 있는 희의 집은 비록 오래된 한옥이었지만, 햇빛을 머금어 하얗게 빛나는 넓고 단단한 앞마당만큼은 누구에게나 부러움을 샀다. 그 마당에서 희는 소꿉놀이나 땅따먹기를 하며 식구들이 돌아오기를 기다렸다. 낮이 길어지는 봄이면 달팽이집짓기 놀이도 자주 했다. 길을 따라가면 중심에 도달하고, 반대방향으로 나오면 제자리로 돌아가는 거였다. 처음엔 그냥 걸어서 갔다. 그런 다음엔 깨금발 뛰기로, 다음엔 뒤로 돌아 깨금발 뛰기로, 무릎으로, 그러다 마침내 물구나무서기로 갔다. 그러고 나면 가족들이 하나둘 귀가했다.

하지만 너무 익숙해지자 곧 싫증이 났다. 아버지는 어린이 신문에 실린 것을 본떠서 마당에 커다란 미로를 그려주었다. 길이 여러 갈래로 갈라져 매 순간 선택해야 하고, 선택을 잘못하면 사나운 맹수가 기다리거나 막다른 골목에 다다르는 거였다. 출구를 잘 찾으면, 거기엔 언제나 빛나는 사금파리나 구슬 따위가 놓여 있었다. 얼마 안 가 희는 늘 옳은 길을 선택할 수 있게 되었다. 오후 빛이 환한 어느 날, 희는 미로의 중간쯤에서 벗어나 제멋대로 걸어보았다. 비록 잘못 들어선 길의 끝에 악어나 사자 혹은 방울뱀이 기다리고 있을지라도. 결국 돌부리에 넘어져 무릎이 까졌지만 짜릿한 경험이었다.

마당에 피는 노란 민들레처럼 자유롭게 자라난 희는 열두 살 무렵, 대도시로 가서 살게 되었다. 외할머니가 혼자 사는 외삼촌의 궁색한 살림을 돌봐주기로 했는데, 외할머니는 생면부지 도회지로 가면서 말동무 삼아 희를 데려가기로 했다.

짐을 싸면서 희는 몇 번이고 어머니와 실랑이를 벌여야 했다. 희가 낡은 강보로 짐을 크게 부풀려놓은 탓이었다. 어머니는 욕을 퍼부으며 억지로 강보를 빼앗았지만 희는 울며불며 매달렸다. 그러자 외할머니가 어머니를 나무랐다. "어미란 게 그리 생각이 짧아서야…… 강보를 보자기 삼아 짐을 싸면 되잖니." 그렇게 해서 희는 강보와 함께 도시로 갈 수 있었다.

할머니는 일이 없어 무료한 날이면 홑이불을 빨아 새로 꾸몄다. 풀 먹인 홑청을 방바닥에 깔고 그 위에 속싸개로 싼 솜을 올린 다음 알록달록한 무늬의 이불보를 얹은 뒤 시침질을 했다. 그런 날이면 희는 넓게 펼쳐진 이불 위를 데굴데굴 구르며 시골집 마당에서 놀 때처럼 깔깔 웃어댔다. 할머니한테 바느질도 배웠다. 시침질, 박음질, 새발뜨기……. 바느질을 하고 있으면 어쩐지 마음이 편안해졌다. 게다가 천과 천이 연결되어 하나를 이루는 것이 신기했다. 희는 조각이란 조각은 보는 대로 다 붙여놓았다. "얘야, 그러다 속옷을 몸에 찍어 달겠다고 할까 봐 걱정이구나." 할머니는 잇바디를 드러내며 웃었다.

중학교 가사 실습 시간에 희는 처음으로 가방을 만들었다. 할머니가 시장에서 포플린 천을 사 오는 걸 깜빡 잊어버리는 바람에 낡은 강보로 가방을 만들어야 했다. 천이 너무 얇고 흐느적댔지만 희는 일곱 가지 색실로 꼼꼼히 누벼 수십 개의 작은 마름모가 별처럼 빛나는 가방을 만들었다. 처음으로 희는 학교에서 최고 점수를 받아 왔고, 그 소식을 고향집에 전화로 알렸다. "커서 가방 장사 하면 굶진 않겠구나." 아버지는 마지못해 칭찬을 해줬다. 그날 밤 희는 알 수 없는 설움이 복받쳐 밤새 울었다.

2

의상학과에 입학한 희는 각종 디자인 공모전에 응모하느라 학교 재봉실에서 살다시피 했다. 가끔은 가작이나 입선을 하기도 했다. 하지만 아버지는 최우수상이 아니라는 이유로 거들떠보지도 않았다.

그 무렵, 아버지는 딸들에 대한 기대를 완전히 접어버린 상태였다. 의대에 진학하지 못한 맏이는 삼수 끝에 대학을 포기했는데, 아버지 등쌀을 못 견디고 밖으로만 나돌던 끝에 어쩌다가 재미교포를 만나 미국으로 이주해버렸다. 법대를 졸업한 둘째는 아버지의 집요한 기대와 강요에 떠밀려 수년간 고시 공부를 했지만 결국 실패했다. "시험이라면 치가 떨려"라는 말을 내뱉으며 중학교 임시직 교사로 일하는 것에 만족해했다. 셋째 역시 기대에 부응하지 못했다. 피아니스트가 되는 대신 작은 피아노 학원을 차렸다. 넷째는 중학생 시절 전국체전에서 동메달을 탄 걸 끝으로 내리막길을 걸었다. 게다가 운동을 그만둔 뒤 살이 엄청나게 쪘는데도 입에 아이스크림을 달고 살아, 늘 못마땅한 시선을 받게 되었다.

오히려 아무 기대도 않던 희가 대학을 마치자마자 중견 의류업체에 취직했다. 희는 자기만의 독특한 개성을 드러내는 디자이너가 되고 싶었지만 우선은 회사가 원하는, 거의 정해진 패턴의 디자인을 해야 했다.

머지않아 희는 실력을 인정받게 되었지만, 대신 퇴근이 늦어졌다. 같은 팀의 여직원 송이 임신한 뒤로 더욱 바빠졌다. 특히 신상품을 준비할 때면 며칠씩 밤을 지새워 디자인해야 했고, 샘플을 만드는 것은 물론, 서류 작성까지 혼자 마무리해야 했다. 결국 희는 자신이 왜 사는지 알 수 없게 되어버렸다.

어느 주말 저녁이었다.

그날도 희는 가을에 출시할 가방을 디자인하느라 집에 가지 못했다. 벌써 일주일째였다. 게다가 가을 느낌을 상기시키라면서 팀장이 디자인실 냉방기를 세게 돌렸기 때문에, 터틀넥 스웨터에 조끼까지 껴입고 있었다. 주변에는 온통 어두운 검정과 갈색, 보라색 계열의 천 조각들이 낙엽처럼 흩어져 있었고, 한쪽 테이블 위에는 금, 은, 크리스털 따위의 차가운 광택 소재가 잔뜩 쌓여 있었다.

완전히 지쳐버린 희는 자리에서 일어나 오랜만에 창문의 블라인드를 걷었다. 어둠이 내려앉는 거리에는 이슬비가 내리고 있었다. 그때, 촛불처럼 피어나 도시를 환하게 밝히는 목련이 눈에 들어왔다. 홀린 듯 창을 열고 살며시 팔을 뻗었다. 부드럽고 촉촉한 목련꽃잎이, 살아 있는 생명체의 질감이 손끝을 통해 온몸에 전달되었다. 갑자기 설명할 수 없는 감정이 밀려와 전신이 부르르 떨렸다.

희는 흩어져 있는 어두운 천 조각이며 장식, 올가을에 유행할 거라고 업계에 알려진 차가운 빛의 광택 소재를 한쪽으로 밀쳤다. 그러고는 캔버스에 하얀 백목련 코르사주를 잔뜩 단 토드백을 그리기 시작했다. 파스텔을 이용해 방금 손끝에 전달되었던 질감을 최대한 표현했다. 이어 야생화밭처럼 알록달록한 꽃무늬 숄더백,

연두와 분홍이 뒤섞인 크로스 가방을 그렸다. 잠깐 손길을 멈추었다가 마지막으로 빈티지풍의 낡디낡은, 솜처럼 부드럽고 구름처럼 형체가 없는 가방을 그렸다. 그러자 아주 오랜만에 자신의 강보에서 맡아지던 그 따뜻하고 향긋한 냄새가 떠올랐다. 햇빛과 달빛과 바람 그리고 오래된 한옥이 풍기는 세월의 냄새……. 희는 그 느낌을 고스란히 담아내기로 했다. 어떻게 시간이 흘러갔는지 알 수 없었다. 너무도 섬세한 손길이어서 캔버스에 질감을 다 표현하고 나니 창밖이 희붐하게 밝아왔다.

희는 창가로 다가갔다. 팔을 좀더 내밀어 이번엔 목련의 가지를 움켜쥐었다. 그대로 훌쩍 창문에서 뛰어내리면 나뭇가지에 매달려 거리로 사뿐히 내려앉을 수 있을 것 같았다. 미로에서 벗어나고 싶어 했던 어린 날의 충동이 되살아나 꿈틀댔다. 비밀이나 희망 따위라곤 없는 한심한 미래가 견딜 수 없었다. 그날 저녁, 희는 회사에 장기무급휴가를 신청했다. 그러고는 무조건 미국행 비행기표를 예약했다.

희는 다시 삶의 기쁨을 되찾았다. 틈틈이 여행 정보를 읽고, 세계 여러 나라의 문화를 공부했다. 다행히 무급휴가가 승인되어, 원한다면 언제든 되돌아올 수 있었다.

비행기를 타러 공항으로 가는 길에 회사에서 전화가 걸려 왔다. 송의 목소리가 몹시 다급했다.

"저, 저기, 올드퓨처 말이야, 벌써 다 팔렸잖아. 그래서 새로 제

작을 했는데 이상하게 전처럼 팔리질 않아. 어쩌지?"

새로 디자인한 빈티지풍 가방에서 특별한 향기가 나도록 강보 천을 잘게 조각내어 제품에 부착한 탓이었다. 아주 미세한 강보 조각들은 독특한 냄새를 뿜어냈다. 그녀가 디자인한 가방은 '올드퓨처'라고 불렸다. 퓨처주의라는 이름으로 제작된 천편일률적인 금속성 광택 가방들 틈에서 '올드퓨처'는 조용히 고객층을 넓혀나갔다.

희는 송을 공항으로 불러 자신의 가방 끈을 마저 잘라주었다. 송이 고맙다는 인사를 되풀이하더니, 뉴욕에 있는 친척의 전화번호가 적힌 쪽지를 건넸다. 언제든 도움을 청할 수 있게 미리 말해두겠다면서.

희는 손잡이를 잃어버려 작은 보퉁이가 되어버린 강보를 가슴에 안고 비행기 탑승을 위해 걸어갔다. 팔을 자유롭게 쓸 수 없어 몇 번이고 보퉁이를 바닥에 내려놓는 불편함이 따랐지만, 하는 수 없었다.

3

처음에 희는 보스턴에 사는 큰언니 집에 들렀다. 언니는 낮이면 두 명의 어린 조카와 씨름하고 밤이면 종일 고되게 일하고 돌아온 남편과 싸워대며 살고 있었다. 통통하고 보기 좋았던 볼살이 다 빠져 그런지 노랗게 물들인 머리카락 탓인지 아주 딴사람처럼 보였다. 희는 일상에 찌든 언니더러 남편과 단둘이 주말여행을 다녀오는 게 어떻겠느냐고 제안했다. 그렇게 해서 젊지만 위태로운 부부는 오랜만에 휴가를 얻어 여행을 떠났다.

희는 두 명의 어린 조카와 함께 집에 남았다.

낮에는 아이들을 데리고 공원에 가거나 장난감 가게에 들러 놀다 보니 어영부영 하루가 갔다. 그런데 문제는 밤이었다. 밤이 되자 아이들은 이유 없이 칭얼댔다. 특히 첫돌을 갓 넘긴 둘째 조카는 잠도 자지 않고 울어댔다. 안아주기도 하고, 기저귀를 갈아주기도 하고, 우유를 타 먹이기도 했지만 좀처럼 울음을 그치지 않았다. 졸려서 제대로 눈을 뜰 수 없는 데다 아기를 달랠 별다른 방도도 없어 희는 강보 보퉁이를 가져와 살며시 아기 입에 물려주었다. 아침에 눈을 뜨니, 조카들이 그녀의 가슴께에 머리를 대고 잠들어 있었다. 아이들 입에는 강보 보퉁이가 물려 있었고, 침이 강보에 촉촉이 배어 있었다.

얼마간 언니 집에 머물던 희는 맨해튼으로 가기로 했다. 그녀가 바라던 건 일상에 갇혀 지내는 게 아니었다. 주말마다 여행을 다녀 뺨에 화색이 돌고 눈빛이 평온해진 큰언니는 몹시 아쉬워했다. 어린 조카들 역시 강보 보퉁이를 붙잡고 매달렸다. 하는 수 없이 희는 강보 귀퉁이를 잘라 아이들에게 각각 손수건을 만들어주었다. 남은 천으로는 간단한 소지품을 넣는 자그마한 손가방을 만들었다.

뉴욕의 번화가에 있는 펜스테이션에 도착한 희는 무조건 옐로캡을 잡아탔다. 근처 코리아타운으로 가달라고 하니, 기사가 그녀를 퀸즈의 플러싱으로 데려갔다.

플러싱 거리는 온통 이방인들로 북적였다. 한국계와 중국계가 제일 많았고, 인도나 필리핀, 모잠비크, 멕시코, 쿠바, 이탈리아계도 자주 눈에 띄었다. 저마다 자기 고국어의 억양이 남아 있는 독특한 영어로 물건을 사고, 이웃과 싸우고, 장난치며 놀고, 연인을 유혹했다. 희는 중년 부부가 사는 소형 임대아파트의 방 하나를 빌려 쓰기로 했다. 부엌은 공동으로 사용하는 조건이었다.

아파트는 암적색 벽돌로 지어진, 낡고 지저분한 사층 건물이었다. 현관문을 열자 쥐 한 마리가 열린 문틈으로 튀어나와 계단 쪽으로 유유히 사라졌다. 희는 창백해진 얼굴로 험악한 인상의 집주인에게 인사를 하고는 곧장 방으로 들어가 문을 잠갔다. 가방을 내려놓고 침대 위에 걸터앉아 한동안 숨을 몰아쉬었다. 침대 맞은편에 나 있는, 육 호짜리 화판 크기의 창문 너머로 태양이 붉은 피를 흘리며 뚝뚝 떨어지고 있었다. 태양이 갓 잡은 돼지 간처럼 보였다.

갑자기 불안과 슬픔이 몰려들었다. 당장에라도 짐을 들고 공항으로 가 한국행 비행기에 몸을 싣고 싶었다. 그곳에 벗어놓고 온, 지루하지만 편안한 옷을 다시 걸쳐 입고 그저 그런 하루하루를 보내고 싶었다. 그때, 문득 송 팀장이 뉴욕에 사는 사촌의 연락처를 알려주며 어려울 때 도움을 받으라고 했던 말이 떠올랐다. 희는 전화번호를 눌렀다. 수화기에서 낯선 사내 목소리가 정구공처럼 경쾌하게 튀어나왔다. "헬로?" 희는 떨리는 목소리로 답했다. "혹시 팡? 저는 희라고 해요.""오, 알아요. 반가워요." 팡의 서툰 한국어를 듣자 안도의 숨이 쉬어지면서 눈물이 핑, 돌았다.

다음 날 정오에 센트럴파크 근처에서 건축 일을 한다는 팡을 만났다. 그날부터 희는 파스타 요리를 미친 듯이 먹어댔다. 낯선 곳에서 불안을 견디느라 에너지를 너무 많이 소비해서인지, 아니면 이동이 잦았던 원시시대에 진화된 유전자가 낯선 환경에 놓이자 새삼 발동한 건지는 알 수 없지만, 아무튼 무진장 먹어댔다. 처음엔 음식점에서 사 먹다가 차차 팡이 직접 해준 요리를 먹게 되었다. 이탈리아인 친구한테 배운 요리라고 했다. 처음엔 토마토소스를, 나중엔 낯선 향기와 맛을 지닌 오일소스 파스타를 더 즐기게 되었다.

팡의 도움으로 희는 대중교통 이용 방법을 배웠고, 생활에 필요한 자질구레하면서도 요긴한 정보를 얻었다. 차차 생활이 안정되어가자 틈틈이 영어를 배우고 주말이면 박물관이나 갤러리에 들렀다. 더 이상 현실을 재현하려고도, 고상한 아름다움을 추구하지도 않는 현대예술은 난해하고 불편했지만, 무언가 생각을 하게 했다.

평일 낮에 시간이 날 때면 디자인 숍을 방문했다. 명품 가게가 몰려 있는 핍스 애비뉴 근처나 소호의 구석구석을 뒤지고 다녔다. 눈에 띄는 디자인을 찾으면 그 자리에서 스케치했고, 안감이며, 내부 구조, 바느질 상태 등을 꼼꼼히 적은 뒤 사진 촬영했다. 해질녘이면 센트럴파크에서 산책을 하거나 석양이 장관인 브루클린 다리를 걸었다. 그렇게 열심히 돌아다니다 보면 마치 그 낯선 도시가 자신에게 말을 걸기라도 할 것처럼. 거리의 냄새와 색깔, 바람과 햇빛, 낯선 언어, 심지어 먼지와 소음이 육체에 스며들어 이 도시의 일부가 될 것처럼. 하지만 아무도 그녀를 눈여겨보지 않았고, 다정하게 말 걸지도 않았으며, 무엇보다 그 존재 자체에 무관심했다.

우울과 소외와 낯섦이 하루하루 그녀의 영혼을 갉아먹었다. 지치고 무기력해졌다. 겨우 용기를 내어 다시 거리로 나갔지만 도시는 매번 무심하고 냉정한 표정을 바꾸지 않았다. 게다가 지갑도 얄팍해져가고 있었다.

어느 깊은 가을날, 팡이 퇴근길에 희를 찾아왔다. 마침 주인 부부가 집을 비운 날이어서 마음 놓고 주방을 사용할 수 있었다. 팡은 봉골레 파스타를 만들었다. 이탈리아어로 '조개'라는 뜻을 가진 봉골레가 오일소스를 끼얹은 파스타 위에서 방긋 입을 벌리고 있었다. 팡은 봉골레를 건드리지 않으려고 조심하면서 먹었다. 마지막으로 봉골레 하나만 남자 팡은 냅킨으로 입을 닦았다. 그러고는 한참 동안 아무 말 없이 봉골레를 바라보다가 와인을 들이켰다. "조개 싫어하면 내가 먹어줄까? 난 좋아하거든." 팡이 정색을 하며 거절했다. "노 노 노. 조개는 내가 더 좋아해. 아끼는 거야. 희를 아껴

온 것처럼." 그렇게 말하면서 팡은 희 곁으로 다가와 뺨을 어루만졌다. 뜨거운 손길은 어느새 목선을 타고 천천히 미끄러져 내려와 가슴으로 파고들었다. "희한테선 언제나 특별한 냄새가 나. 아, 그게 너무 좋아." 귓불을 후끈 덥히던 팡의 입술이 희의 입술을 덮쳤다. 희는 팔딱이는 자신의 심장 소리를 들었다. 팡의 손길이 속치마 안쪽에 다다르자, 뜨거운 피가 삽시간에 전신을 달구어놓았다.

"우린 아직 결혼도 하지 않았어, 팡."

"상관없어."

"청혼을 하지도 않았고, 팡."

"그랬던가."

"사랑한다고 말하지도 않았잖아."

"그래서?"

"난 못 하겠어."

희는 자리에서 벌떡 일어나 블라우스를 고쳐 입었다. 팡이 어깨를 으쓱이며 말했다.

"여긴 뉴욕이야. 자유의 땅이라고. 사랑한다고 말해줄 수도 있지만 솔직히 아직 잘 모르겠어. 얼마만큼 좋아하고, 어느 정도까지 책임질 준비가 되어 있어야 사랑한다고 말할 수 있는 거지? 하물며 결혼이라니!"

팡은 다만 육체적으로 희를 원하고 있었다. 집요한 팡의 애무에 또다시 몸이 덥혀졌다. 하지만 희는 결혼이라는 출구조차 없는, 끝없는 연애의 미로에 들어서기가 망설여졌다. 생각이 복잡해지자 괜스레 가슴이 아렸다. 팡이 속삭였다.

"네 영혼을 고향집에 두고 몸만 빠져나왔다고 생각해. 아니, 너 자신을 복제품이라고 생각해봐. 그러면 모든 게 간단해져."

희는 눈을 감았다. 여권을 복사하듯이 자신을 기계 속에 넣고 복사했다. 한 장의 나, 두 장의 나, 세 장의 나…… 과연 효과가 있었던 걸까. 달콤하게 끈적이는 애액이 질을 적시자 전신에서 욕망의 불꽃이 피어나기 시작했다. 다섯 장, 여섯 장, 일곱 장, 여덟 장……. 하얀 양들이 하나씩 울타리를 넘는 것처럼 자신의 모습이 담긴 하얀 종이가 기계 밖으로 마구 튀어나왔다. 희는 이번에는 거울의 방으로 들어갔다. 사방에 가득한 수백 수천의 거울이 만화경처럼 제각각 희를 비추었다. 아아, 너무 어지러워. 누가 진짜 나인지 모르겠어. 그러자 멀리서 팡의 외침 소리가 메아리로 들려왔다.

"진짜란 아무 데도 없어. 모든 게 너이고, 어느 것도 네가 아니야."

희는 거울의 방에서 도망치려고 애를 썼다. 하지만 길과 길은 거미줄처럼 얽히고설켜 도저히 빠져나갈 수가 없었다. 수없이 갈라지고 구부러져 시작도 끝도 없는 미궁……. 희는 어린 날의 단순했던 길들이 그리워졌다. 깨금발 뛰고 가도, 물구나무서기를 하고 가도 쉽게 빠져나와 시시하게만 여겨졌던 그 길들이. 한참을 헤맨 끝에 이윽고 희는 길 찾기를 포기하고 공중에 자신의 몸을 던졌다. 몸이 붕 떠오르며 공중을 나는 듯했는데 곧 유리잔처럼 산산조각이 났다. 눈을 떠보니 몸뚱이가 낡은 강보에 감싸여 있었다. 희는 자신의 몸뚱이를 손으로 더듬어보았다. 산산이 부서진 몸의 조각들이 강보 안에서 심하게 달그락거렸다.

희는 식은땀을 흘리며 잠에서 깨어났다. 옆에 누웠던 팡이 졸린 눈을 겨우 떴다. "왜 그래, 꿈꿨어?" 팡이 하품을 쏟아내며 귀찮다는 듯이 말했다. 희는 자신의 강보 손가방을 찾아내어 입에 물고 한참을 서글피 울었다.

"난 서부로 가기로 했어. 동창 중에 한 명이 거기 여행사에서 일하거든."

희가 떠나겠다고 하자 팡이 표정을 일그러뜨리며 소리쳤다.

"그럼 어딜 가서 네 냄새를 맡지? 난 그 냄새에 중독된 거 같아."

"그건 내 냄새가 아냐. 내 가방 냄새지."

희는 자신의 손가방 귀퉁이를 잘라내어 팡에게 주었다. 구멍 난 손가방에서 바람이 휘잉, 휘잉 울었다.

4

호텔 로비에 앉아 쟁반 위에 놓인 망고주스로 목을 축이면서, 희는 고개를 갸우뚱거렸다. 어찌 된 일인지 한국에서의 생활이 까마득히 먼 옛일로 느껴졌다. 그토록 생생한 현실로 그녀를 기쁨에,

혹은 슬픔에 젖게 했던 모든 과거가 한갓 꿈결의 일인 양 여겨졌다. 새 물이 고인 물을 밀어내듯 새로운 기억이 먼 기억을 밀어냈다. 그나마 일 년쯤 전에 그랜드캐니언으로 가는 관광버스를 탔던 일이 비교적 선명히 떠올랐다.

그날, 대륙을 관통하는 도로변에는 전복된 트레일러들이 널브러져 있었다. 배를 드러낸 채 죽어가는 거대한 공룡처럼 보였다. 거대한 산맥의 계곡을 타고 내려온 돌풍의 위력이었다. 강풍주의보가 내려진 지역을 관광버스가 조심스레 통과하는 동안 친구 수잔은 승객을 안심시키려고 애쓰고 있었다.

"경상도 할머니가 미국에 와서 오래 살다 보니 영어에 익숙해졌어요. 하루는 누군가 현관문을 두드리는 거예요. 경상도 할머니가 후꼬, 했더니 밖에 있던 전라도 할머니가 대답했어요. 미랑께에."

젊은이들은 자지러지게 웃었고 점잖은 체하는 중년 부부들도 창밖으로 시선을 돌리며 빙그레 웃었다. 미처 알아듣지 못한 몇몇 사람들은 나중에야 김빠진 웃음을 흘렸다.

버스는 강풍지대를 지나 모하비 사막지대로 접어들었다. 버스 안에서 내다보는 사막 풍경은 비현실적이었다. 건조한 대지, 뜨거운 바람, 무자비하게 퍼붓는 야생의 햇빛. 사막에 대한 이런저런 설명을 마친 수잔이 희의 옆자리에 앉더니 지친 목소리로 나직이 말했다. "미안하지만 오늘 밤에 난 집으로 돌아가. 아버지 병세가 위독하다는 연락이 왔어. 넌 나 대신 새로운 가이드와 한방을 써.

너무 걱정 마. 착한 사람이야. 도박은 꽤 좋아하지만 술은 안 먹어. 사고 친 경력도 없고." 그러고 나서 수잔은 말끝을 흐리며 덧붙였다. "다만 성별이 좀 문제지. 남자 가이드거든……. 아, 아냐, 오히려 잘된 거 같은데?"

수잔이 익살스레 눈을 여러 번 찡긋거렸다. 수잔과 한방을 쓴다는 조건으로 이번 여행에 따라나선 희로서는 기막힐 노릇이었다. "알아, 좀 심했다는 거. 하지만 상대방 입장도 생각해봐. 낯선 여자와 한방을 써야 하는 그 남자는 또 얼마나 황당하겠니? 게다가 가이드는 낮 동안 사람들한테 신경을 많이 써서 몹시 피곤하단 말이야. 그런데도 너와 한방을 쓰겠다고 하니 정말 고맙지 뭐니. 안 그래?"

수잔은 다시 마이크를 들었다.

"이곳 모하비 사막은 비행기의 무덤이라고도 불리죠. 비행기 만여 대가 시체처럼 잠들어 있어요. 베트남전 패전 직전 미국 정부는 잔여 비행기를 보관할 장소로 이 사막을 골랐는데, 건조해서 비행기가 거의 부식되지 않고 오십 년 이상 버틸 수 있어서랍니다."

다시 옆에 앉은 수잔이 목소리를 좀더 높였다.

"너도 알다시피 이보다 더 싼 여행은 정말 하늘 아래 둘도 없어. 사실 넌 여행자 명단에도 없는 비공식 멤버란 말이야."

그날 저녁 헬리라고 불리는 새로운 가이드가 도착했다. 삼십대 중반의, 수잔만큼이나 우스갯소리를 잘하는 유쾌한 남자였는데 어쩐지 눈빛만큼은 황량해 보였다. 저녁 무렵에야 버스가 라스베이거스에 도착했다. 그곳은 휘황한 빛의 세계, 환락의 도시였다. 무엇보다 화려한 가짜들의 천국이었다. 어떤 호텔은 뉴욕을, 어떤 곳은 이집트를, 혹은 베네치아를 그대로 옮겨놓은 듯했다. 호텔 안에 만들어진 푸른 하늘은 진짜보다 더 진짜 같았다. 너무 밝지도 흐리지도 않은 오후 세 시 무렵의, 하얀 뭉게구름이 둥둥 떠 있는 하늘색 하늘……. 그 하늘 아래를 오가는 사람들마저 어쩐지 인조인간처럼 보였다. 가짜들의 천국에서 여행자들은 과장된 몸짓으로 웃음을 쏟아냈고, 모든 말은 농담으로 여겨졌다. 배 터지게 웃다가 숨넘어가기 딱 좋은 곳이었다.

객실 안에 가방을 내려놓자마자 헬리가 "염려 말고 푹 자요. 오늘 밤 난 카지노에서 지새울 거니까"라고 했다. 그러고는 예의 그 황량한 눈길을 거두고 황급히 사라져버렸다. 혼자 남은 희는 일찌감치 자리에 누웠지만 너무 피로한 탓인지 오히려 잠이 오지 않았다. 헬리는 자정이 넘도록 돌아오지 않았고, 객실에는 물 한 모금도 없었다. 투숙객을 카지노로 끌어 내리기 위한 전략이라고 했던가. 심한 갈증에 떠밀려 하는 수 없이 일층 카지노로 내려갔다. 사방에서 슬롯머신의 기계음이 들려왔다. 수천, 수만 대의 기계 앞에 온갖 국적과 인종의 남녀노소가 앉아 도박에 열중하고 있었다.

희는 이십 달러를 오 센트 동전으로 바꾸었다. 마흔 개씩 묶여진 동전 묶음을 풀어 헤쳐 강보 주머니에 넣었다. 그 동전을 다 쓸때까지만 놀다가 자야겠다고 생각했다. 망설이다가 첫번째 동전을 하나 꺼내 기계 안에 넣었다. 버튼을 누르자 여러 가지 그림이 그려진 세 개의 판이 회전하다가 멈추었다. 그림은 제대로 맞춰지지 않았다. 희는 두번째 동전을 투입구에 넣었다. 이번에는 후두둑 경쾌한 소리를 내며 수십 개의 동전이 쏟아졌다. 강보 주머니가 미어터질 지경이 되었다. 마침 옆을 지나던 웨이트리스가 음료를 원하느냐고 물었다. 고개를 끄덕이자 그녀가 오아시스 같은 미소를 보내며 시원한 물을 가져다주었다. 기계적인 친절이 몸에 밴 미소였지만 고객을 안심하게 하는 힘이 있었다. 세번째 동전부터는 어서 동전을 잃고 자러 가기 위해 애썼다. 희는 무척이나 운이 좋았다. 동전은 조금 줄었다가 다시 두 배로 늘어 있곤 했다. 가끔 웨이트리스가 물과 음료를 가져다주었다. 희는 정말이지 운이 너무 좋았다. 이상하게도 그곳에서는 계속 행운이 이어졌다. 마왕의 소굴로 가는 이정표와도 같은 행운이었다.

희는 시간이 그렇게 빨리 흘렀을 거라곤 상상도 하지 못했다. 쉼 없이 들려오는 갬블링 소리에 맞춰 기계적으로 동전을 넣는 동안 밤이 가고 해가 떴다. 하지만 희는 돈을 잃기 위해 동전을 투입구에 넣느라 그 사실을 전혀 몰랐다. 도박으로 밤을 지새운 헬리역시 정신이 나가 있었는데, 다행이라면 휴대전화에 맞추어놓은 알람이 그에게 시간을 알려주었다는 점이다. 그렇지만 그는 밤새 잃어버린 돈을 헤아리느라 여행자 명단에 없는 희의 존재를 새까맣게 잊어버린 채, 다음 목적지인 그랜드캐니언으로 떠났다.

일행이 떠나는 시각에도 희는 동전을 집어넣고 있었다. 웨이트리스가 서른세 번 다녀갔고, 각종 탄산음료에 온갖 향기의 차가 무료로 제공됐다. 고객이 지쳐 잠들지 못하게 하려고 끊임없이 산소를 만들어 실내에 공급하는 업주의 친절 덕에 게임은 중단되지 않았다.

사흘째 되던 날 밤, 희는 처음으로 어지러운 증세를 느꼈다. 동전의 일부를 들고 레스토랑에 가서 고기와 채소 그리고 사과 몇 조각을 사 먹었다. 그러고 나서 원래의 자리로 돌아가려 했는데 삼십 분이 지나도록 돌아다녔지만 자기 자리를 찾을 수가 없었다. 길은 어디를 가나 똑같았고, 어디를 가든 게임머신이 내는 또르르르 소리만이 사방에 가득했다. 레스토랑으로 돌아가 처음부터 다시 기억을 더듬어 신중하게 길을 찾아나갔다. 하지만 서른세 시간이 지나도록 자기 자리를 찾을 수 없었다. 한참을 헤맨 끝에 희는 자신의 강보 주머니를 영원히 잃어버렸다는 걸 인정해야 했다. 주머니 안에 넣어둔 객실 열쇠와 여권도 함께. 행운은 중단되었고, 희는 빈털터리가 되어 있었다.

웨이터 복장을 한 낯선 백인 남자에게 사정을 말했더니 간밤에 웨이트리스가 말없이 떠났다면서 카지노에서 음료수를 나르겠느냐고 물었다. 그렇게 해서 희는 그곳에서 지낼 수 있게 되었다. 밤은 낮처럼 흐르고 낮은 밤처럼 지새워졌다. 겨울이 지나 봄이 오고, 여름 끝에 다시 가을이 왔다. 희는 온몸이 피로로 마비될 지경까지 일했지만 밤이면 제대로 잠을 이룰 수 없었다. 강보 주머니를 잃어버린 뒤 불면증이 심해진 탓이었다. 처음엔 그녀의 뺨이 창백해졌다. 점차 입술이 하얘지더니 나중엔 눈동자마저 탈색되어갔다.

희는 다 마신 망고주스 잔을 쟁반 위에 올려놓은 뒤 관리자에게 다가갔다.

"오늘은 정말 일을 할 수가 없어요. 곧 중요한 일이 닥칠 거 같아서……."

그러고는 그믐 직전의 달빛처럼 희미한 미소를 지었다. 그곳에서 머문 이래 처음으로 그녀는 객실을 하나 잡았다. 카지노 구석에 놓인 간이의자에 앉아 고개를 떨어뜨린 채 죽고 싶지는 않았다. 객실 침대에 누워 고통으로 절어버린 자신의 몸을 구석구석 살펴보았다. 죽음이 아주 가까이 다가왔다는 게 느껴졌다. 그러자 어릴 적부터 지금까지, 짧고도 긴 세월이 머릿속으로 펼쳐졌다. 희는 숨을 깊이 쉬고 나서 나직이 중얼거렸다.

'태어나 처음 맡은 게 어머니의 젖 냄새였다면, 지금쯤 나는 무엇을 하고 있을까.'

강보 이불을 조금씩 나눠주다가 끝내 잃어버리지만 않았어도, 지금과는 사뭇 달랐을 거란 생각이 들었다.

고통 속에서야 비로소 인간은 불행의 원인을 찾기 마련이다. 희는 극도로 허약해진 순간에 '행운을 당하다'라는 언어를 찾아냈다.

돌이켜보면 카지노 호텔에 들어온 뒤로 연거푸 행운을 당했고, 그 행운이 결국 자신을 이 지경으로 몰아넣었다는 생각이 들었다. 새로 찾아낸 언어가 조금이나마 위로가 되었다. 그러자 죽음을 맞이하려고 침대에 누운 그녀에게 오랜만에 숙면이 제공되었다.

이튿날 아침, 청소를 하려고 방에 들어온 인디언 할머니 조는 화들짝 놀라 몇 발짝 뒷걸음쳤다. 하얀 침대보 위에 놓인, 노르스름한 피부에 비쩍 마른 처녀라니. 잠시 뒤, 조는 처녀의 눈꺼풀이 미풍에 흔들리는 수선화처럼 파르르 떨리는 걸 보았다. 가까이 다가가 맥을 짚어보니 차가운 피부 안쪽으로 아직 따뜻한 피가 흐르고 있었다.

"제가 벌써 죽었나요?"

희가 고향의 억양이 배어 있는 영어로 물었다.

"다행히 아직 살아 있구먼, 아가씨."

할머니 조가 인디언식 발음이 섞인 영어로 대답했다. 그러고는 희의 입술을 벌려 물 한 모금을 흘려주었다.

"이런 어둠 속에서는 어떤 꽃이든 일찍 시들고 말아. 모하비 사막으로 가봐, 아가씨. 모하비는 인디언 말로 생명을 뜻하지. 거기서 소금나무를 찾아야 해. 수만 년 전엔 그 풀도 바다에서 살았다지, 아마. 바다 밑에 있던 땅이 솟구쳐 사막이 된 뒤에도 바다 풀들이 살아남아 나무가 되었다고 들었어. 소금기를 간직한 그 나무를 끓여 마시면 바다의 힘이 아가씨를 되살릴 거야."

주름으로 뒤덮인 조의 누런 광대뼈가 외할머니처럼 푸근해 보였다. 그러자 고통의 절반을 차지하던 마음의 괴로움이 사라지고 단순한 통증만이 남았다. 며칠 뒤, 할머니 조는 자루 하나를 가져와 희에게 주었다. 희는 동물 가죽으로 만들어진 자루에 물과 양식을 담아 사막을 향해 무작정 길을 나섰다.

5

사막에서는 생명이 겨울과 함께 다시 시작되고 있었다. 간밤에 내린 비로 여호수아나무는 연둣빛을 더했고, 건기 동안 이리저리 바람에 굴러다니던 덤블트리도 뿌리를 내렸다. 오랜 기다림 끝에 비를 만난 한해살이풀들은 하룻밤 새에 거짓말처럼 일제히 꽃을 피웠으며, 긴 잠에서 깨어난 곤충들이 그 위를 분주히 날아다녔다. 시에라네바다 산맥에서 불어오는 바람은 뜨거웠지만 건초 향기를 품고 있어 고향에 간 느낌을 주었다. 거대한 대지 위에 드문드문 솟은 붉고 메마른 바위산 위로 파란 하늘이 끝없이 펼쳐졌다. 희는 모래와 돌의 잿빛 물결 위를 무작정 걸어갔다. 가끔 커다랗고 육중한 구름이 대지 위로 그림자를 드리우며 지나갈 때는 잠시 걸음을 멈추고 여호수아나무 밑에서 휴식을 취했다. 풍경은 늘 똑같아 보이지만 아주 조금씩 변하고 있었다. 도시에서의 하루하루가 그렇게 보이듯이.

희는 일정한 속도를 유지하며 오래 걸을 수 있게 되었다. 잃어버렸던 자신만의 리듬을 되찾은 것이다. 바위산과 모래언덕들, 빛과 그림자가 만들어내는 무늬의 질감은 때로 너무도 아름답고 매혹적이었다. '사막이란 거대한 천으로 가방을 만든다면 어떨까.' 희는 오랜만에 내면에서부터 분출되는 열정을 느꼈다.

기세 좋게 이글대던 태양도 어느덧 서쪽으로 기울었다. 땅거미가 내리자 사방에서 흥분이 꿈틀댔다. 낮잠에서 깨어난 전갈과 방울뱀, 고슴도치, 붉은여우가 먹이를 찾아다니기 시작했다. 사람들은 지금도 라스베이거스의 휘황한 불빛 아래서 먹고, 마시고, 춤추고, 섹스를 즐기고, 동이 틀 때까지 도박을 하겠지. 더러는 푼돈을 따고, 드물게는 부자가 되겠지. 그러나 나머지 대부분은 가산을 탕진하고, 아내를 잃고, 마약과 죽음의 유혹에 빠질 터.

희는 겨우 빠져나온 환락의 도시로부터 멀어지기 위해 조금 더 힘을 내어 앞으로 나아갔다. 해가 지자, 차가운 공기와 함께 내려온 밤이 삽시간에 대지를 장악했다. 투명한 별빛만이 가만가만 사막의 속살을 헤집었다. 어둠 속에서 꽃잎을 펼치는 식물들의 꽃향기를 맡으며 희는 걷고 또 걸었다. 어디선가 방울뱀이 건조한 모래 위를 사르륵 지나는 소리가 났다. 밤의 포식자인 올빼미는 부드러운 날갯짓 소리를 내며 머리 위를 지나고, 사막여우는 어두운 밤하늘을 향해 길게 외로움을 토해냈다. 때로 씨앗을 찾느라 분주한 주머니생쥐가 희의 발등을 간질이며 넘어갔다. 몇 날 며칠을 그렇게 걸었던 걸까. 한낮에는 땡볕을 피해 나무 그늘에서 눈을 붙이다가, 저녁이 되어 대기가 선선해지면 다시 일어나 걸었다. 사막에서는 하루를 견디는 것도 너무나 힘겨워 한밤이 되면 무언가 대단한 일이라도 해낸 느낌이 들곤 했다.

금과 은, 텅스텐과 망가니즈, 그리고 소금 따위가 매장되어 있는 사막은 오랜 세월 탐욕적인 인간들을 끌어모았지만 여전히 광활한 불모지일 따름이었다. 길은 어디에도 있고 어디에도 없었다. 모든 길은 걷는 대로 생겨났다가 이내 모래에 덮여 사라졌다. 기진맥진한 희는 고개를 숙인 채 끊임없이 불어오는 뜨거운 바람을 온몸으로 가르며 한 걸음 한 걸음 발을 내딛었다. 하지만 지평선은 다가갈수록 더 멀리 도망칠 뿐이었다. 거대한 침묵만이 끝없이 펼쳐졌다. 가끔 동물의 뼈가 하얗게 드러난 곳을 지날 수 있을 뿐, 인디언 할머니 조가 말한 신비의 소금나무를 찾아내기란 불가능해 보였다. 등에 멘 자루에 들어 있는 물이 바닥나기 전에 나무를 찾는다면 다행이고, 그렇지 못하면 이 메마른 땅 위에서 생을 마치는 수밖에 없었다. 절망이 희의 가슴에 더 큰 사막을 만들어갔다. 조 할머니가 전해준 말이 실낱같은 희망이 되어주었다.

'소금나무는 꼭 찾게 될 거야. 다만 절대 그냥 먹으면 안 돼. 약과 독은 늘 함께 있기 마련이니까. 끝이빨캥거루쥐처럼 해. 앞니로 잎에 묻은 소금을 훑어버린 뒤 즙이 있는 속만 먹으란 말이야.'

희는 완전히 탈진해 쓰러졌다. 희미하게나마 정신이 들어 다시 눈을 떠보니 새벽이었다. 사막의 식물들이 밤새 내려앉은 이슬을 잎사귀로 받아 조심스레 뿌리로 보내는 시간. 멀리서 먼동이 트고 있었다. 핏빛 아침노을은 대지 끝을 흠뻑 적시며 막 태양을 밀어 내고 있었다. 새로 태어난 태양이 순식간에 어둠을 물리치자 장엄하게 새날이 열렸다. 밤새 울어대던 곤충들마저 숨을 죽이는 깊고 깊은 침묵의 순간, 어디선가 묵직하게 철렁대는 금속성의 소리가 들려왔다.

낯선 금속성 소리를 찾아 주변을 둘러보았다. 그때, 희 앞에 나타난 것은 관목들 사이에 누워 있는 벌거벗은 청년이었다. 실오라기 하나 걸치지 않은 그의 육체를 오직 부드러운 아침 햇발만이 보살피고 있었다. 쇠사슬이 채워진 발목에는 피가 말라붙어 있었다. 며칠째 모래밭을 헤맨 끝에 탈진한 채 쓰러진 것 같았다. 스스로 고행을 하는 자일까. 아님 형벌이라도 받은 자? 아무려나. 희는 망설임 끝에 얼마 남지 않은 자신의 물을 청년에게 건넸다. 갈라져 터진 입술을 달싹이며 청년은 생명의 물을 삼켰다. 청년의 손에는 나뭇가지가 들려 있었다. 어젯밤 이 나무를 먹다가 정신을 잃었다는 걸 청년은 몸짓으로 전달했다. 희는 청년이 쥐고 있던 청회색 나뭇잎을 뜯어 먹었다. 입안 가득 바다 냄새가 퍼졌다. 하지만 얼마 지나지 않아 거센 갈증이 희의 몸을 덮쳤다. 희는 청년의 손에서 잎사귀를 빼앗았다. 그러고는 앞니로 소금을 긁어냈다.

소금나무 즙을 먹은 희는 서서히 기운을 되찾았다. 태양이 다시 사납게 빛나기 시작했다. 빨갛게 화상 입어 수포마저 생긴 청년의 어깨 위에, 희는 입고 있던 흰색 면 셔츠를 걸쳐주었다. 그러고는 치마를 벗어 반을 찢은 다음 망토처럼 자신의 목에 둘렀다. 그들은 인가를 찾아 걷기 시작했다. 걸음마를 배우는 돌잡이처럼 한 걸음, 한 걸음 위태롭게 앞으로 나아갔다. 잔인하게 이글대는 태양이 정수리 위로 올라가자 그림자마저 갈증으로 오그라들어 까맣게 응축되었다. 어둠의 맨홀처럼 변한 그림자는 지칠 대로 지친 그들을 빨아들여 사막의 모래땅 속에 영원히 묻어버릴 것 같았다.

견디기 힘들수록 그들은 더욱 서로에게 의지했고 위안이 되어주었으며, 마침내 서로를 깊이 신뢰하게 되었다. 희가 물었다.

"당신은 왜 사막에서 고행을 하나요?"

"일상의 공허를 사막의 거대한 공허로 극복하고 싶었어요. 사막은 긴장감을 극대화시키는 도구지요. 그런 절박감으로 타락한 도시를 정화하는 그림을 그려요. 한데 발목을 쇠사슬로 묶고 명상하다가 그만 열쇠를 잃어버렸어요. 그 순간, 거대한 공허가 사라졌어요. 하지만 곧 극심한 공포가 그 자리를 채웠죠. 당신을 만나지 못했다면 난 아마…… 그런데 그쪽은 어쩌다 여기까지 왔죠?"

"일상의 미로에서 벗어나려다 사막의 미로에 갇힌 셈이죠."

희는 입술이 갈라지는 아픔을 느끼며 배시시 웃었다. 혀가 너무 말라 자신의 강보 이불에 대해 들려줄 수 없어서, 그리고 무엇보다 그 강보 이불을 완전히 잃어버리지 않았다면 아마 이곳에서 당신을 만나지 못했을 테지요, 라고 말하지 못해 아쉬워하면서.

다시 저녁이 가까울수록 그림자는 유령처럼 엷은 회색을 띠다가 사라졌다. 그러자 이번에는 바람이 거세게 불어댔다. 그들은 칠흑 같은 어둠 속에서 서로의 몸을 가능한 밀착시킨 채 아침이 올 때까지 추위에 맞서 싸웠다. 어디선가 열정적으로 짝짓기 하는 땅다람쥐들의 신음 소리가 들려왔다.

6

벌거벗은 청년에 대한 소식은 며칠 뒤 〈로스앤젤레스 타임스〉에 보도되었다. '……네바다 주에 살고 있는 칼린 지브란(26)은 모하비 사막을 찾아왔다가 어이없는 일을 당했다. 화가이자 바이올리니스트인 지브란은 해마다 겨울이 되면 순례자처럼 모하비 사막을 찾아가 발목에 두꺼운 쇠사슬을 감고 자물쇠로 잠근 뒤 명상에 빠지곤 했다. 사고가 난 것은 지난해 크리스마스 이틀 뒤인 이십칠 일. 사막에 도착해 텐트를 치고 생활하기 시작한 지 꼭 칠 일째 되던 날이었다. 이날 그는 풍경화를 다 그리고 난 뒤에야 열쇠가 사라진 것을 알았다고 한다. 결국 지브란은 쇠사슬에 발이 묶인 채 나뭇가지를 꺾어 지팡이 삼아 사막을 헤매다 어느 문 닫힌 주유소를 발견하고 전화를 걸어 극적으로 구조를 요청했다. 그를 발견한 경관은 "거짓 신고가 아닌지 의심하면서 현장에 도착하니 기진맥진해 있는 지브란이 있었죠. 절단기를 가져다 사슬을 끊었는데 체인 자국이 선명한 그의 발목은 온통 피투성이였어요"라고 설명했다.'

지브란이 주유소를 발견해 전화하기까지 결정적으로 도와준 희에 대한 이야기는 어디에도 없었다. 체류허가증이 없는 국적 불명의 여자 이야기를 그다지 좋아하지 않는 신문 독자에 대한 배려였는지 모르겠다. 지브란을 병원으로 보내자마자 그녀는 곧 경찰에 넘겨졌다. 수용시설에 들어간 뒤 며칠이 지나, 지브란으로부터 다정한 안부 편지를 받았는데, 거기에는 인천행 비행기 티켓이 동봉되어 있었다. 그날 밤, 그녀는 낡은 인디언 자루에 소금나무 줄기와 비행기 티켓, 그리고 사막에서 주운 이름 모를 씨앗 몇 개를 담았다.

얼마 뒤, 인천으로 가는 비행기 안에서 희는 무심히 창문 밖을 바라보았다. 이불솜처럼 보드랍게 빛나는 흰 구름을 내려다보다가 그녀는 문득 생각했다.

'다시 태어나 저 구름 이불에 둘둘 말린다면, 그때는 어떻게 살아가게 될까.'

모기

1

   세린은 기어코 도쿄로 떠났다. 지난봄이었다. 원전사고가 나서 뒤숭숭한 나라로 하나밖에 없는 조카를 떠나보내기가 싫어 나는 끝까지 만류했다. 하지만 아이는 막무가내였다. 하필 이때, 세린이 어렵게 일본 대학에 합격해 마냥 기뻐야 할 때 거대한 쓰나미가 일본을 덮치다니. 생각할수록 기막히고 억울한 일이었다.

   쓰나미가 덮쳤을 때, 세린과 나는 백화점에서 옷을 고르고 있었다. 입학을 앞둔 세린은 들떠 있었고, 그런 세린을 지켜보는 나는 봄 햇살처럼 환한 미소를 짓고 있었다. 집으로 돌아오는 차 안에서 라디오를 켜니 일본의 동북연안이 거대한 쓰나미에 휩싸였다는 소식이 들려왔다. 그로부터 며칠 동안 방송 매체마다 미나미산리쿠초를 비롯한 해안가 마을들이 삽시간에 무너지고 물에 잠기는 장면을 반복적으로 내보냈다. 믿을 수 없는 현실이었지만, 믿지 않을 수 없었다. 원전이 파괴되어 핵물질이 누출되고 있다는 끔찍한 소식이 뒤를 이었다. 후쿠시마 원자로 냉각시스템 고장, 격납용기 파손, 수소 폭발, 노심 용해, 방사성 세슘 오염, 플루토늄 방출…….

세린과 나는 발을 동동 굴렀다. 일본에 체류하던 외국인들이 특별기를 타고 출국한다는 소식이 연일 들려왔다. 그런 판인데 오히려 일본으로 들어가야 한다니 기막힐 노릇이었다. 출국을 하루 앞두고 저녁을 함께 먹는 자리에서 나는 고민 끝에 내린 결론을 말했다. 유학을 포기하자는 내 말에 세린은 펄쩍 뛰었다. 절대로 그럴 수 없어, 얼마나 힘들게 준비해왔는데 포기해, 라며 눈물을 글썽이기까지 했다. 나는 간곡하게 말했다.

"도쿄 시내는 이미 물과 공기가 오염되어 난리야. 그런 곳에 내 유일한 혈육인 널 보낼 순 없어. 그러지 말고 우리 미래를 생각하자."

세린이 갑자기 정색을 하며 대꾸했다.

"지금껏 미래만 보며 달려왔는데, 또 미래라고? 난 현재를 살고 싶어."

나는 흥분을 가라앉힌 뒤 낮지만 단호한 목소리로 말했다.

"현재의 행복 따위가 문제야? 너와 네가 앞으로 낳게 될 아기의 건강이 문제지."

세린의 입가에 차가운 미소가 번졌다.

"아기를 낳는다고? 그런 경험은 한 번으로 족해. 내 아기를 버린 이모가 어떻게 이제 와서…… 우습지 않아?"

무섭도록 파란빛을 내며 쏘아보는 눈길 앞에서 나는 더 이상 아무 말도 하지 못했다. 고개를 숙인 채 식어버린 밥을 떠서 입속으로 밀어 넣었다.

결국 세린은 사월, 벚꽃이 한창인 때 홀리듯이 짐을 싸 도쿄로 날아갔다. 먼 길을 떠나는 세린을 나는 집 앞 정류장까지도 배웅하지 않았다. 세린은 현관에서 마지막 눈인사를 하고 단호히 돌아섰다. 엘리베이터를 타자 곧 문이 닫혔고, 아이는 거짓말처럼 눈앞에서 사라져버렸다. 그제야 나는 새끼 잃은 어미 소처럼 허둥대며 베란다로 뛰어가 창문 너머로 멀어져가는, 점점 더 작아져가는 세린을 흐린 눈으로 지켜보았다.

그날은 종일 비가 내렸다. 젖은 꽃잎이 길 위로 하얗게 떨어져 내렸다. 평소라면 너무 고와서 걷고 싶었을 꽃길이, 그날은 하얀 벌레로 얼룩진 것처럼 보였다. 방사성 요오드와 세슘이 녹아 있는 비……. 방송에서는 인체에 별 영향이 없으니 안심하라고 했지만, 사람들은 비 한 방울이라도 맞을 새라 넓은 우산을 펼쳐 들었다. 빗물에서 독초 삶는 냄새가 났다. 인터넷을 뒤져보니 어떤 사람은 쇳내가, 어떤 사람은 피비린내가 난다고 했다. 또 어떤 사람은 화학공단에서 풍기는 고약한 냄새가 난다며 속상해했다. 하지만 정말로 안타까운 사실은 방사능 성분이 눈에 보이거나 냄새로 맡아지는 게 아니라는 거였다. 냄새가 난다고 호들갑 떠는 건 오히려 순진한 착각이었다.

세린이 상처 입은 짐승처럼 힘들어하며 나를 찾아왔던 어느 오후를 생각했다. 그때로부터 어느새 삼 년이 지났다. 지난 몇 년 동안 나는 세린 덕분에 하루하루를 사는 것처럼 살았다. 하지만 이제 다시 덧없이 해가 떴다가 쓸쓸히 저무는 나날이 기다리고 있었다. 아니, 그 아이가 방사능으로 오염되어가는 것을 안타깝게 지켜봐야 하는, 혹은 언제 여진 피해를 입을지 몰라 불안에 떨어야 하는 나날이 기다리고 있었다. 어쩌다 이런 상황에 맞닥뜨리게 된 걸까. 도대체 뭐가, 어디서부터 잘못된 걸까.

2

열여섯이 된 세린이 만취해서 나를 찾아왔을 때, 현관 앞에서 굽 높은 구두를 벗다가 균형을 잃고 말았을 때, 그 애의 길고도 빨간 머리카락이 현관 입구에 왈칵 쏟아져 내렸을 때, 나는 심장이 멎는 줄 알았다. 위태로운 열여섯의 나이테에 걸려 넘어진, 작고 여린 몸이 풀어놓은, 반항기로 빨갛게 물든 머리카락들은 거실 바닥 위에서 거칠게 꿈틀대고 있었다. 사악한 뱀처럼 독기를 품은 머리카락을 가만히 쓰다듬으며 한동안 나는 먹먹한 눈으로 허공을 바라보았다. 술내가 진동하는 실내로 저물녘 햇빛이 카프리 맥주처럼 노랗게 비껴들었다. 황후의 머리에 향유를 듬뿍 발라 손질하는 시녀가 된 양 나는 정성을 다해 세린의 머리카락을 쓰다듬었다. 한참을 매만지자 거칠게 꿈틀대던 조카의 증오와 절망이 차차 누그러지면서 촉촉하고 부드럽게 되살아났다.

그 순간 내가 열여섯 되던 해 가을, 초라한 양철지붕 밑에서 추적추적 내리는 빗소리를 들으며 보게 된 한 편의 영화가 떠올랐다. 감독이나 배우가 누군지는 알지 못했다. 제목조차 희미했다. '작아지는 사람'이었던가. 분명한 건 한없이 작아지는 사내가 등장하는 영화라는 거였다.

그 영화를 처음 본 건 '주말의 명화'라는 텔레비전 프로그램에서였다. 그 무렵 '주말의 명화'를 시청하는 건 내 인생의 유일한 탈출구였다. 우리 집에서 조금만 걸어가면 보이는 국립극장에선 공연이 줄을 잇고 시내 극장가마다 영화 포스터가 현란하게 나붙어 있었지만, 한 번도 그런 곳에 들어가본 적이 없었다. 극장에 드나들기엔 우리 집 형편이 너무 어려웠다. 내게는 주말 저녁에 방송국에서 틀어주는 세계의 명화를 보는 게 유일한 문화생활이었다. 그 재미마저 없었다면, 사춘기 내내 감기처럼 찾아오곤 하던 자살 충동에서 헤어나지 못했을지 모른다. 어쩌면 지금과는 아주 다른 삶을 살게 되었을 수도 있다. 그것은 나뿐이 아니었다. 여동생 혜순도 마찬가지였다. 나보다 한 살이 어린 혜순과 나는 늘 아옹다옹 다투곤 했는데, '주말의 명화'를 볼 때만큼은 뜻이 잘 맞는 다정한 자매였다. 우리는 좋아하는 영화가 거의 비슷했다. 〈바람과 함께 사라지다〉라든지 〈닥터 지바고〉 같은 영화를 보면서 우리의 유방은 부풀었고 엉덩이는 벌어졌다. 남대문시장에서 밤늦도록 녹두빈대떡을 팔고 돌아온 어머니가 코를 골며 잠들 때까지 기다렸다가 살며시 일어나 텔레비전을 켜는 건 언제나 혜순이었다. 나는 어머니가 두려워 차마 그러지 못했다. "아직도 안 자고 뭣들 해. 기운이 남아도냐?" 어머니는 코를 골다 말고 갑자기 일어나 버럭 소리를 지르곤 했다. 재빨리 텔레비전을 끄는 것도 혜순이었다. 맏이라는 이유로 잘못이 있을 때마다 야단을 맞던 나는 적어도 그 일만은 동생에게 미루고 싶었다. 어머니는 하필 주인공들이 열정적으로 키스하거나 포옹하는 대목에서 깨곤 했다. "계집애들이 하라는 공부는 않고…… 전기세 많이 나오니까 당장 꺼!" 어머니는 혀를 찼다. 그럴 때면 나는 어둠 속에서 빨갛게 달아오른 뺨을 손바닥으로 식히며 죽고 싶다는 생각을 했다. 브래지어로 꼭꼭 싸매는데도 멋대로 부풀어 삐져나오는 유방이 부끄러워 등을 굽히고 다니던 시절이었다.

어머니의 감시와 지청구에도 굴하지 않고 영화를 본 다음 날이면 해가 중천에 뜰 때까지 잠을 잤다. 휴일 대목을 놓치지 않으려고 새벽부터 시장으로 간 어머니에게 우리는 도시락을 싸서 가져 가야 했다. 전날 밤에 어머니가 한 번도 깨지 않아 기분 좋게 영화를 본 경우엔 오이와 달걀, 어묵, 당근 등속을 넣은 김밥을 보기 좋게 담아 내가곤 했다. 하지만 자다 말고 몇 번씩 깨어 우리를 방해한 다음 날이면 맨밥에 묵은 김치나 무장아찌만 달랑 들고 갔다.

"뭐 하느라 이제 오냐, 해가 똥구녕을 치받도록 자다 왔냐?" 아버지와 사별한 뒤 혼자 살림을 꾸리던 어머니는 점점 더 시장 사람들을 닮아갔다. 대위로 제대한 아버지가 사업에 실패하고, 투병 끝에 생을 마친 뒤에도 어머니는 동네 사람들로부터 대위댁 사모님이라고 불렸다. 하지만 세월이 흐르자 내 이름을 붙인 혜영 어머니라 불렸고, 심지어 시장에서는 빈대떡 아줌마로 통했다. 어머니는 그런 호칭에 점차 익숙해졌다. 게다가 행색마저 허술해졌고 말투와 몸짓도 거칠어졌다. 살아남기 위해 삶의 마지막 선을 넘어버리면서, 그나마 간직하고 있던 젊음과 고운 태마저 내던져버린 것 같았다.

나는 변해가는 어머니를 상대하기가 싫어 도시락을 사이에 두고 마주 앉아 한마디도 하지 않았다. 그러면 어머니는 "독한 년!" 이라며 노여워했다. 내가 늘 혜순을 데리고 시장에 간 이유도 거기에 있었다. 혜순은 야단을 맞아도 그다지 심하게 반발하지 않았다. 천성이 낙천적이어서 그런지 어머니가 하는 욕 따위는 잊고 금방 콧노래를 부르거나, 호기심 어린 눈으로 시장을 훑어보곤 했다. 무뚝뚝한 어머니 앞에서 쓸데없는 말을 재잘거리기도 하고 코미디언 흉내를 내기도 했다. 그런 혜순을 어머니는 은근히 귀애했다. 나는 때때로 서운했지만 지금 와 생각하면 참으로 다행한 일이었다. 동생마저 나처럼 차가웠다면 그 시절의 어머니는 무슨 낙으로 살았을까.

그런데 '작아지는 사람'이 나오는 영화를 본 다음 날엔 달랐다. 혜순은 시장으로 가면서 내내 심각한 얼굴을 하고 땅만 보며 걸었다. 어머니 앞에서도 조용히 있다가 건성으로 몇 마디 건넨 게 다였다. 시간 가는 줄 모르고 빠져들던 시장 구경도 마다하고 일찍 집으로 향한 것도 여느 때와는 다른 모습이었다. 집으로 가는 길에 혜순이 물었다. "어제 본 영화 말이야, 좀 이상하지?" 나는 고개를 끄덕였다. 이상한 영화임에 틀림없었다. 그때까지 우리가 보았던 〈애수〉나 〈로마의 휴일〉 〈에덴의 동쪽〉이나 〈칠 인의 신부〉와 달랐다. 하다못해 〈황야의 무법자〉나 〈OK 목장의 결투〉와도 크게 달랐다. 사람이 자꾸만 작아지는 괴상한 이야기라니!

처음에 우리는 주인공 남녀가 보트 위에서 키스하는 장면을 보면서 멜로영화인 줄 알았다. 그러다가 여행지에서 돌아온 사내의 키가 갑자기 줄어드는 데서부터 헷갈리기 시작해 마침내는 갈피를 잡을 수 없는 상태에 빠지고 말았다. 사내가 계속 줄어들어, 고양이와 거미의 공격을 받을 때는 심한 공포에 사로잡혔다. 공포

물인가? 마침내 사내가 자벌레처럼 작아지자 차라리 울고 싶어졌다. 비극인가? 하지만 사내는 작아지기만 했을 뿐 죽지는 않았다. 죽지 않고 살아남은 사내가 "나는 무엇인가. 여전히 인간인가?"라고 묻는 장면은 특히 인상적이었다. 물론 그는 몸이 작을 뿐 여전히 인간이었다. 인간의 지능으로 매 순간 닥쳐오는 위험을 극복했다. 먹을 것을 구하고, 적을 물리치느라 몹시 지친 그는 마침내 방충망 구멍을 통해 건물 밖으로 나왔다. 모기만큼 작아진 그가 광대한 하늘 아래 홀로 섰다. 멀고 먼 우주로부터 내려오는 푸른 달빛이 그의 몸을 비추었다. 작고 작은 그의 눈에 비친 달이나 내가 평소에 바라보는 달이나 별 차이가 없어 보였다. 지친 육체를 달빛 아래 세워둔 채로 한참 생각에 잠겨 있던 사내가 마침내 입을 열었다.

그런데 아쉽게도 그 마지막 대사를 혜순은 듣고 나는 듣지 못했다. 때마침 어머니가 코를 골다 말고 벌떡 일어나 소리쳤기 때문이다. "지금이 몇 시냐? 엉? 니들 미쳤냐?" 새벽 두 시가 가까워지고 있었다. 나는 재빨리 이불을 덮어썼다. 하지만 혜순은 마지막 장면을 봐야겠다는 일념으로 볼륨을 줄인 채 끝까지 버텼다. 결국 어머니의 매운 손바닥이 등짝을 내리치는 소리가 났다. 그런데도 혜순은 얼마쯤 더 버티다가 엔딩 음악이 나온 뒤에야 텔레비전을 껐고, 방 안은 비로소 조용해졌다.

"대체 뭘 말하고 싶은 걸까, 그 영화는?" 시장 입구에 다다랐을 때 혜순이 다시 물으며 내 눈을 깊이 쏘아보았다. 동생의 눈망울이 그토록 크고, 까맣고, 맑은 줄은 그때 처음 알았다. "언니는 공부 잘하잖아. 머리도 좋고. 난 아무리 생각해도 모르겠어." 혜순이 집요하게 하나의 생각에 사로잡힌 걸 본 건 그때가 처음이었다. "글쎄, 그러니까…… 힘을 키워야 한다는 거겠지. 그 사내처럼 작아져서 힘든 삶을 살지 말고 큰 인물이 되어 당당하게 살라는 뭐, 그런 교훈?" 나는 짐짓 영화를 다 이해한 양 말했다. 혜순이 그제야 고개를 끄덕였다. 하지만 시원스러운 끄덕임은 아니었다. 몇 발자국 가다 말고 다시 고개를 갸우뚱 기울였다. 마침 김칫거리를 사다 절여놓으라는 어머니의 말이 생각나 채소가게에 들러 얼갈이배추와 쪽파를 골랐다. 혜순은 계속 걸어갔다. 무거운 김칫거리를 두고 혼자 가면 어쩌느냐고 큰 소리로 불러도 듣지 못하고 걸어갔다. 노란 해바라기 무늬가 프린트된 낡은 치맛자락을 팔락이며 앞만 보고 나아갔다. 한낮의 햇볕이 뜨겁게 내리쬐고 있었다. 그 햇볕이 혜순을 녹여 수증기처럼 사라지게 할 것 같았다. 비쩍 마르고 키가 또래보다 작은 동생이 가여웠다. 나는 속으로 스칼렛 오하라가 그랬듯이 주먹을 꼭 쥐고 다짐했다. '절대로 비루하게 살지 않을 거야. 모기처럼 앵앵거리며 살 순 없어!'

3

　나는 우수한 성적으로 고등학교에 입학했지만 어머니 대신 살림하랴, 시장에 나가 일 도우랴, 늘 시간이 부족했다. 학년이 올라갈수록 좋은 여건에서 공부만 하는 친구들에게 뒤처졌다. 결국 장학생으로 명문대학에 입학하겠다던 내 포부는 실현되지 않았다. 대학 진학을 포기해야 했다. 대신 나를 아끼던 담임 선생님의 추천으로 꽤 유망한 중소기업에 입사할 수 있었다. 나는 상사들로부터 야무지다는 칭찬을 들었고 점차 실력을 인정받아 학력에 비해 높은 임금을 받게 되었다. 공부에 관심이 없던 혜순은 상업고등학교에 진학했다. 그런데 그 애는 뭘 하든 악착같은 데가 없었다. 변변한 자격증도 없이 졸업한 뒤 개인 사무실에 들어가 보조업무를 봤는데, 그나마 꾸준히 다닐 수도 없었다. 갑자기 생겼다가 금방 사라져버리는 불안정한 직장이 대부분이었고 월급 떼이는 게 다반사였다. 그런 일이 반복되자 혜순은 차라리 장사를 배우겠다며 남대문 의류상가를 찾아갔다.

　우리 세 식구는 각자 열심히 벌었고, 점차 살림이 나아질 거라 믿었다. 때때로 통장에 쌓여가는 현금을 보면 곧 부자가 될 것 같기도 했다. 하지만 우리 집은 커지기는커녕 점점 작아져만 갔다. 우리가 모은 돈은 냉장고가 되거나 세탁기가 되거나 싱크대가 되었다. 살림이 늘어갈수록 단칸방은 점점 더 옹색해졌다. 그렇다고 남들 다 있는데 우리만 없이 살 순 없었다. 게다가 전셋값은 해마다 폭등했다. 나는 어떻게든 집부터 장만해야 한다는 생각으로 온 가족의 수입을 모아 알뜰하게 관리했다. 그런데 하필 혜순이 사고를 쳤다.

"나…… 아무래도 몸이 이상해."

그날, 시장에서 해바라기꽃 무늬 치마를 흔들며 눈앞에서 멀어져 간 동생은 결국 나를 앞질러 혼인했다. 인조 구슬이 소박하게 장식된 웨딩드레스를 입은 혜순은 수많은 신부들이 걸었을 낡은 양탄자 위를 조심조심 걸었다. 이미 새 생명이 자라기 시작한 아랫배를 숨기려 애쓰면서. 혜순보다 내가 더 부끄러웠다. 게다가 한껏 차려입고 왔지만 여전히 초라하고 볼품없는 행색의 신랑 측 하객이 눈에 거슬렸다. 나는 어서 예식이 끝나길 바라면서 속으로 다짐했다. '난 이렇게 초라한 결혼식은 치르지 않겠어, 절대로!'

혜순이 혼인하던 날, 나는 아주 오랜만에 '작아지는 사람'이 나오던 영화를 떠올렸다. 내가 보기에 혜순의 신랑은 분명 신혼여행지에서 돌아오자마자 더 작아질 게 분명했다. 그는 손바닥만 한 옷가게로 생계를 꾸려야 하는, 동생들과 병든 노모까지 딸린 사람이었다. 그나마 벌어놓은 돈은 혼인 비용으로 썼으니, 머지않아 다시 바닥으로 내려앉을 게 뻔한 사내…….

혜순은 이듬해 딸을 낳았다. 순산이었다. 아이는 나무랄 데 없이 건강하고 예뻤다. 퇴근길이면 조카를 보려고 혜순네 단칸방부터 들렀다. 거기서 한참 아기와 놀다가 밤늦게야 집으로 돌아왔다. 아기 이름은 세린이라 지었다. 내가 꼭 가지고 싶었던 이름이었다.

"언니도 시집가. 생각보다 좋아. 신랑도 잘 해주고." 혜순은 얼굴을 붉혔다. 동생이 부끄러워하는 건 난생처음 보았다. 나는 혜순네 부부가 잘 지내는 걸 다행으로 여기면서도 여전히 그들 삶에 대해 불안한 생각을 버릴 수 없었다.

내 나이가 서른을 훌쩍 넘기면서부터 어머니는 어서 시집을 가야 한다며 주말마다 나를 들볶았다. 성화에 못 이겨 가끔 선을 보긴 했지만 매번 실패였다. 내가 괜찮다 싶으면 저쪽이 피했고 저쪽이 좋다고 몰아붙일 땐 내가 싫었다. 나는 늘 회사 일로 바빴기 때문에 사무실 가까이 있는 레스토랑에서 맞선을 보았다. 간단한 식사 뒤에는 근처 시민의 숲을 함께 걸었다. 시민의 숲에는 개천을 끼고 나 있는 멋진 산책로가 있었다. 길가에 늘어선 벚나무들이 봄이면 하얗게 흐드러졌고 가을이면 빨갛게 물든 잎이 눈부셨다. 무엇보다 나는 그 산책로 근처에 새로 들어선 아파트 단지가 맘에 들었다. 그곳은 내가 존경해온 직장 상사가 사는 동네이기도 했다. 언젠가 아내와 아이들을 데리고 산책하는 상사와 우연히 마주쳤는데, 무척이나 행복해 보였다. 그날 이후 내 꿈은 그 동네 주민이 되는 거였다. 하지만 내가 만난 남자들은 그런 고급 아파트를 장만할 능력이 없었다.

눈에도 안 차는 남자와 결혼하는 대신 차라리 대학에 들어가기로 마음먹었다. 시시한 남자에게 얹혀사느니 스스로 능력을 키우는 게 낫겠다고, 언젠가는 아름다운 벚나무 길이 있는 그 동네에서 살고야 말겠다고 다짐했다. 혼례 비용으로 준비해둔 목돈은 학자금이 되었다.

나는 상상하고 또 상상했다. '봄이면 아침 일찍 일어나 조깅을 하면서 꽃망울이 부풀어 하얗게 터지는 걸 지켜볼 테야. 더운 여름 저녁엔 선선한 바람을 쐬면서 조용히 노래를 부르고, 가을날 오후에는 벤치에 앉아 햇살과 커피를 즐기며 책을 읽어야지. 눈 내리는 겨울이면 싸늘하고 투명한 공기 속에서 볼이 빨개지도록 눈싸움을 할까? 깔깔 웃어대면서 말이야.'

일하고 공부하느라 세월 가는 줄 몰랐다. 학교와 직장을 오가는 동안 차곡차곡 나이가 쌓였고 눈가에는 하나둘, 잔주름이 늘었다. 그사이에 세린도 무럭무럭 자라 어느새 초등학교에 입학할 나이가 되었다. 나는 레이스가 화려한 원피스와 빨간 구두 그리고 초코케이크를 사 들고 입학식에 참석했다. 멋진 이모로 보이고 싶어 평소보다 신경 써서 차려입었다. 그날 내가 세린에게 주려고 마련한 선물은…… 말하자면 '허영'이었다. 조카가 비록 소란스러운 시장통에서 가난하게 살고 있지만 정신적으로는 화려한 세계를 꿈꾸기를 바라는 마음. 그런 마음으로 준비한 선물이었으니까. 농부가 이른 봄에 씨앗을 뿌리듯 그날 나는 세린의 어린 영혼에 '허영'을 심어놓았다. 선물이 맘에 들었는지 세린은 제 부모는 제쳐두고 종일 나를 따라다녔다. 저녁에 집으로 돌아올 때는 가지 말라고 떼를 쓰며 울었다. 조카가 눈에 밟혀 며칠 동안 일이 손에 잡히지 않았다.

그 무렵 나는 직장에서 외로운 처지였다. 회사의 온갖 비리를 잘 알고 있는 나를 사장을 비롯한 간부들은 늙은 이무기 보듯이 슬슬 피했다. 나는 더 늦기 전에 다른 직업을 준비해야 할 필요를 절실히 느꼈다. 물살에 떠밀리지 않으려면 물고기가 쉼 없이 헤엄을 쳐야 하듯이, 살아남으려면 작은 잠자리도 대양을 건너야 하듯이, 나도 어떻게든 궁리를 하고 애를 써야 했다. 힘들게 대학을 졸업한 뒤, 이번에는 세무사 시험을 준비하기로 했다. 주말에는 학원에 다녔고 일하는 틈틈이, 밤잠을 줄여가며 공부했다. 하지만 세무사 되기란 생각처럼 쉽지 않았다.

세린은 가끔 혜순이 데리고 나오면 만나곤 했다. 언제 보아도 눈에 띄게 예쁘고 영리한 아이였다. 당시 혜순네는 옷가게가 망해서 할 수 없이 변두리로 이사 가서 힘들게 살고 있었다. 그래서인지 세린은 도심의 거대한 빌딩 숲에서 일하는 이모를 자랑스러워했다. 게다가 이모를 만나면 이국적 향미의 스테이크나 파스타를 먹는다는 걸 알기에 부르기만 하면 기꺼이 찾아왔다.

몇 년간의 고생 끝에 나는 시험에 합격했다. 드디어 다니던 회사를 때려치우고 세무사 법인에 들어갔다. 그 뒤 몇 년쯤 지나 동료 세무사와 따로 사무실을 차렸다. 그 무렵 어머니는 급격하게 쪼그라들고 있었다. 키도, 머리숱도, 이빨 수도. 기억하는 단어의 숫자조차 눈에 띄게 줄었다. 어머니는 이제 나의 보호자가 아니었다. 내가 오히려 어머니를 보호하는 처지가 되었다. 어느새 내 나이도 마흔이 넘어 있었다. 어쩐지 알 수 없는 공허감이 생겨나기 시작했다. 하지만 심각할 정도는 아니었다. 그때까지만 해도 나는 미래에 대해 막연한 희망을 가지고 있었고 현실을 헤쳐 나가는 자신을 대견하게 여기고 있었다. 이제 조금만 더 노력하면 아름다운 벚나무 길을 아침저녁으로 산책하며 행복하게 살게 될 거라 믿었다.

4

어느 날 갑자기 어머니가 심장마비로 생을 마감했다. 쪼그라들 대로 쪼그라들었던 어머니의 육신은 한 줌 흙이 되었다. 작은 화분에 담으면 튤립 몇 포기 키울 만큼의 양이었다. '그렇게라도 생명을 키울 수 있다면…… 과연 행복해질까.' 문득 그런 의문이 들었다. 불쾌한 생각이었다. 내 몸은 여태 겨자씨만 한 생명 하나도 키워내지 못했다는 사실을 상기시키는. 불행의 전조와도 같았다. 머리를 흔들어댔다. 딴생각을 하려고 애썼다. 다음 달이면 입주하게 될, 내 소원이었던 고급 아파트를, 그곳에서의 꿈같은 생활을 상상했다.

초여름 더위가 시작될 무렵에 드디어 나는 원하던 아파트에 입주했다. 새벽에 일어나 조깅을 하고, 저녁이면 음악을 들으면서 느긋하게 산책했다. 원두커피를 사 들고 가을볕을 쬐면서 벤치에 앉아 책을 읽었다. 하지만 눈 내리는 날, 볼이 빨개지도록 눈싸움을 하지는 못했다. 그것은 불가능한 일이었다. 나에겐 함께 놀아줄 상대가 없었다. 겨울 공원은 춥고 썰렁했다. 눈사람을 만들거나 눈싸움을 하는 이들이 더러 눈에 띄었지만 나와는 상관없는 사람들이었다. 갑자기 고독이 밀려왔다. 작아지지 않으려고 내 삶의 외피를 키워왔지만, 결국 함께할 가족이 없다는 사실이 새삼 아프게 심장을 찔렀다. 뼛속 깊이 스며드는 한기가 느껴져서 나는 산책을 중단하고 도망치듯 집으로 돌아왔다.

겨우내 산책을 하지 않았다. 몸이 잔뜩 불어나 입던 옷이 맞지 않았다. 어딜 가든 아줌마 소리를 들었다. 처녀가 아줌마 소리를 들을 때의 처참한 기분은 아무도 이해하지 못할 거다. 그건 강제로 처녀성을 빼앗긴 것처럼 화나고 또 비참한 일이다. 게다가 생리마저 불규칙해졌다. 이른 폐경의 조짐이었다.

사월이 되자, 훈풍 부는 길목마다 나무들이 간지럼 타는 어린애 웃음처럼 환한 꽃봉오리를 일제히 터뜨렸다. 시민의 숲은 다시 벚꽃을 즐기려는 사람들로 북적였다. 봄기운에 힘입어 나도 다시 산책에 나섰다. 흰 꽃으로 가득 뒤덮인 벚나무들이 바람 불 때마다 꽃잎을 살랑살랑 떨어뜨리고 있었다. 땅바닥 위에도 온통 꽃잎이 하얗게 쌓여 있었다. 웃으며 지나가는 연인이며, 가족들의 머리 위에도, 어깨 위에도 꽃잎이 사뿐사뿐 내려앉았다. 자리를 깔고 앉아 음식을 먹거나 술을 마시는 이들도 있었다. 사람들이 흘깃거리며 나를 훔쳐보는 것 같았다. 사람들 시선을 피해 숲의 안쪽으로 점점 더 깊이 파고들었다.

도로에서 멀리 떨어진 숲에는 갓 피어난 꽃들이 나뭇가지가 보이지 않을 정도로 하얗게 붙어 있었다. 수분을 기다리는 꽃들이 갑자기 괴이하게 보였다. 온통 자궁을 드러내고 있다니! 자세히 들여다보니 창백하다 못해 파리한 꽃잎들이 바들바들 떨고 있었다. 꽃들이 내뿜는 서늘한 기운에 으스스 몸이 떨려와 옷깃을 여몄다. 또다시 도망치듯 집으로 돌아온 나는 침대 위에 쓰러져 펑펑 울었다. 한참 만에 울음이 잦아들자 안개 걷힌 뒤 드러나는 풍경처럼 희망하나가 떠올랐다. '그래, 세린이가 있어. 나의 세린이!'

다음 날 아침, 출근도 하기 전에 나는 혜순에게 전화해 세린을 데리고 놀러 오라고 청했다. 그랬더니 혜순은 전에 없이 펄쩍 뛰며 공장에서 받아 온 일감이 밀렸다면서 강하게 거절했다. 그럼 세린과 통화라도 하게 해달라고 했더니 그마저도 안 된다고 했다. 아이가 공부하느라 바쁘다면서. 아무리 그렇더라도 전화 통화할 시간도 없느냐며 끝내 화를 냈다. 혜순은 그제야 세린이 가출을 했다고 고백했다.

세린은 겨우 열여섯이었고, 고등학교에 갓 입학한 아이였지만 이미 삶에 대해 절망하고 있었다. 누추한 현실에 절망한 사춘기 아이들이 종종 선택하는, 위태로운 길을 가고 있었다. 나는 세린의 휴대전화에 대고 하루 종일 문자와 음성메시지를 남겼다.

"세린아, 이모는 너밖에 없어. 세상천지에 유일한 혈육은 너뿐이야. 이모가 대학도 보내주고, 원하는 건 다 해줄 수 있어. 내 말 알아듣지, 세린아? 연락해, 제발!"

나는 물에 빠져 지푸라기를 잡는 심정으로 세린을 붙잡았다.

빨간 머리에 하이힐, 그리고 짙은 화장을 한 세린이 술에 취해 나를 찾아온 건 그로부터 두어 달쯤 지나서였다. 그 애는 너무 일찍 어른 흉내를 내는 걸로 세상에 반항하고 있었다.

그날 나는 열여섯 살 이후 두번째로 '작아지는 사람'이 나오는 영화를 생각했다. 내 무릎에 엎드려 우는 세린의 머리카락을 쓰다듬다가 문득 그 영화를 떠올린 것이다.

'세린마저 작아지게 할 순 없어. 내가 키울 테야, 내가. 그 누구보다 크고 멋지게!'

가슴속에 새 희망이 부풀기 시작했다. 쉼 없이 손가락을 움직이며, 저물어가는 실내에서 나는 허공을 향해 남몰래 웃었다. 소리 없이 웃었다. 남의 딸을 훔쳐 온 기쁨에 소리 없는 웃음이 계속 흘러나와 입을 다물 수가 없었다.

5

세린의 짐은 곧 내 집으로 옮겨졌다. 혜순에게 처음으로 감사했다. 혜순이 작아지는 선택을 함으로써 얻은 생명체가 세린이니까.

세린을 내 집으로 데려와 근처 학교에 입학시켰다. 다행히 쉽게 적응을 했다. 어린 세린의 가슴에 뿌려둔 허영이라는 감정이 이번에는 좋은 쪽으로 그 애를 움직이는 것 같았다. 희망을 되찾자 아침 운동과 저녁 산책이 다시 즐거워졌다. 삶이 다르게 느껴졌다. 나는 새벽부터 밤늦도록 일을 했다. 나 혼자라면 그렇게까지 열심히 일을 하고 돈을 모을 필요가 없었지만 세린이 있는 한 사정은 달랐다. 그 애는 미처 내 것으로 잡지 못한 행복, 내가 가닿지 못할 미래를 대신 누리고 살아줄 나의 씨앗이니까.

그런데 가을이 되면서 한 가지 문제가 생겼다. 세린이 점점 살이 쪘다. 겨울방학을 앞둔 무렵엔 몸이 몰라볼 정도로 불어버렸다. 특이한 먹성과 비만의 원인이 설마…… 어느 날 나는 목욕을 마친 세린의 몸을 문틈으로 훔쳐보다가 배의 중앙을 가르는 짙은 임신선을 발견했다. 눈앞이 하얗게 무너져 내렸다. 가출해 지내는 동안 누군가 세린의 자궁에 몹쓸 짓을 한 게 분명했다.

산부인과에 가보았지만 이미 너무 늦었다고 했다. 요양이 필요하다는 내용의 가짜 진단서를 떼어다 학교에 제출하고는 곧바로 세린을 집에 들어앉혔다. 세린은 겨울 내내 방 안에 갇혀 지내야 했다. 세상에 세린과 나 이외에는 아무도 모르는 비밀들이 쌓여갔다. 나는 세린이 몸을 풀 때까지 혜순마저 찾아오지 못하게 했다. 공부하는 애 마음 흔들면 안 된다는 이유를 대면서 호통까지 쳤다. "너처럼 지지리 궁상으로 살길 바라는 거 아니면 얌전히 시키는 대로 해, 알겠어?"

그해 겨울은 참으로 길었다. 힘들게 찾아온 봄이 꽃봉오리를 터뜨릴 즈음에야 세린도 산달을 맞았다. 나는 꼼꼼히 출산 준비를 했다. 봄이 한창인 어느 날, 드디어 세린이 산통을 호소했다. 나는 떨리는 가슴을 진정시키고 오랫동안 준비해온 대로 탯줄을 자를 가위를 펄펄 끓는 물에 소독했다. 광목천과 거즈, 소독약과 위생 장갑, 비닐 등속을 꺼내 왔다. 입에 수건을 문 세린은 얼굴이 하얘지도록 힘을 줬지만 아기는 쉽게 머리를 드러내지 않았다. 아침나절에 시작된 진통은 다음 날 새벽녘이 가까워서야 끝났다. 숨을 거두기 전의 가시나무새처럼 세린이 찢어지는 비명을 지른 뒤에야 아기는 세상으로 나왔다. 세린은 곧바로 잠 속으로 빠져들었다. 나는 침착하게 뒷수습을 했다. 어쩐 일인지 시간이 지날수록 정신이 또렷해지고 더욱 차분해졌다. 속으로 의사가 되었어도 잘 해냈을 거란 생각을 하면서 양수와 피로 얼룩진 천과 거즈들을 쓰레기봉투에 담았다. 마지막으로 아기를 보자기에 둘둘 말았다. 아기와 눈을 맞추지 않으려고 고개를 돌린 채로. 그러다가 실수로 아기를 떨어뜨렸다. 보자기가 벌어지면서 일순 벌거벗은 빨간 핏덩이가 보였다. 이어 눈에 들어온 아기의 새까만 눈동자……. 눈동자는 본능적으로 어미를 찾고 있었다. 놀란 나는 아기 얼굴에 수건을 덮은 뒤 한참을 눌렀다. 심장이 벌벌 떨리고 정신이 혼미했다. 하지만 곧 마음을 진정시키고 정신을 가다듬었다. '아기는 다시 낳을 수 있어. 세린이 멋진 신랑을 만나면, 아기는 곧 다시 태어날 거야. 얼마든지…… 한 열 명쯤 나으라고 할까?' 그 순간 입가로 미소가 번졌다. 세린이 아기들을 주렁주렁 매단 엄마나무가 되는, 동화적 상상이 머릿속에 그려졌기 때문이다. '이번에는 무효야. 처음부터 반칙이었다고.' 가냘프게 울어대던 아기의 울음소리는 차차 잦아들다가 이윽고 완전히 멈췄다. 아기를 커다란 비닐가방에 넣어 밖으로 나왔다.

아파트 단지에서 벗어나 무작정 걸었다. 새로 솟는 해가 대지를 찢어 하늘을 붉게 물들이고 있었다. 빠르게 걷다 보니 어느새 벚나무 숲이었다. 가능한 한 인적이 드문 곳까지 깊이 들어갔다. 그곳 벚나무 중에서, 가장 많은 꽃을 피워낸 나무 밑을 파헤쳐 아기를 묻었다. 검고 축축한 흙이 아기를 순순히 받아주었다. 그러고는 다시 조깅을 하는 선량한 시민처럼 가볍고 규칙적인 발걸음으로 한 발 두 발 내딛었다. 몇 미터쯤 가다가 뒤를 돌아보니 나무에서 떨어져 내린 벚꽃이 그새 아기 무덤을 하얗게 덮고 있었다.

세린의 내신 성적은 좋지 않았다. 중학교에 다니는 내내 공부를 하지 않은 데다 임신과 출산으로 인해 수업을 제대로 듣지 못한 탓이었다. 하지만 일본어만큼은 남들보다 잘했다. 중학생 시절에 공부를 하지 않고 일본 만화와 영화에 빠져들었기 때문이다. 그 애가 현실을 회피하고자 빠져들었던 일본어가 이번에는 현실을 구제하는 힘이 되어주었다. 세린은 학교를 그만두고 검정고시를 치른 다음 본격적으로 유학 준비를 하겠다고 했다. 주변에선 좋은 생각이라며 부추겼지만 어쩐지 불안했다. 자칫 실패하면 중학교 졸업장밖에 없는 상황이 벌어질 수도 있었다. 내가 망설이자 세린은 나를 학원으로 데려가 성공적으로 유학길에 오른 사례들을 접하게 했다. 불안을 떨치고 세린의 뜻에 따르기로 했다. 그 뒤 이 년 반 동안 세린은 최선을 다했다. 그러고는 마침내 일본의 명문대학으로부터 합격 통지를 받았다. 우리는 서로를 얼싸안으며 환호했다. "불행 끝, 행복 시작!"

설마 천 년에 한 번 온다는 쓰나미가 우리 앞을 가로막으리라곤 꿈에서조차 상상할 수 없었다.

6

세린을 떠나보낸 뒤 혼자 생일 밥을 챙겨 먹다가 나는 세번째로 '작아지는 사람'이 나오는 영화를 떠올렸다. 그 영화의 마지막 장면이 궁금했다. "도대체 그 영화는 무얼 말하고 싶었던 걸까?" 오래전에 혜순이 했던 질문을 나는 사십대 중반에야 하고 있었다. 인터넷으로 '작아지는 사람'이 나오는 영화를 검색했다. 〈아이가 작아졌어요〉라는 영화에 대한 정보가 가장 많이 올라와 있었고, 〈걸리버 여행기〉도 소개되어 있었다. 하지만 내가 보았던 그 영화에 대해선 단 한 줄도 나오지 않았다.

세린이라도 있었다면 영화 전문 사이트에 들어가 찾을 수 있었을 텐데, 세린은 멀리 떨어져 있었다. 내 기억에 의하면 젊은 남녀가 여행 중에, 그러니까 여행지의 바다 위에서 갑자기 표류하는 안개구름에 노출되었고, 그 뒤로 남자가 작아지기 시작했다. 안개, 그 안개…… 그것의 정체가 뭐였더라?

어렵게 수소문한 끝에 영화를 찾아냈다. 제목은 내가 알고 있던 것과 조금 달랐다. '놀랍도록 줄어든 사나이.' 리처드 매드슨의 원작 소설을 잭 아놀드 감독이 1957년에 만든 영국 작품이었다. 핵폭탄에 대한 공포가 커지던 시대 상황에서 방사능이 몸에 침입해 유전자 변형을 일으킨다는 설정으로 만들어진 여러 영화 중 수작으로 뽑히는 거라던가. 인터넷에 올라와 있는 영화 포스터와 주요 장면들을 살펴보았다. 거대한 고양이, 끔찍한 거미에 맞서 바늘과 실로 무기를 만들어 자신을 지키는 사나이……. 유심히 살펴보고 있자니 잊었던 내용들이 하나둘 기억났다. 그 안개…… 그것은 바로 방사능에 오염된 안개였다. 나는 어떻게든 그 영화를 구해 세린에게 보여주고 싶었다. 그러면 당장이라도 세린이 되돌아올 것만 같았다.

그로부터 며칠 뒤에 나는 전화상으로 세린과 심하게 다퉜다. 세린은 걱정하는 사람 마음도 모르고 방학을 해도 귀국하지 않고 그곳에 남겠다고 했다.

"너 미쳤니? 첫 학기라 할 수 없이 보낸 건데…… 당장 들어오지 못해?"

"이모, 여기는 정말 아무렇지도 않아. 거리는 깨끗하고 시민들도 잘 지내. 절전으로 냉방이 덜 되지만 다들 잘 견디고 있어. 신문방송마다 절전을 외치기 때문에 정전 사태는 없을 거야. 차라리 이모가 여기로 놀러 와. 내가 경치 좋은 곳 구경시켜줄게."

세린의 어이없는 말에 화가 나서 나는 버럭 언성을 높였다.

"뭐라고? 나더러 놀러 오라고? 기가 막혀. 그새 다 잊었나 보지? 그 위험한 방사능 유출을 잊다니, 말도 안 돼. 십 년, 이십 년 뒤엔…… 그때 가서 걱정하면 이미 늦어, 이 멍청한 계집애야!"

나는 어느새 어머니 말투를 닮아 있었다. 신경질적으로 욕하고 고함지르던 중년의 어머니가 내게 숨어 있었다. 아니, 여성이기를 포기한 절망감과 혈육에 대한 질긴 미련이 나를 채우고 있었다. 세린은 더 이상 아무 대꾸도 않더니 전화를 끊어버렸다. 그 뒤로 한동안 세린은 내 전화를 받지 않았다. 나는 세린의 룸메이트를 통해 가끔 그 애의 소식을 듣는 걸로 만족해야 했다.

7

세린은 고집불통이었다. 게다가 최근에는 세린의 친구마저 며칠간 전화를 받지 않았다. 궁금했다. 궁금했지만 화가 나서 나 역시 한동안 연락을 하지 않았다. 그러다가 어느 더운 날 오후에 갑자기 비보가 날아왔다. 세린의 친구는 전화기 너머에서 잔뜩 겁먹은 목소리로 울먹이며 말했다.

"함께 여행을 갔었어요. 갑자기 지진이 났는데…… 정신없이 도망치다가 뒤돌아보니 세린의 머리 위로 샹들리에가 떨어지고 있었어요. 순식간이었어요. 바로 병원으로 옮겼지만 출혈이 너무 심해서……"

그러고는 다음 말을 잇지 못했다. 속이 타서 오그라드는 느낌이었다. "안 돼, 세린아. 기다려. 지금 당장 이모가 갈게. 살려서 데려와야 해, 어떻게든. 그런데 어쩌지?" 나는 미친 사람처럼 중얼대며 방 안을 서성였다. 수소문 끝에 다음 날 새벽 비행기 티켓을 끊었다. 그러고 나서야 겨우 한숨을 돌릴 수 있었다. 하지만 여전히 심장이 심하게 요동쳤다. 참을 수 없는 불안에 떠밀려 집 밖으로 뛰쳐나갔다. 해가 기울고 있었다. 세린이 열여섯이 되어 나를 찾아왔을 때처럼 카프리 맥주 빛으로 사위어가는 햇살이 아파트 벽을 비추고 있었다. 내 발걸음은 어느새 시민의 숲으로 향했다. 노을이 세상을 붉게 물들이기 시작했다. 숲의 안쪽 가장 깊숙한 곳으로

106

찾아갔다. 까만 아기 눈동자 같은 버찌들이 바닥에 수없이 떨어져 나뒹굴고 있었다. 서산으로 넘어가기 직전의 해가 하늘과 땅을 온통 빨갛게 적셨다. 이윽고 땅거미가 내리자 숲은 삽시간에 어두워졌다. 나는 어둠 속에서 한참을 서 있었다. 멀리 우주 공간에 떠 있는 하얗고 둥근 달이 나를 내려다볼 때까지. 달빛 아래 서 있던 한없이 작아진 사내…… 그가 지금의 나보다 더 힘들고 절망적이었을까. 그는 무슨 말을 했던 걸까. 나무 아래 주저앉아 숨을 헐떡이다가 혜순한테 전화를 걸었다. 혜순은 반갑게 받으며 세린은 잘 지내느냐고 물었다. 대답 대신 다짜고짜 혜순에게 물었다.

"혜순아, 너는 들었지?"

"뭘?"

"그 작아지는 사람이 나오는 영화에서, 모기만큼 작아진 사내가 마지막에 내뱉은 대사 말이야. 뭐였어?"

"글쎄? 하도 오래되어서…… 왜, 뭐 때문에 그러는데?"

"그럴 일이 있어. 암튼 기억해봐. 뭐라고 했지? 그 모기만 한 남자가?"

"그러니까…… '그래도 난 아직 존재하고 있어. 비록 작아져 있을지라도'라고 했던 것 같아. 그 대사, 정말 멋졌어. 그렇지? 언니, 내 말 듣고 있어?"

뒤통수를 한 대 얻어맞은 것처럼 일순 귀가 먹먹했다.

"너…… 너, 그 얘길 왜, 왜 이제야 해주는 거야, 응?"

나는 생떼를 썼다. 혜순이 어이없다는 듯이 거칠게 대꾸했다.

"무슨 소리야. 언니도 들었잖아. 같이 그 영화 봤잖아. 잊었어?"

"난 못 들었어. 하필 그 말을……. 처음부터 들었다면……."

"무슨 말이야?"

"그 말을 열여섯 나이에 들었다면, 나도 지금과는 다르게 살았을까? 세린이도 무사했을까? 비록 눈에 띄지 않을 만큼 작아졌더라도, 응? 대답해봐, 응?"

나는 아무 영문도 모르는 혜순을 다그쳤다. 심하게 다그쳤다. 마치 상황을 이렇게 만든 게 다 혜순의 책임이라는 듯이. 내 고함소리는 우거진 벚나무 숲을 흔들어댔다. 나무와 나무 사이를 빠져나가 멀리멀리 퍼져 나갔다. 하지만 공허한 울림이었다. 아무것도 되돌릴 수 없는 무기력한 울림일 뿐이었다. '그래도 난 아직 존재하고 있어. 비록 작아져 있을지라도, 난 아직 존재하고 있어. 비록 작아져 있을지라도, 난 아직 존재…….'

모기만큼 작은 생명체들이 내는 소리가 메아리 되어 돌아왔다. 알락다리모기, 노랑초파리, 무늬하루살이, 팥바구미, 애물진드기…… 귀가 찢어질 듯 아파왔다. 나뭇가지를 주워다 비밀을 묻어둔 벚나무 밑을 팠다. 나뭇가지가 뚝, 부러졌다. 할 수 없이 맨손으로 팠다. 달빛 속에서 아기 무덤을 파내 인육을 먹는 마녀처럼, 나는 허겁지겁 땅을 파헤쳤다. 미안하다, 아가야. 용서해다오, 제발 세린을 돌려다오, 아가야. 벚나무에 매달려 있던 검은 아기 눈망울들이 내 어깨와 머리 위로 까맣게 떨어져 내렸다.

'난 아직 존재하고 있어, 비록 작아져 있을지라도. 난 아직 존재하고 있어, 비록…….' 귀를 찢는 작은 벌레들의 소리에 홀려 나는 미친 듯이 겅중겅중 숲을 뛰어다녔다. 까만 아기 눈망울들이 발밑에서 심하게 으깨져 보랏빛 눈물을 흘렸다.

특별한 만찬

1

    얼마 전부터 케이와 나는 출근길에 전철역에서 만나 천변을 함께 걸었다. 산책로를 따라 삼십 분가량 걸어가면 내 일터가 나온다. 그곳은 케이의 일터이기도 하다. 우리는 둘 다 주민자치센터에서 일하는 시간제 강사들이다. 케이는 '청소년들을 위한 목공예교실'을 맡고 있고, 나는 '새내기 주부를 위한 한식교실'을 맡고 있다.

    오늘따라 물의 흐름이 평소에 비해 한층 고요했다. 흰뺨검둥오리와 알락오리 여러 쌍이 한가로이 유영하고 있었다. 오리들은 머리를 물속에 집어넣었다가 빼기를 반복했고, 푸드덕 날개를 펼치거나 깃을 가다듬기도 했다.

"어릴 때 어머니한테 들은 건데요, 물 흐르는 방향으로 바가지를 담그는 동네 사람들은 품성이 순하대요. 반대로, 그 건너편 마을 사람들은 성질이 거칠기 마련이고. 바가지로 물을 뜰 때마다 강물과 다투어야 하니까 그렇대요."

케이와 나는 매일 물 흐름을 거슬러 걷고 있다. 어머니 말대로라면 성질이 점점 거칠어져가는 셈이다.

"어머니는 내 고집이 센 것도, 아버지 성질이 고약한 이유도 다 그 탓으로 돌렸어요. 입을 오리만큼 길게 내밀면서. 이렇게 말이에요."

입을 쑥 내밀어 보이다 말고 나는 쿡쿡, 웃었다. 함께 웃을 줄 알았던 케이가 아무 반응을 보이지 않았다. 고개를 돌려 그의 얼굴을 살폈다. 표정이 밝지 않았다. 험악한 얼굴이라고 할 순 없지만, 으슥한 곳에서 단둘이 마주친다면 흠칫 놀랄 정도로 굳은 표정이었다. 그는 왜 어머니 이야기만 꺼내면 표정이 굳어버리는 걸까.

케이에 대해 나는 아직 아는 것이 별로 없다. 사실 그와 말을 섞은 지도 그리 오래되지 않았다. 두어 달가량 되었을까? 그 전까지는 복도에서 마주치면 목례를 나누고 지나쳤을 뿐이다. 그런데 하루는 조리실 창문 너머로 고개를 쑥 빼고 안을 보고 있는 케이와 눈이 마주쳤다. 식재료를 가지고 수강생들에게 요리 방법을 설명하며 직접 시범까지 보이는 나를 얼마나 오래 지켜보았는지는 그만이 알 거였다. 케이는 눈이 마주치자 얼굴을 붉히며 급히 사라져버렸다. 별일 아니라고 생각했다. 완성된 요리의 시식을 기다리며 복도를 어슬렁대는 강사들이 전에도 여럿 있었으니까. 홍합초를 곁들인 화양적을 완성한 수강생들이 왁자지껄 소란을 떨며 조리실을 다 빠져나갔으나 그는 나타나지 않았다. 혹시나 하고 남겨두었던 화양적을 집에 가져가려고 일회용 용기에 담았다. 음식이 든 비닐봉지를 힘없이 흔들며 복도를 걸어가는데, 누군가 뒤에서 나를 불렀다.

"잠깐만요. 할 이야기가 있는데……."

창문 너머로 기웃대던 케이였다. 회색 양복에 갈색 넥타이를 맨, 키 크고 마른 편인 케이는 머리를 긁적이며 주뼛거렸다. 새치가 희끗희끗한 남자의 추파라니. 잠깐 차를 마시자거나 저녁이라도 함께하자고 할 테지. 근처 술집에 가서 한잔 하자고 할 수도 있지만, 그 정도 용기는 없어 보이는군. 무슨 말이 나올까, 내심 기대하면서 그의 눈을 쳐다보았다. 마음속으로는 기분 상하지 않게 거절할 답변을 준비했다. 그가 시선을 떨어뜨리더니 이번에는 코끝을 만져댔다. 조금 짜증이 났다. 머뭇거리던 그가 겨우 입을 열었다.

"혹시 저한테 요리를 좀……."

머릿속에서 갑자기 유황 냄새를 풍기며 성냥불 하나가 확 켜졌다. 힘들게 한다는 말이 고작 그거라니. 나이와 덩치에 걸맞지 않게 공짜 요리나 탐내는 그가 한심해 보였다. 마침 엘리베이터가 도착했고, 나는 안으로 뛰어 들어갔다. 당황한 그가 뒤늦게 몇 발자국 다가왔지만 이미 문은 닫히고 있었다. 나는 지하주차장에 세운 자동차를 향해 빠르게 걸었다. 어느새 따라온 케이가 숨을 헐떡이면서 또다시 나를 불러 세웠다.

"저, 할 말이……."

"말하세요."

내가 듣기에도 냉정한 목소리였다. 그가 양복저고리를 벗더니 손등으로 땀을 닦았다. 초가을이었지만 빠른 걸음으로 걸으면 땀이 날 정도의 날씨였다.

"실은 요리를 배우고 싶은데, 센터에 알아보니 다음 학기까지 기다려야 한다더군요. 급한 사정이 있어서 그러는데 저녁에 개인교습이라도……."

뜻밖이었다.

"미안해요. 저녁에는 피곤해서 쉬어야 해요. 게다가 전 궁중요리만 가르쳐요."

"바로 그걸 배우고 싶습니다."

"왜 하필이면? 그건 수강료가 비싼 데다 까다로워서 아무나 못해요."

그는 고집을 피웠다. 결국 나는 그를 수강생으로 받아들였다. 어쨌거나 수입을 늘릴 기회였고, 혼자 사는 여자에게는 돈벌이가 무엇보다 중요하니까. 다음 날 우리는 문화센터 수업이 끝나자마자 내 오피스텔로 갔다. 그는 현관 앞에서 잠시 머뭇거리면서 가구가 별로 없는 휑한 실내를 재빨리 훑었다.

"다른 가족은 없나 보군요."

"네. 우선 차를 한잔 마시고 시작하지요."

은은한 연잎차를 준비했다. 음식 맛을 제대로 보려면 혀를 순하게 해놓는 게 좋았다. 첫날이라 비교적 쉬운 두부선과 떡산적을 만들었다. 케이는 칼질이 서툴렀다. 요리를 배우려고 나서는 남자들 대부분이 칼질만큼은 숙련되어 있는 편인데, 그는 그렇지 않았다.

"평소에 요리를 안 했나 봐요."

"아무래도…… 기회가 많지 않았으니까요."

나는 더 이상 묻지 않았다. 짐작컨대, 이혼이든 사별이든 최근에 혼자되었을 터. 남의 상처를 들추어내는 것은 내 취미가 아니었다. 세상에는 공짜가 없는 법이어서, 그의 사연을 듣게 되면 나도 내 이야기를 해야 한다는 걸 잘 알고 있었다. 우리는 입을 다물고 요리에만 집중했다. 이 인분의 두부선과 떡산적이 완성되었다. 첫날 치고는 큰 실수 없이 잘 진행되었다.

"음식을 어떻게 하시겠어요? 집으로 가져가시겠어요? 아니면…… 배가 고플 테니 여기서 먹고 가셔도 좋아요. 밥이 좀 있을 거예요."

내가 선심 쓰듯 말했다.

"가져가렵니다. 한데 몹시 배가 고프군요."

그는 음식을 일회용 도시락에 담고, 모양이 부스러진 것만 아껴가며 먹었다. 커다란 덩치에 어울리지 않는 행동이 측은해 보여

내 몫을 나누어주었다. 우리는 조용히 음식을 씹어 삼켰다. 딱히 할 말이 없었다. 내 집에서 누군가와 함께 밥을 먹은 게 얼마 만인 가 헤아려보았다. 지난해 초겨울, 황망히 정욱을 떠나보낸 뒤로는 기억이 없었다. 고개를 숙인 채 음식을 입안에 밀어 넣는 케이를 나는 물끄러미 바라보았다. 순간, 정욱이 그 자리에 앉아 있는 듯 한 착각이 들었다. 서늘한 슬픔이 안개처럼 일었다.

"정말 맛있어요. 수라상에 올리는 거라 역시 다르군요."

그가 입을 닦으며 말했다.

"조금 짜게 되었지만, 그럭저럭 괜찮네요."

대답을 하면서 소금을 바꾼 사실이 생각났다. 새로 구입한 소 금의 염도가 전의 것에 비해 좀더 높다는 걸 깜빡 잊고 있었다. 한 동안 제대로 된 음식을 만들지 않았다는 증거였다. 언제부턴가 나 자신을 위한 음식에는 정성이 가지 않았다. 오랜 세월에 걸쳐 만 들어진 습관이었다. 일주일에 한 번, 혹은 보름에 한 번씩 찾아오 는 정욱. 그와의 저녁식사 식단을 고민하면서 긴 세월을 보냈다. 그를 위해 김치를 담그고, 장아찌를 만들고, 고기를 숙성시켰다.

케이는 허리를 깊이 꺾으며 정중히 고맙다는 인사를 하고 돌아 갔다. 혼자 남은 나는 곧장 침대로 가 쓰러졌다. 낯선 사람과 한 공 간에 오래 머무는 것은 생각보다 피곤한 일이었다.

그로부터 일주일쯤 뒤에 우리는 역 앞에서 우연히 마주쳤다. 정 확히 말하자면 지하철역사 근처에 있는, 내가 사는 오피스텔 건물의 일층 카페 앞에서였다. 조금 어색한 감이 없지 않았지만 그래도 반가웠다. "커피?" 하고 묻는 케이에게 고개를 끄덕였다. 나는 카페테라스로 가서 야외용 의자에 앉았다. 잠시 뒤에 케이가 커피를 손에 들고 나타났다. 서로 할 말이 없었다. 뜨거운 커피를 후후 불어대며 급하게 마시고 난 케이가 "이만 갈까요?"라며 먼저 일어섰다. 케이는 날씨가 좋으니 천변을 따라 걷자고 했다. 횡단보도를 건넌 뒤 시멘트 계단을 따라 아래로 내려갔다. 그날 이후로 우리는 역 앞에서 만나 걸어서 출근했다.

갑자기 내 등 뒤에서 자전거 경적 소리가 들려왔다. 퍼뜩 정신을 차려 주변을 살피니 케이가 저만치 앞서서 걷고 있었다. 가을볕이 좋아 그런지 산책 나온 사람이 유독 많았다. 나와 케이 사이가 벌어지자 서너 명의 사람이 금세 끼어들었다. 모두 팔을 흔들며 경쾌하게 걸었다. 애완견을 데리고 나온 사람도 여럿 보였다. 자전거 서너 대가 연달아 바람을 일으키며 옆을 스쳐 지나갔다. 남겨진 바람이 소용돌이를 만들었다. 누런 왕버들잎 하나가 함께 돌았다. 케이가 갑자기 주변을 살피더니, 곁에 내가 없는 걸 확인하고는 가던 길을 멈추었다. 나는 그와의 거리를 좁히려고 서둘렀지만 오른쪽 신발이 헐떡거려 쉽지 않았다.

"왼발에 맞추어 구두를 사면 꼭 이래요."

"오른발에 맞추어 사지 그래요?"

"그러면 왼발이 너무 꼭 끼어 더 불편한 걸요. 과유불급이라고,

부족한 편이 나아요."

케이는 내 농담을 이해했는지 어깨를 으쓱해 보이며 웃었다. 늘 그렇듯이 수면 위로 천천히 퍼지는 동심원처럼 조용한 웃음이었다.

"오후에 발이 부으면 해결되겠네요?"

"아뇨. 저녁에는 왼발이 잘 안 들어가는 걸요."

"저런, 발에 꼭 맞도록 수제 구두를 맞추세요."

케이가 혀를 끌끌 찼다. 뜬금없게도 그 순간 또다시 정욱이 생각났다. 아니, 그의 처지에 맞추려고 나를 억누르며 살아온 세월이 떠올랐다. 그것이 사랑이라 믿었다, 언제나. 하지만 무엇이 남은 걸까, 우리 사이에.

정욱을 처음 만난 건 내 나이 서른하나 되던 해 봄이었다. 어떤 수녀 시인이 오리 알 같은 기도를 낳고 싶다고 했던 것처럼, 그를 만나면서 한동안은 그 무엇이든 의미 있는 관계를 낳고 싶었다. 하지만 정욱은 이미 아내와 아이들이 있는 남자였다. 그 때문에 그를 만나는 내내 나는 온전한 생명체를 하나도 낳지 못했다.

"저기 좀 보세요, 수진 씨. 보여요, 저 녀석들?"

케이가 가리키는 천변 둔덕은 웃자란 억새로 가득했고, 그 아래에는 물풀들이 무성했다. 고마리와 여뀌가 꽃을 피웠고 쇠별꽃, 오리방풀도 눈에 띄었다.

"안 보이는데요? 그냥 풀만 보여요."

물이 여울을 만나 빛을 튕겨대며 소란스레 흘러갔다.

"저기, 달�걀꽃이 무더기로 핀 곳을 보세요. 그 안에 녀석들이 있어요."

그러고 보니 작고 하얀 꽃들이 지천으로 피어 있는 풀숲에서 무언가 꿈틀대는 게 보였다. 살찐 알락오리 한 쌍이었다. 한 놈은 몸집이 크고 다른 놈은 그보다 작았다. 오리들은 주둥이로 작은 야생화를 콕콕, 마치 장난하듯 따고 있었다.

"어머, 쟤네들 쇠별꽃을 따고 있잖아?"

"달걀꽃을 먹고 있는 거예요."

그는 꽃술 부분이 노랗고 잎이 빛살처럼 하얗게 퍼지는 야생화를 모두 달걀꽃이라 불렀다.

"달걀 못 먹어 죽은 조상이라도 있어요? 왜 모두 달걀꽃이라 불러요?"

"어머니 음식을 먹을 기회가 별로 없었거든요."

"미안! 일찍 돌아가셨나 봐요?"

"아직 살아 계세요. 어젯밤에도 중환자실에 계신 어머니를 뵙고 돌아왔어요. 의사는 얼마 남지 않았다고 하는데 안 믿겨져요. 지난주에 내가 만든 탕평채를 드시는 걸로 봐서는……."

어머니에게 가져다 드리는 거였다니. 요즘에도 이런 효자가 있기는 있구나! 문화센터 건물이 눈에 들어왔다. 그때, 멀리서 누군가 나를 향해 팔을 높이 쳐들며 달려왔다. 캐서린이었다. 같은 오피스텔 건물 위층에 사는 그녀는 나와 친하게 지내는 유일한 이웃이었다. 수년 전에 생명공학자인 남편 다니엘을 따라 한국에 온 재미교포 이세인데, 지금은 어학원에서 외국인들에게 한국어를 가르쳤다. "먼저 갈게요." 센터 건물과 연결된 계단에 발을 내딛으면서 케이가 말했다. 그는 달걀꽃을 배불리 먹은 오리처럼 씩씩하게 계단을 올랐다. 캐서린이 달려와 내 손을 꼭 잡으며 반가워했다.

"캐서린, 남도여행은 괜찮았어?"

캐서린은 시간 날 때마다 다니엘과 지방을 다니면서 한국의 구석구석을 구경하곤 한다. 그녀는 들뜬 표정을 지으며 여행 이야기를 들려줄 테니 저녁에 만나자고 했다. 선약이 있다고 하자 갑자기 커다란 눈을 더욱 동그랗게 뜨며 "데이트?" 하고 물었다. 아니라고 해도 못 믿겠다는 듯이 웃었다. 그러고는 고개를 길게 빼어 계단을 올려다보았다. 케이는 어느새 보이지 않았다.

"방금 그 남자 누구야? 둘이 잘 어울리던데?"

"센터 동료야. 내 수강생이기도 하고."

"오, 실망! 하지만 미래는 아무도 알 수 없는 거야, 수진!"

캐서린은 검지를 장난스럽게 흔들어댔다. 나무라듯이 그녀의 어깨를 툭 치고서는 시계를 들여다보았다. 조만간 다시 보기로 하고 우리는 헤어졌다. 그녀는 오리처럼 크고 탐스러운 엉덩이를 부드럽게 출렁이며 걸어갔다. 나도 서둘러 계단을 올랐다.

2

오늘따라 강의가 일찍 끝나 먼저 퇴근하기로 했다. 케이에게는 집에서 기다리겠다고 문자를 보냈다. 어느새 한식 기초과정이 다 끝나가고 있었다. 케이가 도착하기 전에 주악을 얹은 고임떡을 만들어놓을 요량으로 서둘러 집으로 향했다. 향이 좋은 모과차를 곁들이면 훌륭한 후식이 될 거였다. 나는 바쁘게 발걸음을 옮겨 물의 흐름과 같은 방향으로 걸어갔다. 어머니 말대로 삶의 흐름이 순해지길 바라면서.

어느새 가을이 깊어, 천변은 억새꽃으로 가득했다. 물에 비친 억새 흰 그림자 속을 청둥오리 몇 마리가 유유히 오갔다. 수컷 청둥오리들의 녹색 머리털은 황금빛 저녁노을을 받아 더욱 화려하게 빛났다. 철새들은 멀리 떠날 채비를 하는지 먹이 활동으로 분주했다.

개천 건너편, 멀리 보이는 아파트 단지 위로 낮달이 희미하게 떠 있었다. 얇게 썬 무 조각처럼 보였다. 달을 바라보면서 몸의 요구대로 살고 싶어진다고 했던 게 정욱이었나? 아니면 나였나? 배불리 먹고 따뜻한 잠자리에 몸을 누인 다음에 이루어지지 않는 꿈이나 꾸며 살고 싶다고 한 건 분명 정욱이었다. 그는 내 몸만큼이나 내 음식을 좋아했다. 나는 그가 오기로 한 날이면 새벽 일찍 수산시장에 다녀오곤 했다. 수산물을 좋아하는 그의 입맛에 맞추다

보니 곧 나의 입맛까지 바뀌었다. 우리는 숭어찜과 삼합장과를 즐겼다. 유월 민어로 만든 어채는 그가 특히 좋아하는 거였다. 배불리 먹고 난 저녁이면 천변을 함께 산책했다. 물소리 요란하던 어느 여름밤, 정욱은 달을 보며 걸으면 먼 신화의 세계로 빠져들 것 같다고 했다. 그 무렵 그는 연극 〈안티고네〉를 연출하고 있었다. 나는 고개를 주억거릴 뿐이었다. 그러나 실제로 신화에 빠져든 건 정욱이 아니라 매번 나였다. 나는 매일 저녁 별자리에 얽힌 이야기들을 읽기 시작했다. 이승의 애절한 사연이 별자리가 되어 사람들 기억 속에 영원히 남는다는 게 어쩐지 마음에 들었다. 그러던 어느 날, 금성에 얽힌 신화를 접하게 되었다.

금성…… 그것의 형상은 신화 속에서 종종 우주적 여성상과 일치되곤 했다. 수메르인들은 믿었다던가. 달의 배우자인 금성이 새벽별로 반짝일 때 우주적 여성은 처녀였고, 저녁별일 때엔 밤하늘의 매춘부, 일출과 더불어 사라질 때엔 지옥의 마귀할멈이었다고. 동남 아프리카 사람들 역시 비슷하게 생각했다. 달이 원초적 남성이라면 새벽에 빛나는 샛별은 그의 본처, 저녁별은 첩이라고. 어느 날, 창조신 마오리는 남자를 만들어 므우에트시라 불렀다. 달이란 뜻이었다. 마오리는 므우에트시를 위해 이 년 동안 함께 살 여자를 보냈다. 그의 첫 부인 마사시는 처녀였는데, 모닥불 곁에서 잠을 잔 뒤 풀과 덤불과 나무를 낳아 길렀다. 이 년이 지나자 마오리가 약속대로 마사시를 하늘로 데려갔다. 므우에트시는 여드레 동안이나 줄곧 울었다. 그러자 마오리가 모롱고를 보냈다. 모롱고는 닭과 양, 염소를 낳았다. 이틀째 되는 날 모롱고는 일란드 영양과 가축을 낳았다. 사흘째 되는 날에 모롱고는 사내아이와 딸아이들을 낳았다. 나흘째 되는 날 밤 그들은 또 자려고 했다. 그러나 천둥이 치면서 마오리가 말렸다. 모롱고가 오두막 입구를 닫아버리자고 꾀었다. 날이 새자 모롱고는 사자와 표범과 뱀과 전갈을 낳았다. 닷새째 되는 날, 므우에트시는 또 모롱고와 자고 싶어 했다. 그러나 모롱고는 이렇게 말했다. 보세요, 당신 딸들이 장성하지 않았나요. 딸들과 자도록 해요. 그래서 그는 딸들과 잤다. 딸들은 아이들을 낳았다. 므우에트시는 많은 사람들의 왕, 맘보가 되었다. 그동안 모롱고는 뱀과 잤다. 모롱고는 더 이상 아무것도 낳지 않았다. 어느 날 므우에트시는 모롱고에게 되돌아와 자고 싶다고 했다. 모롱고가 말했다. 그만두세요. 하지만 므우에트시는 모롱고 옆에 누웠다. 모롱고 자리 밑에는 뱀이 누워 있었다. 뱀은 므우에트시를 물었다. 므우에트시는 앓았다. 므우에트시의 자식들이 므우에트시를 목 졸라 죽여 장사 지냈다. 자식들은 모롱고를 함께 묻었다.

끊을 수 없는 욕망은 마침내 오랏줄을 받기 마련이라더니……

한 번도 누군가의 새벽별이 되어보지 못한 나는 자리 밑에 뱀을 둔 저녁별일 따름인가? 서글픈 자문을 하면서 책을 덮었다. 그날 이후, 더 이상 별자리에 관해 읽지 않았다.

어느새 고층 빌딩이 늘어선 역 근처에 다다랐다. 도로는 차량들로 혼잡했고 먹자골목은 퇴근길 사람들로 북적였다. 건물 그림자 탓인지 언제나 밤이 일렀다. 혼잡한 역 근처, 오피스텔 건물 숲은 나 같은 독신들이 살기에 적합했다. 이곳에선 커피 전문점이나 간이음식점에서 홀로 끼니를 때우는 이웃들을 언제든 볼 수 있었다. 혼자라는 게 특별해 보이지 않아 좋았다. 밤새 불 켜진 상가, 이십사 시간 편의점, 자동 음료 판매기, 그리고 화려한 쇼윈도 속 고독한 인형들……. 그것들은 잠 못 이루는 외로운 독신들을 위로해주는 말 없는 이웃이었다. 상가에 들러 초와 샴페인을 샀다. 케이와의 마지막 수업을 자축하기 위해서였다.

떡이 구수한 냄새를 풍기며 익어갔다. 이제 케이만 도착하면 되었다. 케이에게 언제쯤 도착하느냐고 문자를 보냈지만 아직 답장이 없었다. 낮에 만났을 때 저녁에 보자고 말했던가? 기억이 가물가물했다. 하나 약속을 취소하지 않은 이상 비싼 수강료를 낸 그가 오지 않을 이유가 없었다. 게다가 노인이 먹기 좋은 쇠골찜을 만들기로 되어 있었다. 수업이 늦게 끝나는 모양이었다. 그는 대체로 정해진 시간에 수업을 마쳤지만, 가끔은 사춘기 수강생들의 하소연을 들어주다 오기도 했다. 그것까지가 그의 일이라면 일이었다.

케이와 달리 나는 수강생들과 사적인 대화를 나눈 적이 거의 없었다. 갓 결혼한 여자들의 밝은 웃음이 거북했던 탓일까. 달그림자

속에 숨어 살아온 나 같은 여자에게 그녀들의 웃음은 언제나 눈을 찌르는 사막의 햇빛처럼 아팠다. 나는 달빛 아래에서만 잎을 펼치는 꽃이 될지언정 정욱을 떠날 수는 없었다. 다른 여자의 남편이자 아이들의 아버지인 정욱. 그의 처지를 뻔히 알면서도 멀리할 수 없었다. 그의 자기장 안에 끌려들어간 뒤로는 늘 그렇게 숨어지낼 따름이었다. 자기장……. 언젠가 금성 신화를 들려주자, 캐서린이 큰 소리로 웃으며 했던 말이 생각났다. "바보 소리 좀 그만해, 수진. 현대인들은 금성을 보면서 자기장을 생각해. 잘 들어봐. 금성은 원래 형제별이라고 불릴 정도로 지구와 밀도와 크기, 환경이 유사했대. 하지만 뜨거운 불기운에 휩싸인 지옥과도 같은 곳이 되었지. 왜인 줄 알아? 자기장을 잃어갔기 때문이야. 심한 태풍이 자주 불던 금성은 자전 속도가 느렸고, 그래서 자기장이 약해지자 차츰 금성을 둘러싸고 있던 대기권이 우주 속으로 흩어져버렸어. 태양 빛을 가릴 수 없어 표면온도는 급상승했고, 물마저 다 증발해버렸지. 어떤 과학자들은 그래서 금성을 통해 지구의 미래를 예견해. 요즘처럼 온난화 현상에다 태풍마저 빈번할 땐 더욱." 설명 끝에 캐서린이 강조했다. "금성은 자기장을 잃어버린 존재를 상징해. 두번째니 세번째니 해가면서 자기를 잃어버리면 결국 수진만 황폐해질 따름이야. 솔직히 정욱은 나쁜 남자였어. 그러니 잊어버려!" 캐서린의 솔직한 성격은 좋을 때가 많았지만 때로는 마음을 다치게 했다. 나는 고개를 저었다. '그는 그런 사람이 아니었어. 어

쩔 수 없는 처지에 놓였을 뿐이었어. 그는 진정으로 나만을 사랑
했어.'

정욱을 기다릴 때 늘 그랬던 것처럼 국물이 식지 않도록 자꾸
덥히는 버릇이 되살아났다. 아홉 시가 넘도록 케이는 나타나지 않
았다. 전화조차 없었다. 어느새 찌개 국물이 반으로 줄어 있었다.
무슨 일이라도 생긴 걸까? 전화기 스크롤을 내려보니 새 문자도,
부재중 전화도 없었다. 약속을 잊은 걸까. 그토록 열심히 요리를
배우던 사람이 연락도 없이 안 올 리가 없다는 생각이 들자, 걱정
이 앞섰다. 실내 공기가 답답하게 느껴졌다. 한동안 잊고 지냈던
편두통이 시작되었다. 커튼을 걷고 창문을 열었다. 창밖엔 안개가
가득했다. 이마를 창에 기대고 안개 차오르는 골목을 한참 지켜보
았다. 유리창의 차가움이 이마로 전해지면서 편두통이 가라앉기
시작했다. 그 대신 일 년쯤 전의 일이, 잊고 지냈던 그날 밤의 일이
서서히 떠올랐다.

그날, 정욱은 사소한 말다툼 끝에 화를 내고 뛰쳐나갔다. 무엇
때문에 다투었는지조차 기억나지 않을 만큼 사소한 문제였다. 창
가에 서서 밤새 그를 기다렸다. 그가 나 아닌 다른 여자와 함께 있
으리라곤 상상조차 하지 못했다. 결국 모든 걸 이해할 거라고 생
각했다. 내가 얼마나 그를 그리워하는지, 얼마나 아끼는지, 얼마나
사무치게 원하는지 말하지 않아도 알 거라고 확신했다. 내가 "다
시는 찾아오지 마!"라고 소리친 것도 오래 숨어 지낸 여자의 안타

까운 울부짖음 정도로 여기려니 생각했다. 그러나 아니었다. 그날
밤, 그는 신인 여배우와 술잔을 부딪치며 낄낄대고 있었다. 입이
싼 젊은 여배우는 다음 날부터 그 사실을 주변에 알리고 다녔다.
그와 그녀가 어떻게 술을 마셨고, 어디서 어떻게 밤을 보냈는지
금세 주변에 알려졌다. 그가 연출하는 연극이 유례없이 만석을 이
어갈 때였다. 그의 이름이 삽시간에 포털 사이트에 오르내렸다. 그
와 그녀가 함께 있는 사진이 이미지 검색 칸을 채워나갔다. 그는
대중적으로 썩 인기 있는 편은 아니었지만, 스무 살 넘게 차이 나
는 신인 여배우와의 밀애는 가십거리로 충분했다. 딸 또래의 처녀
를 건드린 정욱에 대한 악플이 인터넷 사이트마다 쏟아졌다. 그런
정욱을 그의 아내가 옹호하고 나섰다. 그들은 나란히 아침 방송에
출현해 누구나 부러워할 만한 행복한 일상을 보여주었다. 그의 집
현관이, 그의 안방이, 그의 침대가, 그의 식탁이, 그의 아이들이 화
면을 가득 채웠다. 아이들, 웃는 아이들, 그를 닮은 아이들. 순간 비
릿한 피 냄새가 맡아지면서 머릿속이 아찔해졌다. 수술실에서 빨
갛게 흘려보낸 내 핏덩이들…….

　매일 밤 나는 창에 기대어, 안개가 도시를 떠돌며 눈앞을 흐리
게 하는 걸 지켜보면서 정욱을 기다렸다. 지금처럼 늦가을이어서
도시를 휘감은 개천은 어둠 속에 누워 안개를 뿜어댔다. 마녀가 내
뿜는 사악한 기운처럼 숨통을 조이는 안개였다. 안개에 질식해 죽
어버릴 것만 같은 밤이 한동안 이어졌다. 다툼 끝에 뛰쳐나간 이후

연락이 없던 정욱은 한밤중에 전화해 당분간 조용히 숨어 지내라고 내게 당부했다. 기다리면 곧 잠잠해질 거야. 정욱 씨, 어디에요? 당신 얼굴 한 번만 보여주면 참고 기다릴게. 제발 와줘요. 어린애도 아니고 왜 이래? 이럴 때 우리 관계마저 드러나면, 내 꼴이 뭐가 되겠어. 무슨 뜻인지 알지? 알아요, 네, 알아요, 네, 네, 그럼요, 당연히…… 그래야겠지요…….

당연히 그래야 하는 거였을까. 정말 그래야 하는 거였을까.

나는 마지막까지 그를 믿었다. 하지만 그는 오지 않았다. 다시는 돌아오지 않았다. 영원히 올 수 없었다. 이승을 떠나 멀리 가버린 정욱. 음주운전을 했다던가. 만취한 상태에서 대교를 들이받은 뒤 마주 오는 차량과 정면으로 충돌했다던가.

안개가 짙은 날이었다. 그 소식을 나는 인터넷을 통해 알았다. 사고가 난 곳은 나에게로 올 때 그가 건너야 하는 다리였다. '그는 나를 만나러 오고 있었어. 내가 보고 싶었던 거야. 죽기 직전까지 나를 생각하고 있었어!' 나는 망상에 사로잡혔다. 당시 상황을 상세히 알고 싶어 인터넷 포털 사이트를 뒤지고 또 뒤졌다. 아, 망할 놈의 인터넷! 어디에도 진실은 없었다. 그와 나의 은밀한 관계를 아는 사람은 아무도 없었다. 그의 아내에게는 꽤 많은 유산과 아이들이 남겨졌고, 신인 여배우는 갑자기 유명인이 되었다. 하지만 내겐 아무것도 남지 않았다. 우리의 사랑은 밤하늘을 수놓는 이야기별은커녕 한 줄의 기사도 되지 못했다. 수챗구멍으로 사라져버린 나의 핏덩이들처럼 흔적도 없이 사라져버렸다.

　정욱의 장례식장은 조문객들로 붐볐다. 취재진들까지 몰려와 법석을 떨어댔다. 스캔들의 주인공이었다가 갑자기 죽은 그는 살아서보다 더 유명했다. 그의 아내가 대성통곡할 때마다 주변 사람들이 함께 눈물을 흘려주었다. 저녁이 되자 스캔들의 또 다른 주인공인 신인 여배우가 나타났다. 그녀는 배우답게 영정 앞에 쓰러져 예쁘게 울었다. 카메라맨들이 서로 욕지거리를 해가며 촬영에 열을 올렸다. 나는 한쪽 구석에 앉아 있었다. 구석에 머리를 처박은 채 소주를 생수병에 따랐다. 손이 덜덜 떨렸다. 생수병을 입에 대고 홀짝홀짝 마셔댔다. 머지않아 취기가 밀려왔다. 눈앞의 모든 것들이 빙글빙글 돌았다. 그러다가 어느 순간 잠이 들었나 보았다. 누군가 밤이 늦었으니 그만 돌아가라며 어깨를 흔들어댔다. 눈을 떠보니 정욱이었다. 꿈을 꾸었던 걸까? 모든 것이 악몽이었던 걸까. 기쁨의 눈물이 솟구쳤다. 나도 모르게 두 손을 뻗어 정욱의 뺨을 어루만졌다. 앗! 누군가 내 뺨을 세게 쳤다. 이런 미친년 봤나? 덩치 큰 그의 아들이었다. 참으로 많이, 그를 닮아 있었다. 무슨 일이야? 그의 아내가 한달음에 달려왔다. 남들이 보면 어쩌려고 그러니, 넌? 조용히 업어다가 길에 버리고 오렴. 듣던 대로 침착하고 냉정한 여자였다. 소름 돋도록 차분한 목소리였다.

　새벽 거리는 서리가 내려 온통 하얬다. 보도블록 위에 버려진 나는 몸을 일으켜 세우려 했지만 다리가 말을 듣지 않았다. 눈물이

빰을 적셨다. 눈물은 곧 찬바람에 식어 소금꽃으로 하얗게 피어났다. 실핏줄이 드러나도록 빰이 얼어터졌다. 고개를 들어 하늘을 살폈다. 정욱이 살고 있을 먼 하늘에 새벽별 하나 밝게 빛나고 있었다. 정욱은 나에게 새벽의 금성이었다. 가장 큰 기쁨이자 고통이었던 첫번째 남자. 비록 내가 그의 두번째, 혹은 세번째였을지라도.

3

위층에 사는 캐서린이 인터폰으로 나를 찾았다. 남편 다니엘이 출장 중이라면서 한잔 하자고 했다. 일층 카페에서 만나기로 했다. 캐서린은 흡연이 가능한 테라스에 자리를 잡고 기다렸다. 우리는 와인과 플랑스를 주문했다. 고임떡을 조금 꺼내놓자 캐서린이 매우 기뻐했다. 그녀는 나보다 세 살이나 위였지만 젊은이처럼 생기 있는 눈빛 탓에 한결 젊어 보였다. 이런저런 말을 주고받다가 갑자기 캐서린이 와인 잔을 부딪치며 외쳤다.

"이 시대 마지막 로맨티스트인 수진을 위하여!"

"칭찬이야, 아니면…… 조롱? 가을엔 누구나 로맨티스트지, 뭐. 캐서린 역시 다니엘과 함께 있을 땐 그래 보여."

캐서린이 미소를 지었다. 더욱 짙어진 안개 너머로 반달이 흐릿하게 보였다.

"그렇다면 다행이네. 사실 다니엘은 세번째 남편이야. 노년을 함께하게 될지 어떨지도 아직 알 수 없고. 하지만 지금 상태에 만족해. 젊은 날엔 나도 수진처럼 불행했어. 영혼까지 일치하는 사랑을 갈구했으니까. 첫 남편과 이혼하고 나서 깨달았지. 그런 환상에 빠져 허우적대는 한 영원히 행복할 수 없다는 걸."

안개 탓인지 개천 쪽에서 들려오는 물소리가 무겁고 눅눅했다. 날이 추워지고 있었다. 담요를 펼쳐 무릎을 덮었다.

"영혼 없는 사랑을 지지한다는 거야?"

"아니야, 그건. 다만 로맨틱한 사랑에는 가부장적 남성상과 순종적 여성상이 마취제처럼 녹아 있다는 말을 하고 싶은 거야. 늘 정욱을 위해 살았지? 그의 취향에 맞추고, 그의 시간에 맞추고, 심지어 그를 위해 출산마저 포기해버렸지? 수진, 저 달을 봐. 합삭에서 벗어나 조금씩 제 모습을 드러내고 있어. 수진도 그럴 수 있고, 그래야 해."

뜨끔했다. 그녀 말이 사실이었다. 달이 태양의 반대편으로 숨어들어가 지구 그림자 속에서 사라지듯이 언제나 나란 존재를 숨기기에 바빴다.

"이제부터는 이상화된 특별한 사람이 아니라 특별한 관계를 중시하는 사람을 만나. 로맨틱한 사랑이 불평등이란 모래로 지은 위태로운 궁전이라면 조화로운 사랑은 평등한 두 사람이 만드는 튼튼한 현실의 집이야. 사람들은 대체로 로맨틱한 사랑을 영원한 것으로 여기지만 대부분 착각이야. 저 오리들만 해도 그래. 일부일처제를 지키는 걸로 알려져왔지만 실제로는 그렇지 않아. 유전자 검사를 해보면 둥지 속에 여러 수컷의 알이 함께 자라곤 한대."

"그래서? 알다시피 정욱은 이미 결혼한 사람이었어. 난 두번째였고. 어쩌면 세번째였을지도 모르지만."

캐서린이 손바닥을 펼쳐 보이며 어이없다는 듯이 말했다.

"또 금성 타령이군! 수진을 기준으로 보면 그는 첫번째야. 누구보다 믿었던 사람이었고. 한데 좋지 않게 끝나버렸지? 왜 그의 배신을 인정하지 않아? 심지어 그의 죽음마저도? 수진, 언제까지 깨진 추억 조각을 품고 살 거야?"

오리 한 마리가 어둠 속에서 꽥꽥 울어댔다. 나도 모처럼 목소리를 높였다.

"로맨틱한 사랑이 있어야 삶은 비로소 내러티브를 갖는 게 아닐까. 그런 사랑은 스스로에게 자주 묻지. 나는 그에 대해 어떻게 느끼는지. 그는 나에 대해 어떻게 느끼는지. 우리 감정이 얼마만큼 깊은지. 한 인간의 지성과 감성은 그렇게 성장하지 않나?"

"가엾은 수진! 사랑이란 식기 마련이야. 특히 로맨틱한 사랑은 인생을 파괴하기도 하지. 사랑에 대한 비현실적 기대는 불행을 가져올 뿐이야. 물론 내가 어떻게 생각하든, 로맨틱한 사랑은 현대인에겐 유일하게 남아 있는 가장 강력한 열정일지 몰라. 습관적 열정! 근대 교육이 심어놓은 고약한 습관! 사랑을 미화한 온갖 소설과 영화가 한몫한 덕분에……."

"그만하자, 캐서린. 이러다 싸우겠어."

나는 불편한 표정을 감추지 않고 말을 끊었다. 캐서린은 아랑곳하지 않은 채, 현명한 황제도 시간이 지나면 폭군으로 변하기 마련이라는 둥, 처음에는 창조주였던 신도 종국에는 파괴자가 되었다는 둥 말을 멈추지 않았다. 화가 난 내가 거칠게 대꾸했다.

"심층에서 솟아난 지혜와 속세에서 유용한 분별 사이에는 이해하기 어려운 모순이 존재하기 마련이야."

그러자 캐서린이 다시 흥분해서 더욱 목소리를 높였다.

"차라리 욕이라도 실컷해봐, 수진. 신발짝이라도 던지든가. 그러는 게 한결 나아. 머릿속에 자리 잡은 정욱의 집을, 그 모래성을 부수어버려. 그러지 않으면 머지않아 금성처럼 황폐해지고 말 거야."

"그만, 캐서린. 제발 그만해!"

캐서린이 다갈색 눈을 크게 뜨고 노려보듯이 나를 쳐다봤다. 좀더 할 말이 있는데 억지로 참는다는 표정을 지은 채로. 그러더니별안간 깔깔 웃어대기 시작했다. 여태껏 재미난 놀이라도 한 것마냥. 마침 주인이 감자와 베이컨을 얹은 플람스를 가져왔다. 캐서린은 플람스 한 조각을 건네며 심하게 말해서 미안하다고 했다. 괜찮다고 대답했지만 사실이 아니었다. 캐서린이 호들갑스레 와인 잔을 부딪치며 분위기를 바꿔보려 했으나 쉽지 않았다. 휴대전화를 열어보았다. 케이로부터는 여전히 연락이 없었다. 캐서린이 술잔을 비울 때까지 기다렸다가, 그녀가 마지막 한 모금을 넘기자마자 가방을 챙겨 밖으로 뛰쳐나왔다.

4

오피스텔로 돌아와 곧바로 라디오 버튼을 눌렀다. 음악이 실내 가득 퍼지도록 볼륨을 높였다. 그러고는 꺼내놓은 조리도구와 접시를 오래오래 닦았다.

'내일이 서리가 내린다는 의미의 상강입니다. 상강은 쾌청한 날씨가 계속되는 시기지요. 푸른 하늘 아래 가을걷이가 한창인 들녘 풍경. 어떠세요, 마음마저 풍성해지지 않나요? 상강 무렵 내리는 서리를 맞아야 배추와 무는 수분이 풍부해져 아삭거리고 맛도 좋아진다고 하네요. 그해 김장 맛은 상강에 달려 있다는 말, 그 때문이라고 합니다.' 라디오 진행자는 나긋나긋한 목소리로 가을을 예찬했다.

어릴 적 가을이 떠올랐다. 평소보다 한결 까칠해져 지청구를 퍼붓던 어머니, 그리고 아예 얼굴조차 보기 어려운 아버지 탓에 유난히 견디기 힘든 계절이었다. 어머니는 논밭에 심은 곡식은 물론 논두렁 밭두렁에 심은 콩과 팥, 텃밭에 심은 들깨 따위를 거두느라 몹시 바빴다. 틈틈이 가지와 애호박을 썰어 말렸고 끝물 고추와 깻잎을 소금물에 삭혔다. 앞뒤 마당을 오가며 늙은 호박을 살피는 것도 빼먹지 않았다. 어머니의 가을걷이는 김장을 마칠 때까지 이어졌다. 일이 힘들수록 어머니는 돌아오지 않는 아버지를 원망하고 또 원망했다. 그 시절의 아버지는, 어린 내가 전혀 이해할 수 없을 때가 많았다. 멍석 위에 고추를 펼쳐 말리다 말고 귀신에 홀린 양 훌쩍 집을 떠나고는 했다. 그렇게 집을 나가면 한 달이고 두 달이고 돌아오지 않았다.

내가 열다섯 살 된 해였던가. 학교에서 돌아오니 어머니가 동네 아주머니랑 김장을 준비하고 있었다. 어머니는 소금 푼 짠물에 배추를 담가 절이면서 틈틈이 텃밭에서 무를 뽑아 날랐다. "망할 놈의 서방, 어딜 가서 꼬꾸라져 있는지. 이럴 때 도와주면 좀 좋아?"라며 무 담긴 자루를 바닥에 거칠게 부려놓았다. 나는 문간에 서서 미간을 찌푸리며 그런 어머니를 지켜보았다. "뭘 그리 쏘아보냐, 와서 도와줄 생각은 않고." 어머니는 한풀 꺾인 목소리로, 그러나 여전히 화가 나서 미치겠다는 표정으로 말했다. 두려움과 서글픔이 밀려와 가슴이 아렸다. 나는 아무 대꾸도 하지 않은 채 눈물을 떨구었다. "학교 잘 다녀와서 왜 눈물을 짜, 짜긴. 김장 싱거울까 봐 소금 보태주냐?" 어머니는 귀찮은 일이 늘었다는 듯이 나를 흘끗 쳐다보고는 텃밭으로 발길을 돌렸다. 남자처럼 시커멓고 커다란 고무장화를 신은 어머니는 붉은 흙에 발자국을 깊이 새겨 넣으며 텃밭을 오갔다. 날이 몹시 추웠다. 온몸이 오들오들 떨렸다.

그런데도 어머니가 당파와 갓이 가득 담긴 광주리를 머리에 이고 되돌아올 때까지 꼼짝 않고 기다렸다. "다 큰 계집애가 왜 이리 속을 끓여? 누가 자기 아부지 딸 아니랄까 봐 속 썩이냐, 엉?" 어머니는 갑자기 화가 치미는지 마당에 널브러져 있던 빗자루를 들고 내 쪽으로 달려왔다. 하지만 내가 도망치기는커녕 입을 앙다문 채 고집스레 자리를 지키고 있자 겁이 더럭 났던지, 빗자루를 슬그머니 내려놓았다. 어머니의 순해진 눈빛과 마주하고서야 얼어붙었던 입이 조금 풀렸다. "엄마, 나…… 피가 나." "거시기에서 피가 나? 벌써? 에고, 그 징헌 게 어쩌자고 벌써 찾아왔대?" 어머니는 한숨을 깊이 쉬었다. "맹추같이 그렇다고 울어? 난 뭔 큰일이 난 줄 알았네." 어머니는 안심이 되었는지 장갑을 벗어 장딴지에 대고 툭툭 털었다.

그날 저녁, 어머니는 아버지가 집을 비운 뒤로 오래 사용하지 않던 사랑채 아궁이에 불을 지폈다. 보일러로 개조한 안채 방들은 미적지근할 뿐 그 방만큼 따뜻하지 않다면서. 무쇠솥에 부은 물이 하얀 김이 되어 솟아오르자 차갑게 식어 있던 집 안에 온기가 돌았다. 저녁을 먹고 나서 일찌감치 따끈한 아랫목에 누웠다. 아버지가 쓰던 방에선 아버지 냄새가 났다. 여자가 된다는 것에 대해 생각하다가 설핏 잠이 들었다. 어머니는 한밤중에야 내 옆에 와 누웠다. 무채를 썰다 온 어머니한테서 싱싱한 무 냄새가 났다. 어머니도 아버지 냄새를 맡았을까. 집 나간 아버지가 그리웠을까. 어머

니는 이불 속에서 내 손을 꼭 잡으며 오랜만에 부드러운 목소리로
말했다. "여자가 된다는 건 말이지, 기다릴 줄 아는 사람이 되는 거
란다. 이제부턴 어린애처럼 원하는 걸 당장 바라서는 못써. 오래
기다리면 멀리 도망갔던 행복도 되돌아온단다." 나는 어머니의 사
뭇 나긋나긋해진 목소리가 좋아 자꾸자꾸 말을 시켰다. 하지만 일
에 지쳐버린 어머니는 금세 곯아떨어졌다. 어머니 눈가에 눈물 자
국이 흐릿하게 말라 있었던가.

초저녁잠을 자버린 나는 더 이상 잠이 오지 않았다. 신을 꿰어
바깥마당으로 나왔다. 밤하늘에 별이 지천이었다. 맑고 차가운 별
빛은 서리가 되어 온 세상에 내렸다. 마당에 쌓인 낙엽들은 잎맥
따라 옅은 은빛을 띠었고, 담장 둘레에 심겨진 산수유나무의 새빨
간 열매는 크리스마스 장식처럼 빛났다. 서리는 배추와 무가 뽑혀
나간 어지러운 자리도 하얗게 덮어주었다. 다시 고개를 드니, 유
난히 반짝이는 북극성이 눈에 띄었다. 아버지는 지금 어디에 있는
걸까? 길 잃은 자를 집에 데려다준다는 저 별을 아버지도 보고 있
을까? 살갗 깊숙이 한기가 스며들 때까지 별을 쳐다보다가 방으로
들어왔다.

며칠 동안 어머니는 사랑채 아궁이에 불을 지폈다. 그로부터
얼마쯤 지나 할머니 기제사가 멀지 않은 캄캄한 밤에, 집 나갔던
아버지는 한결 구부정해진 어깨를 흔들며 터덜터덜 집으로 돌아
왔다.

"'그래야만 했을까? 그래, 그래야만 했어!'라고 가혹한 운명과 싸우며 자신이 살아야만 하는 이유를 혼자 묻고 대답했던 베토벤. 그의 피아노 협주곡 삼 번 C단조 이 악장 〈라르고〉는 가을에 홀로 떠나는 베토벤의 뒷모습입니다.' 라디오 진행자의 차분한 음성이 사라지자 피아노의 떨림이 빈 공간을 채워나갔다. 불현듯 정욱의 전화번호가 생각났다. 바르르 떨리는 검지에 힘을 주어 낯익은 숫자 버튼을 눌렀다. 낯선 신호음이 몇 차례 울리더니, 누군가 전화를 받았다. 늙수그레한 아주머니 목소리였다. 죄송하다는 말을 겨우 남기고 황급히 끊어버렸다. '오래 기다리면 멀리 도망갔던 행복도 되돌아온단다.' 그렇게 믿었던 어머니는 기다릴 아버지가 있어 나보다는 얼마쯤 더 행복하지 않았을까? 어머니는 애증의 결혼생활을 그 뒤로도 오래 지속하다가 아버지와 비슷한 시기에 생을 마감했다. 마지막 순간만큼은 두 분 다 서로를 오래 기다리지도, 기다리게 하지도 않았다. 기다림은 가난한 어머니의 유일한 유산인 양 오롯이 나의 몫으로 남겨졌다.

전화기가 요란하게 울렸다. 화해를 서두르는 캐서린일 게 분명했다. 나는 받지 않았다. 잠시 뒤에 전화기가 다시 울렸다. 하는 수 없이 전화기를 집어 들었다. 뜻밖에도 케이였다. "케이, 지금 어디에요? 왜 연락도 없이 안 와요?" 케이 목소리가 예사롭지 않았다. 그는 입속에서만 웅얼댈 뿐인, 알아들을 수 없는 말을 했다. 한참을 기다린 끝에 울음 섞인 몇 마디를 겨우 들을 수 있었다.

"어머니께서…… 방금…… 돌아가셨어요. 정말 죄송해요……."

케이는 누구에게 죄송하다는 걸까. 내게? 아님 자신의 어머니한테? 뜬금없이 나까지 몹시 목이 메어왔다.

5

퇴근 시간에 맞춰 한꺼번에 들이닥친 조문객으로 영안실은 복잡했다. 검은 양복 차림에 삼베 건을 쓴 남자 둘과 소복 차림의 여자가 빈소를 지키고 있었다. 어쩐 일인지 케이는 보이지 않았다. 검은 띠를 두른 영정 사진을 가만히 올려다보았다. 국화꽃 사이에서 고인이 웃고 있었다. 단정한 입매가 케이와 닮아 있었다. 함께 간 문화센터 간사가 국화꽃을 올렸고 나는 향을 피웠다. 영전에 절을 한 다음 상주에게 케이는 어디 있느냐고 물었다. "형 어디 갔어?" 그의 물음에 옆에 서 있던 여동생이 볼멘소리로 대답했다. "외삼촌이 할 얘기가 있다면서 밖으로 데리고 나갔어."

케이 여동생이 우리를 음식상 앞으로 안내했다. 함께 조문 온 센터 간사는 약속이 있다면서 먼저 가버렸다. 나는 잠깐이나마 케이 얼굴을 보고 가려고 기다렸다. 일회용 플라스틱 숟가락으로 시뻘건 육개장 국물을 떠먹는데, 옆에 앉은 조문객들이 나누는 이야기가 들렸다. "고인한테 씨 다른 자식이 있었다더군." "그 작자 말이야, 아까 보니 성깔이 보통 아니데. 무슨 일인지는 모르지만 형제간에 신경전이 대단하던걸. 서로 치고받고 싸우기까지 했어."

본의 아니게 엿듣게 된 말에 짐짓 놀란 나는 당황한 기색을 감추려 숟가락을 분주히 움직였다. 육개장 국물이 흰 블라우스에 튀었다. 그들이 말하는 씨 다른 자식이 바로 케이인 듯싶었다. 그들 말대로라면 케이는 그의 본래 성이 아니었다. 외삼촌 성을 따랐을 뿐 실제 성은 다르다고 했다. 베트남전에 참전했던 케이 친아버지가 갑자기 전사하자 유복자를 낳은 그의 어머니는 케이가 세 살 되던 해에 재가했다고 했다. 외삼촌 밑에서 컸다는 케이가 가여워졌다. 그래서 어머니 이야기만 나오면 그토록 불편해했던 걸까? 한데 어째서 그는 중환자실에 누워 있던 어머니에게 정성을 다한 걸까? 원망할 법도 한 케이는 오히려 한식 조리법을 익혀가면서 손수 음식을 만들고, 환자에게 떠먹이기까지 했다. 그런 정성은 요즘 세상엔 흔치 않은 것이었다.

밤이 깊어가면서 취한 조문객들의 웃음소리가 들려왔다. 화투를 치는 사람들이 내는 왁자한 소리도 들렸다. 시간이 너무 늦어 밖으로 나왔다. 바깥 기온은 제법 쌀쌀했다. 바람이 불 때마다 나뭇가지에서 잎이 떨어져 이리저리 흩날렸다. 택시를 기다리고 있는데, 낯익은 실루엣이 눈에 들어왔다. 영안실 건물 앞 벤치에 혼자 앉아 있는 사내, 케이였다. 가까이 다가가 말없이 옆자리에 앉았다. 벤치 옆 단풍나무를 올려다보았다. 가로등 불빛에 비추인 성긴 잎사귀들이 유난히 고왔다. 케이가 어색하게 웃었다.

"언제 왔어요?"

"한 시간쯤 전에. 그쪽이 안 보이기에 그냥 가려던 참이었어요."

"미안해요. 자리를 지켰어야 했는데……."

말끝을 흐리는 그의 얼굴을 살피니, 입술이 터져 있었다. 손수건으로 핏자국을 닦아주었다.

"다투었다는 이야기 들었어요. 미안해요. 일부러 엿들은 건 아닌데 어쩌다 보니 사정을 알게 되었어요."

"그랬군요. 어머니는 언제나 밤에 나를 보러 왔어요. 남편 몰래 가슴에 품어 온 달걀을 한밤중에 부쳐주곤 했지요. 때때로 숨겨진 자식으로 사는 게 죽기보다 싫어 다시는 찾아오지 말라고 소리쳤지만, 속으로는 늘 어머니가 그리웠어요. 아까…… 동생들에게 부탁했어요. 너희들에게 살아 있는 어머니를 양보했으니, 죽은 어머니만은 내게 달라고. 장례식도, 앞으로 있을 제사도 모두 내가 맡겠다고. 그랬더니 내가 어머니의 유산인 전세보증금을 탐내는 걸로 오해하더군요. 화가 나서 그만……. 나머지는 다음에, 다음에 얘기해요, 우리. 마지막 수업, 할 거지요?"

케이가 왜 달걀꽃 타령을 하는지 알게 되었다. 케이는 손수건을 돌려주며 억지로 웃었다. 울던 끝이라 그런지 어색하게 일그러진 웃음이었다. 바람이 혹, 불고 지나갔다. 단풍잎이 화르르 떨어져 케이와 내 발등에 소복이 내려앉았다. 나뭇잎이 가지에서 떨어져 내리듯 쉽고도 가벼운 이별은 없는 걸까. 정욱이 떠난 지 어느새 일 년이 다 되어가고 있었다.

6

『시의전서(是議全書)』 원문에 쇠골찜은 가루 약간 씌워 계란에 부쳐 생선찜같이 하라, 라고 적혀 있었다. 케이와의 수업을 앞두고 나는 준비한 식재료를 조리대 위에 올려놓았다. 특별한 만찬이라 쇠골과 쇠고기를 넉넉히 준비했다. 부재료인 달걀, 표고, 느타리, 석이, 파, 미나리는 깨끗이 씻어 바구니에 담아놓았다. 간장, 후춧가루, 술, 깨소금, 참기름 따위 양념도 정량만큼 덜어놓았다.

초인종이 울려 나가 보니, 문 앞에 장미꽃을 든 케이가 서 있었다. 마지막 수업이라 준비했다며 꽃다발을 내게 내미는 케이. 장례식 이후 처음 보는 그의 얼굴은 조금 야위어 있었다. 장미를 두 개의 화병에 나누어 꽂은 뒤에 각각 창가와 식탁에 놓았다. 실내가 한결 화사해졌다. 앞치마를 두른 케이에게 마른 행주를 주며 쇠골 막을 떼어내보라고 시켰다. 막이 깨끗하게 잘 떨어져야 쇠골전이 깔끔하게 부쳐진다는 내 말을 듣고는 코끝에 땀방울이 맺히도록 애를 썼다. 그는 한동안 만지작거리다가 못 하겠다면서 내게 내밀었다. 빙긋 웃으며 멋쩍어하는 그에게서 다시 쇠골을 받아 들었다.

144

착 달라붙은 하얗고 투명한 막을 조심스레 떼어내니 말랑한 속이 나왔다. 차가운 골을 손바닥으로 감싸 쥐었다. 골 갈피마다 숨어 있던 푸르른 생의 기억들이 온몸에 그대로 전달되는 듯했다. 손 열로 인해 골은 점점 더 부드러워졌다. 단단하게 얼어 있던 내 머릿속도 차츰 녹아내렸다. 말랑해진 생의 기억들을 조각조각 얇게 썰었다. 오래 묵은 아픔이, 원한이, 미련이 한 점 한 점 떨어져 나와 달걀옷을 입고 기름에 노랗게 지져졌다.

낮에 산책하다가 만난 캐서린에게 오늘의 요리에 대해 귀띔했던가. 아마 그랬을 거다. 그녀가 흔쾌히 와인을 들고 찾아오겠다고 했던 걸 보면. 하지만 오늘이 정욱의 기일이란 건 분명 말하지 않았다. 특별한 이유가 있어서가 아니었다. 더 이상 그에 대해 하고 싶은 말이 없어서였다.

창밖에서 오리들의 울음소리가 들려왔다. 고개를 들어 보니 철새들이 무리 지어 날아오르고 있었다. 어지러운 발자국 물가에 남겨놓은 채, 그들은 먼 길을 떠나고 있었다.

얼음사과

1

    폭설이 내리던 날 저녁, 성제는 긴 여행을 끝내고 집으로 돌아왔다. 그는 집 안으로 들어가기 전, 우선 마당에 홀로 서 있는 사과나무를 찬찬히 살폈다. 가지마다 흰 눈을 수북하게 이고 있는 나무는 가끔씩 불어오는 바람에 무겁게 몸을 흔들어댔다. 집을 비운 동안 빨갛게 익었다가 서서히 말라버린 사과 몇 알이 매달려 있었다.

    사과나무는 이제 망자가 남긴 유산이 되어 있었다. 양아버지가 아끼던 그 나무는 안방 창문 바로 앞에 있었는데, 새들이 날아와 듣기 좋은 소리로 울다 가곤 했다. 문을 활짝 열어놓으면 때때로 새가 안으로 날아들기도 했다. 날아든 새를 몇 마리 길러보았는데 며칠 못 가 죽어버렸다. 죽기 직전에는 남은 기운을 다 내어 쫑쫑 뛰어다니거나 날갯짓을 해대다가 숨을 거두었다. 생을 마감하기 직전의 양아버지 역시 그랬다. 오랜만에 자리를 털고 마당에 나가 사과나무를 어루만지는 양아버지를 지켜보면서 그는 임종이 멀지 않았다는 걸 눈치챌 수 있었다. 양아버지는 투명한 크리스털 용기에 담긴, 고향 친구인 황씨 아저씨가 백두산 여행길에 가져온 천지연 물을 사과나무에 뿌려주며 나직이 말했다. "생명이란 하나같이 가여운 거란다. 기럼. 아무 죄 없이 태어난 것들이니까." 그렇게 중얼거리며 지그시 미소 지었다. 억새꽃처럼 하얗고, 메마르고, 눈부신 웃음이었다.

그 혹한을 견디고 아직 살아 있을까. 그는 나무를 이리저리 살펴보았지만 생사 여부를 알 수 없었다. 봄이 오고 새잎이 나올 때까지 기다려야만 했다. 자세히 보니 나무껍질이 군데군데 벗겨져 있었다. 산짐승이나 야생 고양이 짓인 것 같았다. 아니면 동네 꼬마들이 사과를 탐내다 낸 것일 수도 있었다.

지난 수개월 동안 그는 목적도 계획도 없이 세상을 떠돌았다. 그에게는 더 이상 가족이 없었다. 다만 새가, 아무도 창문을 열어주지 않아 죽었을 게 분명한 야생 텃새 한 마리가 방에 갇혀 있었다. 하지만 그 새마저 이미 죽었을 터였다. 집에 돌아갈 이유도 돌아갈 생각도 없었다. 그는 뜨거운 적도 근처의 바닷가 마을에서 원주민 아내를 얻어 대충 정착해 살까, 생각해보기도 했다. 물려받은 집을 팔고 퇴직금을 보태면, 현지에서 작은 상점이나마 차릴 수 있을 것 같았다. 하지만 여행 중에도 그는 나무에 사과가 얼마나 열렸는지, 찬 서리에 맞은 들었는지, 끝내 겨울바람에 떨어지고 얼어터지진 않았는지 내내 궁금해했다. 어느 날 그는 호텔 로비에서 망고주스를 마시면서 인터넷 검색을 하다가 한반도 중부지방에 닥친 맹추위 소식을 접하게 되었다. 주스 잔을 내던지며 자리에서 벌떡 일어난 그는 나무가 얼어 죽기 전에 돌아가야겠다고 결심했다. 결국 그를 집으로 끌어들인 것은 다름 아닌 그 사과나무였다.

찬바람이 훅 불어왔다. 그는 몸을 웅크리면서 현관 옆에 있는 우편함을 살폈다. 광고 전단지와 우편물이 뒤죽박죽으로 쌓여 있었고 우표가 붙어 있지 않은 데다 발신자 이름이 낯선 정체불명의 편지도 들어 있었다. 그것들을 제치고 안쪽 깊숙이 숨겨둔 열쇠를 꺼냈다.

현관문을 여는 순간 미친 듯이 달려든 것은 오래 방치해둔 새의 사체에서 나는 고약한 냄새가 아니었다. 생전의 양아버지가 무척이나 좋아했던 사과 향내가 맡아졌다. 악취를 피하려고 호흡을 멈춘 채 조심스레 안으로 들어섰던 그는 비로소 안도의 한숨을 내쉬었다. 방향제는 그가 집을 비운 동안에도 매일매일 인공 향기를 뿜어냈나 보았다. 숨을 깊이 들이마시자, 공기 속에서 먼지 냄새가 맡아졌다. 주변 공사장에서 일으킨 먼지와 사과 향이 서로 다투듯이 빈 공간을 채워온 것 같았다.

새는 어떻게 된 거지?

그는 안방으로 들어갔다. 바닥은 물론 책상 위, 겹쳐 쌓아둔 책 더미와 노트북, 양아버지와 그의 사진이 들어 있는 액자 뒤, 책장과 벽 사이에 있는 빈틈까지 꼼꼼히 살펴보았지만 새의 사체는 보이지 않았다. 혹시 구멍이 있나. 내가 모르는 구멍이 집 어딘가에 있어 새가 그곳으로 드나드는 걸까.

느닷없이 새가 날아든 것은 넉 달쯤 전, 그가 집을 떠나기 직전의 일이었다. 출국하던 날 아침에 그는 시간에 쫓기며 급하게 여행 가방을 꾸렸다. 가방을 대충 챙기고 마지막으로 안방에 들어섰을 때, 밝은 회색 몸통에 발과 꽁지가 붉은 새 한 마리가 책상 위에 앉아 있었다. 인기척에 놀라 푸드덕 날아오른 새는 높은 전등 위에 앉았다. 창문은 꼭 닫힌 그대로였고 방문 역시 내내 닫혀 있었는데 어디로 들어온 거지? 방 안을 샅샅이 살펴보았으나 새가 들락거릴 만한 구멍은 없었다. 그가 잠시 사방을 둘러보는 사이, 새가 어딘가로 숨어들어가 나오지 않았다. 공항으로 서둘러 가야 했기 때문에 그는 창문을 잠갔다. 여행에서 돌아올 때쯤이면 새는 죽어 썩어 있을 게 뻔했지만 하는 수 없었다.

여행하는 동안 가끔 새를 떠올렸다. 온몸에 피멍이 들어 죽었을 테지, 유리 장벽 앞에서 몸부림치다가. 눈에 훤히 보이지만 가닿을 수 없는 바깥세상을 그리워만 하다가. 사체는 냄새를 풍기며 잔뜩 부풀었다 다시 쪼그라들었을 거야. 몸체에서 빠진 털들이 조금씩 흩어져 집 안 구석구석에 자리를 잡았을 테고. 그는 햇빛 찬란한 해변의 야자수 그늘 아래서 이국 여인의 애무를 받다가도 불현듯 푹푹 썩어가는 새를 떠올리며 몸서리치곤 했다.

안방에 들어가보았지만 역시 아무 냄새도 나지 않았다. 잘못본 걸까. 혹시 망자의 혼이 새가 되어 잠시 나타났던 걸까. 그렇게 생각하자 마음이 복잡해졌다. 양아버지는 쉽게 이승을 등지고 저승으로 갈 수 없는 사람이었다. 너무 오래 그리워하던 이들을 끝내 이승에서 만나지 못했으니까. 한 맺힌 영혼은 이승과 저승 사이를 맴돈다던데, 그렇다면 그날 눈앞에 나타난 새는 망자의 넋이었던가.

2

그는 환기를 위해 커튼을 걷고 창문을 열었다. 평소와 달리 창밖이 환했다. 골목길 건너편에 새로 들어선 삼층 건물이 눈에 들어왔다. 지붕에 하얗게 눈을 얹은 프로방스풍의 벽돌 건물은 이국적으로 보였다. 일층 상가에는 커피 전문점이 들어와 있었다. 카페 전등이 환히 켜져 있어, 안이 훤히 보였다. 곱슬머리 여자가 창가에 앉아서 뜨개질을 하고 있었다. 여자는 자주 하품을 하면서 벽에 걸린 시계를 올려다보곤 했다. 잠시 뒤, 여자의 시선이 이편으로 와 닿았다. 하지만 건너편 집 창문에 있는 그를 보지는 못한 것 같았다. 무심한, 그리고 시간을 억지로 견디는 듯 지루한 표정이 그걸 말해주었다. 여자가 치마 속으로 손을 넣어 허벅지를 긁어댔다. 하얗고 육감적인 다리의 곡선이 드러났다. 그는 피식 웃었다. 사실, 내부의 빛이 너무 강하면 외부가 눈에 들어오지 않는 법이다. 욕망에 눈이 멀면 아무것도 볼 수 없는 것처럼. 그는 갑자기 얼굴을 붉혔다. 여자에게 빠져 허우적대던 시절이 떠올라서였다. 유치원 보모로 일하던, 늘 아기 침 냄새와 분유 냄새를 풍기던, 어머니를 일찍 여읜 그에게 처음으로 모정을 느끼게 해준, 길고 검은 생머리가 미치도록 아름다웠던 여자…….

그때, 카페 여자가 자리에서 벌떡 일어나 잰 손길로 가방을 챙겼다. 폐점 시간인가 보았다. 카페 안을 환하게 밝히던 등이 꺼지자 어둠이 그의 시야를 덮쳤다.

방금 전까지 보였던 풍경마저 신기루인 양 사라지자, 그는 갑자기 심한 피로감을 느꼈다. 곧바로 침대로 가 누웠다. 하지만 여독 탓인지 잠이 오지 않았다. 그는 등을 켜고 담배에 불을 붙였다. 담배 연기가 실내로 천천히 퍼져 나갔다. 하나 그에게 밖으로 나가 담배를 피우라고 잔소리할 사람은 더 이상 없었다. 쓸쓸함이 파도처럼 밀려들었다.

담배 연기 사이로 책상 위에 놓인 사진이 보였다. 양아버지는 열 살짜리 소년인 그의 어깨에 손을 얹은 채 웃고 있다. 어딘가 어색한 표정이다. 머리를 짧게 깎은 소년 역시 미간을 잔뜩 찡그린 채 억지로 웃고 있다. 새로 돋아난 날카로운 송곳니 두 개가 꼬마 도깨비를 연상케 한다. 두 사람이 가족이란 이름의 틀 속에 들어간 최초의 사진이다. 황씨 아저씨가 운영하던 사진관에서 찍은 거다. 그 사진관 벽에는 늘 파란 하늘과 뭉게구름이 그려져 있었고, 창가에는 양털 덮개가 걸쳐진 붉은 벨벳 의자가 놓여 있었고, 노란 장난감 자동차와 커다란 곰 인형도 있었다. 그날, 인공적으로 꾸며진 밝은 세상 속으로 들어선 열 살배기 소년은 이유 없이 눈물을 흘렸다. 그는 이제야 자신이 왜 눈물을 흘렸는지 알 것 같았다. 그제까지 참고 있었던 슬픔이, 특히 어머니에 대한 그리움이 봇물처럼 터져 나왔던 거였다.

당시 그는 교통사고로 부모를 잃은 상태였다. 죽음에 대해 한 번도 생각해보지 않은 그에게 부모의 죽음은 눈사태처럼 느닷없이 덮쳤다. 사고 당일, 부모는 수년간 키운 소를 장에 내다 팔고 돌아오던 길이었다. 터무니없이 싼값에 팔아넘긴 소들이 눈에 밟혀 몹시 속이 쓰렸던가 보았다. 아버지는 술이 만취한 상태에서 숨을 거두었다. 시신에서 심한 알코올 냄새가 났다고 누군가 말했다. 어머니는 술 취한 남편 옆에서, 잔소리를 퍼붓다가 죽음을 맞이했는지 눈을 크게 뜨고 입을 벌리고 있었다. 말린 북어처럼, 입을 벌린 채 굳어버린 어머니 얼굴은 못다 한 말을 끝내 내뱉고 싶어 하는 표정이었다.

장례를 마치고 난 뒤 그는 한 번도 만난 적이 없는, 코가 크고 얼굴이 거무스름한, 전체적으로 중후해 보이는 낯선 사내의 손에 이끌려 대도시로 갔다. "이제부터 나를 아버지라 불러라." 사내가 낮고 굵은 목소리로 말했다. 하지만 그는 사내를 아버지라 부르진 않았다. 친아버지와의 의리 때문이 아니었다. 친아버지보다 훨씬 나이 들어 보이는 사내에게는 범접할 수 없는 기운이 풍겼다. 늦가을 저녁나절에 불어대는 차갑고 쓸쓸한 바람 같았다. 게다가 사내가 사는 집은 주부의 손길이 닿지 않아 그런지 몹시 썰렁했다. 학교에서 돌아올 때면 어둡고 습한 동굴 속으로 들어가는 기분이 들었다. 하지만 사내는 그를 불편하게 하지는 않았다. 오히려 그가 원하는 것은 다 들어주려고 애썼다. 어린이날이나 성탄절, 혹은 그의 생일이면 생각지도 않았던 선물을 방문 앞에 갖다놓기도 했다.

그렇지만 이해할 수 없는 순간이 가끔 있었다. 사내는 그를 한없이 귀애하다가도 갑자기 버럭 역정을 내며 노려보곤 했다. 하루는 사내와 방 안에서 땀을 삘삘 흘리면서 장난삼아 씨름을 하고 있었다. 한참 열이 올라 씩씩거리면서도 기분 좋게 웃어댔는데, 창문이 갑자기 어두워지더니 천둥 번개가 쳤다. 그 순간, 사내가 그의 목을 졸라대기 시작했다. 그때 처음으로 그는 보았다. 차갑게 번뜩이던 사내의 사나운 눈을. 그는 너무나 무서워 벌벌 떨다가 살려달라고, 혀끝에 힘을 주어 소리쳤다. 그러고는 잠시 기절했던 것 같다. 나중에 눈을 떠보니 병원이었다. 땀과 눈물로 범벅이 된 사내가 의사 앞에서 무릎을 꿇고 제발 아들을 살려달라고 애원하고 있었다. "커다란 곰이 저를 덮쳤어요, 아주 커다란 곰 인형이었어요"라고 어린 그는 거짓말을 했다. 그러고는 입을 다물었다. 오래오래 입을 다물었다.

다음 날, 황씨 아저씨가 병원에 찾아왔다. 점심을 먹고 깜빡 잠들었다가 깨어났는데, 황씨 아저씨가 이북사투리를 심하게 쓰며 사내에게 욕설을 퍼붓고 있었다. "이럴 기면 뭐하러 데려왔네, 이 거래이 말코자식아. 원수 넘의 피붙이를 데려다 복수라도 하겠다는 거였네? 쌍, 까짓거 싹 잊어버리라 했지 않안. 나라고 뭐, 안 힘들었간? 친일파 떨거지에다 가짜 기독교도들까지 우글우글했던 서북반공청년유격대 놈들, 그놈들이 산에서 내려와 자네와 내 가족, 아니 온 마을 사람들을 생으로 파묻은 걸 어찌 잊간? 허지만 서두 이미 다 지난 일이다, 넘기고 살아와서. 한데 자네는 그 더러운 최 대장의 아들을 끝내 찾아갔지. 이유가 뭐야. 네 손으로 복수라도 하려 했었네?" 황씨 아저씨 목소리가 점차 높아지자 사내가 역정을 냈다. "기걸 말이라고 하네? 애초에 내가 유격대를 이끌던 최 대장을 찾아간 건 육촌 동생 때문이었어. 이남에 와서 듣기로는 전쟁이 끝나고 산에서 내려온 유격대원들이 배를 타고 남하하다가, 그러니까 미군 보트를 타고 내려오다가 백령도 부근에서 절반이나 바다에 수장됐다더군. 소식이 궁금했어. 다행히 살았으면…… 기레, 이남에 피붙이 하나 없는 내가, 정이 그리워서 북쪽

동무들 소식 물으러 찾아갔던 게야. 아무려면 최 대장이 이미 병들어 죽고 그 아들놈마저 교통사고를 당하게 된 줄 알았간?" 잠시 주춤하던 황씨 아저씨가 다시 목소리를 높였다. "원수의 집안이 망가진 걸 봤으면 그냥 돌아설 거이지, 어린 손자 새끼는 또 와 데려왔네? 데리고 살면서리 괴롭힐래구, 목 졸라 죽일래구 그랬네?" 그러자 사내가 반발했다. "목소리를 낮추라우. 이자 못 하는 말이 없구만. 허면 어린 아를 혼자 두고 오네? 자네라도 그런 못 했을 기야. 그래도 어릴 적 동무의 핏줄인데." 그러더니 끝내 말끝을 흐렸다. "어제는 내래 정신이 잠깐 나갔드랬어. 미쳤등가 봐. 그러지 않고서야……." 하필 그때 재채기가 나왔다. 그들은 더 이상 그 앞에서 말다툼을 이어가지 않았다.

그 뒤로 그는 사내와 같은 방에서 자길 거부했다. 사내가 또 목을 조를까 봐 두려웠다. 불을 켜놓고 자는 습관도 생겼다. 머리가 커지면서 그는 가끔 집을 뛰쳐나갔다. 그러면 사내는 그의 학교 친구들을 찾아가 우리 성제 좀 찾아다오, 하면서 질질 눈물을 흘려댔다. 그는 친구들 보기 창피해서 할 수 없이 집으로 돌아가곤 했다.

사내는 광산을 개발한다고 했다. 배낭 하나 달랑 메고 전국 곳곳을 뒤지는 게 그의 직업이었다. 어느 날 그는 사내가 집을 비운 틈을 타 안방 장롱을 뒤졌다. 금덩어리라도 있으면 그걸 가지고 가출할 생각이었다. 하지만 집 안 어디에도 금은 없었다. 대신 서류 몇 장을 발견할 수 있었다.

　서류를 통해 알게 된 놀라운 사실은 사내가 북에서 넘어온 사람이며 장기복역수라는 거였다. 그는 비로소 집 주변을 배회하던 낯선 남자들의 수상한 눈초리를, 말없이 사내와 그를 따라붙던 그림자의 정체를 알게 되었다. 그러자 알 수 없는 불안이 더욱 그를 괴롭혔다. 사내가 언제 다시 북으로 가게 될지 모른다는, 어쩌면 그를 강제로 데려갈지도 모른다는 염려가 수시로 엄습했다.

　어느 날 배낭 하나 짊어지고 전국을 떠돌던 사내가 드디어 금맥을 발견했다고 했다. 갑자기 살림이 풍족해졌다. 목돈을 마련한 사내는 도심에서 벗어난 변두리에 단독주택을 지어 이사했다. 이사하던 날 사과나무 한 그루를 구해 와 마당 한가운데에 심으며 말했다.

　"내 고향 황해도 해주에는 사과나무가 많았댔어. 맛이 으뜸이었디. 이 나무도 삼 년만 지나면 사과가 열릴 게야. 그때 가면 우리, 사과를 땅에 묻어 겨울 내내 꺼내 먹자꾸나."

　그러고는 잇몸을 훤히 드러내며 껄껄 웃어댔다. 사내의 머리카락이 하얗게 센 반면, 그는 더 이상 여드름 걱정을 하지 않아도 될 만큼 자랐을 때였다.

　어두운 창밖에선 또 한 차례 눈발이 날렸다. 엄청난 폭설에다 바람마저 심했다. 창문 덜컹대는 소리가 잠을 방해했다. 그는 자정이 훨씬 넘어서야 겨우 얕은 잠에 빠져들었다. 오랜만에 여자 꿈을 꾸었다. 곱슬머리 여자……. 그는 여자를 껴안고 가슴을 주무른다. 거웃을 헤쳐 축축하고 깊은 어둠 속에 자신의 그것을 깊이 꽂는다. 여자의 곱슬머리에서 무엇인가 꿈틀꿈틀한다. 머리카락 사이로 갑자기 꽃들이 피어난다. 겹잎으로 피어난 사과꽃이다. 팝콘처럼 팡팡 터져 나온 꽃들에서 진한 향기가 뿜어져 나온다. 코를 찌를 듯 강한 향내에 현기증이 인다. 어쩐 일인지 다음 장면에서 그는 창밖에 서 있다. 여자는 검은 실루엣으로 남아 창가에서 서성인다. 여자 등에 아기가 혹처럼 매달려 있다. 아기는 혀를 길게 빼며 울어댄다. 아기가 점점 더 길게 혀를 내밀더니 기어코 긴 혀로 여자의 목을 칭칭 감는다. 여자가 가위를 가져온다. 색종이를 오려 어린이집 벽에 꽃과 나비를 만들어 장식할 때 쓰던 거다. 여자는 제 목을 감은 혀를 가위로 동강동강 잘라낸다. 잘린 혀들이 바닥에서 개구리처럼 폴짝폴짝 뛴다. 여자는 아기를 내동댕이치고 어디론가 도망친다. 동강 난 혀들만이 날뛴다. 혀들이 갑자기 그를 쫓아온다. 그는 발버둥 치며 도망가려고 애쓴다. 하지만 발이 떨어지지 않는다. 그는 미친 듯이 달려드는 새빨간 혀들을 뿌리치느라 두 손을 휘젓는다.

그는 잠에서 깨어나 긴 숨을 내쉬며 천천히 땀을 닦아냈다.

못다 한 말들의 조각……. 한때 자신의 청춘을 쥐고 흔들었던 여자가 이제는 꿈속을 뒤흔들었다. 흐흐. 그는 자조적인 웃음을 흘렸다. 유치원 보모였던 그 여자는 곱슬머리가 아니었다. 검고 윤기 나는 머리카락을 하나로 단단히 묶는 여자였다. 그 시절엔 그도 머리카락이 새까맣고 숱이 많은 청년이었다. 게다가 마음속은 머리카락보다 더 검었다. 심장이 뛸 때마다 죄악의 꽃이 부글부글 피어났다. 유치원 보모로 일하는 동갑내기 여자에게 미쳐 지내던 시절 내내 그는 양아버지를 증오했다. 재산을 탐낸 그는 어떻게 든 양아버지를 쓰러뜨리려고 호시탐탐 노렸다. 여자를 위해서라면 그보다 더한 짓도 할 수 있을 것 같았다. 욕망의 노예가 되어버 렸던 스물여덟 살 고장 난 청춘. 그 청춘이 벌였던 흉계……. 그는 담배를 입에 물었다. 여자가 떠난 뒤 겨우 정신을 차린 그였지만, 수년간 양아버지 병수발을 들면서도 끝내 잘못을 빌지는 못했다. 못다 한 말들의 조각……. 꿈속에서 발광하던 혀 조각들이 떠올라 그는 세차게 고개를 흔들었다. 잊고 있던 허기가 밀려왔다.

3

'잃어버린 사과를 찾고 싶으세요? 그럼 이리로 오세요.'

낯선 발신인이 보낸 편지에는 간단하면서도 흥미로운 메시지가 담겨 있었다. 하단의 주소를 보니 앞집 카페였다.

그는 자리에서 일어나 커튼을 열고 창밖을 내다보았다. 눈이 그 치고 달이 환하게 뜬 것만 다를 뿐, 어제와 똑같은 풍경이 펼쳐져 있었다. 불 밝힌 카페와 뜨개질하는 여자. 그러고 보니 종일 집 밖으로 한 발자국도 나가지 않았다. 집 안에 틀어박혀 잠을 자다가 여행 가방에 남아 있던 육포와 과자를 꺼내 먹고 다시 자기를 반복했다. 저녁이 되어서야 겨우 침대에서 일어나 밀린 우편물들을 열어본 게 다였다.

시계를 자주 쳐다보는 걸 보면 여자는 오늘도 지루하게 폐점 시간을 기다리는가 보았다. 손님을 기다리고 있는 거라고 해야 맞겠지. 하지만 누가 이 시간에, 이렇게 후미진 곳까지 찾아와 차를 마시겠는가.

집 주변은 최근 몇 년간 폐허나 다름없었다. 잡초와 건물의 잔해가 널브러진 땅에 컨테이너 박스, 어지럽게 쌓인 건축 재료, 중개사무소에서 내건 현수막, 그리고 칙칙한 시멘트와 철근이 버티고 서 있는 살풍경한 공사현장뿐이었다.

마을은 최근 몇 년 동안 개발 붐을 타면서 완전히 해체되었다. 그는 마을이 낱낱이 분해되는 것을 지켜보았다. 방과 부엌, 지붕, 담장이었던 것들은 쓸모없는 돌, 부러진 나무토막, 깨진 기왓장, 시멘트 덩어리와 종잇조각으로 변했다가 트럭에 실려 어디론가 가버렸고, 남은 자잘한 것들은 비와 바람과 햇볕 속에서 먼지가 되어 이리저리 떠돌았다. 신선한 채소와 따뜻한 밥상도, 마을의 규율도, 따뜻한 관계도 사라져버렸다. 이웃은 물론 어른과 아이들, 아버지와 아들은 뿔뿔이 흩어졌고, 사람들은 오직 자기 자신만을 생각하게 되었다.

조악한 디자인의 빌라들이 우후죽순 들어서면서 정체 모를 이웃들이 생겨났다. 지붕 낮은 집들과 소박한 이웃을 좋아했던 양아버지에게는 견디기 힘든 나날이었다. 특히 폐가 나쁜 양아버지는 시멘트 먼지 탓에 기침이 심해졌다. 가래 끓는 소리와 쌕쌕거리는 숨소리가 귀에 눌어붙어 그가 더 이상 참을 수 없는 지경이 되어서야, 양아버지는 보잘것없고 한 많은 이산자의 생을 마쳤다. 양아버지가 숨을 거두자 그는 회사에 사직서를 냈고, 곧바로 긴 여행길에 올랐다.

어수선한 마을에 생겨난 카페. 어쩐지 손님을 위해서가 아니라 주인 자신을 위한 장소처럼 여겨졌다. 손님 하나 없는 빈 공간의 불 밝힌 창가에 앉아 시계만을 쳐다보는 여자는 무대 위의 배우처럼 보였다. 사실 그의 눈에는 세상 모든 여자들이 다 연기를 하는 걸로 여겨졌다. 옛사랑이 남기고 간 상처 탓이었다.

그는 갑자기 심한 허기를 느꼈다. 하지만 먹을거리를 사러 밖으로 나갈 엄두가 나지 않았다. 폭설로 길이 언 데다 근처에는 늦도록 음식을 파는 곳이 없었다. 번화가로 가려면 차를 끌고 가야 한다는 데 생각이 미치자 더욱 내키지 않았다.

그는 허기를 잠으로 채우는 고아처럼 불을 끄고 다시 침대로 들어갔다.

창문을 넘어온 달빛이 방 안을 환히 비추었다. 은은한 빛은 언제나 가슴을 뛰게 했다. 보름달이 유난히 밝은 밤에 양아버지는 쪽배를 탔다고 했다. 노 따위는 없었다고 했던가. 손으로 살살 저어 임진강을 건너라는 명을 받았다고 했던가. 맞다. 그래서 자정에 출발해 새벽녘에 건너편 모래톱에 도달할 요량이었다고 했다. 노를 저을 수 있었다면 한두 시간이면 충분했을 거리였지만. 하긴 휴전선을 넘어 적의 진지로 침투하려는 자더러 노를 저으라고 하진 않았을 테지. 아무리 멍청한 상관이라고 해도. 이제야 생각이 났다. 양아버지는 노 대신 흰 광목천을 받았다고 했다.

"달빛이 유난히 밝은 보름이었디. 강변엔 억새가 잔뜩 피어 있었고. 큰 숨을 연거푸 쉬고 나서, 난 손으로 살살 강물을 젓기 시작했어. 강 중간쯤이 되자 물살이 꽤나 빨라져 더 이상 손을 쓸 필요가 없더구나. 비로소 땀을 한번 닦고는 주위를 둘러보았디. 달빛이 부서져 내린 강은 물결마다 은빛으로 반짝거리고, 강변에 만발한 억새꽃은 세상을 온통 하얗게 만들었더군. 장관이었디. 참으로 장관이었어. 나는 거기서 준비해 간 흰 광목천을 펼쳤어. 흰 천을 발끝부터 머리끝까지 덮고 바닥에 납작 누웠디. 휴전선을 지키는 병사의 눈을 속이기 위해서. 달빛과 억새로 온통 새하얀 강 위에선 흰 광목천이 몸을 숨기기에 제일이거든. 두 손을 가슴 위에 올리고 숨을 죽인 채 누워 있었어. 강물에 운명을 맡기고 나니, 풀벌레 소리가 처량하더구나. 고향에 두고 온 친척과 이웃이, 그리고 무엇보다 시집온 지 고작 일 년이 될까 말까 한 각시가 생각났디. 지금쯤 뭘 하고 있을까. 그네도 날 그리워하고 있을까. 당에서는 모스크바로 유학을 보냈다고 통보를 했을 터이니 그런 줄 알고 있겠디. 임무를 마치고 무사히 돌아갈 수 있을까. 갑자기 눈물이 핑 돌았대서. 심장이 요동쳐서 견딜 수가 없더군. 숨을 고르고 맘을 진정시키느라 진땀을 빼고 있는데, 갑자기 등짝이 축축해. 물이 새고 있었던 게야. 아마도 구멍이 난 줄 모르고 상관이 배를 내주었나 봐. 글티 않고서야 어드러케 고런 중대 사고가 났겠니. 암튼 이제 조금만 더 가면 될 것 같은데, 등을 다 적신 물이 옆구리를 지나 배꼽까지 올라오는 거야. 하는 수 없이 배에서 내려 헤엄을 쳤디. 근데 강 물살이 제법 세더란 말이야. 기진맥진 끝에 겨우 건너편 모래톱에 도달했는데 그만 의식을 잃었구나. 다음 날 눈을 떠보니, 국방군복 차림의 군인들이 총을 겨누고 나를 내려다보지 않갔어."

양아버지는 보름달 밝은 날이면, 어김없이 임진강을 건너던 이야기를 몇 번이고 들려주었다. 흰 광목천은 시신을 덮으라고 준 죽음의 선물이란 걸, 구멍 난 배는 관 대신 내어준 거란 걸 양아버지는 끝내 인정하지 않았다. 가끔 황씨 아저씨가 "자네는 말하자면 숙청당한 게야. 독립운동가 집안의 장손인 데다가 마을 사람들한테 신망까지 얻고 있는 자네가 당 명령에 고분고분하지 않으니까 귀찮아진 거디. 해서 구멍 난 배에 태워 보낸 기야"라고 말하면, 양아버지는 고개를 절레절레 흔들었다. "사람이 어드러케 그럴 수 있간. 말 같지도 않은 소린 집어치우라우." 그러고는 확신에 차서 말했다.

"난 진정으로 이남의 생태를 파악하고 맹금류를 연구하려고 왔더랬서. 당에서 내린 지령은 이남 땅도 우리 조국이니 통일되기 전에 미리 연구를 하라는 거였디. 나도 호랑이가 아직 이남에 살아 있는지, 아님 멸종됐는지, 그거이 진심으로 궁금했어. 연구를 무사히 마치고 돌아가면 모스크바로 유학을 보내준다는 약속까지 받은 상태였디. 한데 국군한테 붙잡혔을 때 아무도 내 말을 안 믿더군. 기래서 남보다 심하게 고문도 받고 오래도록 감옥에서 있었다만, 그거이 진정으로 사실이야. 난 이남 생태계를 알고자 내래온 게야."

양아버지는 한 치의 의심도 하지 않았다. 바보가 아닌 다음에야 누가 그 말을 곧이들을까 싶지만…… 하긴, 어쩌면 양아버지야말로 진짜 바보인지도 몰랐다. 아무도 의심할 줄 모르는. "인간은 얼마든지 비열해질 수 있어요. 원래 그런 짐승이에요. 혼자서는 차마 저지를 수 없는 잔인한 짓도 집단이 되면 아무렇지도 않게 저질러요." 그렇게 퍼부어대던 끝에 '제가 저지른 짓거리만 봐도 그렇잖아요'라는 말이 목구멍까지 올라왔지만 그는 끝내 입을 다물었다.

4

못다 한 말들의 조각……. 그는 양아버지 사진을 앞에 두고 못다 한 말을 해보려고 했지만 여전히 입이 떨어지지 않았다. 끔찍했던 그믐날 밤의 일이 선명히 떠올라 머릿속을 헤집어놓을 뿐이었다.

그날 저녁, 그는 여자가 보모로 일하는 어린이집 화단으로 들어섰다. 아기를 업은 채 서성이는 여자의 실루엣이 커튼에 비쳤다. 그는 손등으로 창문을 조심스레 두드렸다. 바람에 덜컹이는 것과 구별되지 않을 만큼 작은 흔들림이지만 여자는 곧 알아채고 창문을 열었다. 아기 칭얼대는 소리와 함께 진한 과일 향기가 어린이집 실내에서 다투듯이 밖으로 빠져나왔다. 인공 향은 저녁도 거르고 기다리는 남자의 빈속을 자극했다. 아기는 심하게 보채며 울어댔다. 질끈 묶어 올린 머리카락이 흘러내려 아기의 손에 잡힐 때마다 여자의 목이 뒤로 확확 젖혀졌다. 어린이집에서 일하는 동안 여자는 노예나 다름없었다. 아니, 그보다 더 심하게 혹사당했다. 등에 업힌 아기가 여자의 머리카락 한 줌을 휘어잡더니 입속에 넣고 쪽쪽 빨아댔다. 여자는 팔을 어깨 뒤로 넘겨 머리카락을 쥔 아기 손을 꼬집어 뜯었다. 자지러지는 아기의 새된 울음이 창을 넘어와 사방으로 퍼졌다. 여자는 아기를 앞으로 안더니 입을 틀어막았다. 쥐 새끼가 찍찍거리는 듯 새된 소리가 났다. 여자가 큼지막한 눈깔사탕을 아기 입에 쑤셔 넣었다. 그러자 아기가 갑자기 조용해졌다. 어린이집에 아기를 맡기는 홀아비 아빠가 종종 술에 취해 아기를 데리러 오는 걸 잊는다더니 하필 그런 날인가 보았다.

그는 늦도록 자식을 찾아가지 않는 애 아빠를 원망했다. 오랜만에 여자와 저녁을 먹고 밤을 함께 보내기로 한 날이니 당연했다. 여자가 그에게 조금만 더 기다리라는 듯 손짓해 보였다. 그는 화단에 쪼그려 앉아 담뱃불을 짓눌러 껐다.

세 대의 담배를 연달아 피우고 나서야 여자가 나타났다. 아기를 업었던 여자 몸에서 아기 냄새가 났다. 아니, 엄마 냄새가 진동했다. 엄마를 일찍 잃은 그는 그 냄새가 좋았다. 여자의 크고, 둥글고, 향기 나는 젖무덤에 코를 박고 잠들고 싶었다. 하지만 그날, 여자는 거부했다. 여자는 아기들에게 시달렸기 때문에 녹초가 되어 있었다. 집에 가서 쉬고 싶다고 했다. 사는 게 힘들다며 훌쩍이기도 했다. 그러다가 이렇게 힘든 일 하지 않고도 살 수 있게 해줄, 남동생과 홀어머니까지 먹여 살려줄 부자한테 시집가버릴 거라며 성질을 냈다. 영세한 주방용품 제조회사에 다니고 있던 그로서는 여자를 달랠 뾰족한 방법이 없었다. 여자의 요구를 들어줄 수 없는 그는 양아버지가 기다리고 있는 집으로 기어들어가 수음이나 해야 했다. 그는 아버지가 친아버지가 아니라는 사실을 여자에게 말하지 않았다. 그런데도 여자는 너무도 빨리 모든 걸 알아챘다. 양아버지가 죽어버리면 법적 부자간이 아닌 그에겐 아무런 재산권도 없다는 걸 그보다 여자가 더 잘 알고 있었다. 그가 그 사실을 알기까지 오랜 세월이 걸린 것에 비하면 그건 매우 놀라운 거였다.

"아직 해결을 못 봤어? 관둬. 더 이상 기다릴 수 없으니 그런 줄 알아."

그날 여자의 태도는 유난히 싸늘했다. 재산을 양도받지 못한다면 통장의 돈이라도 훔쳐내라고 채근했다. 그러기 전엔 만나주지 않겠다면서. 그러고는 양아버지 음식에 넣어 먹이라면서 수면제를 손에 쥐어주었다.

그는 시키는 대로 수면제를 음식에 섞었다. 그러고는 그날 밤 몰래 안방에 숨어들어갔다. 그런데 실수로 그만 문갑 위에 놓인 도자기를 건드려 깨뜨리게 되었다. 잠에서 깨어난 양아버지는 그를 도둑으로 오인했고 당황한 그가 밖으로 뛰쳐나가려고 하자 양아버지는 필사적으로 그의 발목을 잡고 늘어졌다. 그는 얼떨결에 문갑 위에 놓여 있던 수석을 집어 들었다. 그러고는 양아버지 머리통을 향해 내리쳤다. 끔찍한 밤이었다. 해칠 생각까진 없었다. 여자가 하도 성화를 해서 양아버지를 잠들게 한 뒤 숨겨둔 금덩이라도 있나 뒤져볼 생각을 했을 뿐이다. 그는 주먹으로 양아버지 머리통을 좀더 세게 친 다음 집 밖으로 뛰쳐나갔다. 골목을 돌아 큰길로 접어들 무렵 그는 갑자기 모든 게 염려스러워졌다. 차마 멀리 도망칠 수 없었던 그는 다시 집으로 돌아갔다. 의식을 잃은 채 쓰러져 있는 양아버지 옷에 물을 뿌렸다. 목욕탕에서 넘어진 걸로 위장하고는 구급차를 불렀다. 불안과 죄의식으로 제대로 숨조차 쉴 수 없었다. 새벽 네 시쯤, 환자가 위기를 넘겼다는 의사의 말을 들은 뒤에야 그는 병실 밖으로 나갔다. 편의점에서 소주 세 병을 사 단번에 들이켰다. 여자가 병원으로 찾아온 건 다음 날 아침이었다. 여자는 취기로 일어나지도 못하는 그를 내려다보며 말했다. "빙신, 그러다 네가 먼저 죽겠구나." 그러고는 양아버지 상태를 살피려고 침상 가까이 다가갔다.

그녀가 다가가자, 양아버지가 갑자기 두 손을 내밀더니 여자의 손을 꼭 쥐었다.

"여보, 왜 이제 완? 보고 싶어 혼났구만. 여보게, 이 사람이 내 각시야. 이름이 달래디. 얼굴만큼이나 고운 이름이디?"

여자 손을 꼭 쥔 채 놓지 않으며 양아버지는 오랜만에 껄껄 웃었다.

그날 이후 양아버지는 여자를 기다렸다. 시체처럼 축 늘어져 있다가도 여자만 나타나면 활기를 되찾곤 했다. 양아버지는 수시로 정신이 오락가락했다. 의식이 현실에서 물러나 먼 과거의 시간을 거닐 때면 여자를 고향에 두고 온 아내로 착각했다. 증세는 점점 더 심해졌고, 또 자주 나타났다. 하지만 가끔은 멀쩡히 제정신으로 돌아오기도 했다. 어느 날, 양아버지가 떨리는 목소리로 그에게 말했다.

"화창한 봄날, 고향 마을 어귀에 있는 사과밭을 지날 무렵이었디. 겨우내 갈대 속에서 자라난 머리뿔가위벌들이 봄이 되자 사방에서 날아다니더구나. 벌들은 미친 듯이 꽃가루를 먹어댔디. 하지만 꽃은 너무 많았고, 그에 비해 바람은 없었어. 가루받이를 미처 하지 못한 꽃들은 벌의 도움으로 수분을 하려고 바들바들 떨어댔디. 벌 대신 인부들 손이 바빠질 수밖에. 새털로 만든 솔을 문질러 인공 교배를 시키느라 밤잠을 설칠 지경이었디. 그해 봄에 사과밭에서 일하던 젊은 청춘들도 서로서로 눈이 맞았단다. 나도 누군가를 사랑하게 되었구나. 가늘고 긴 속눈썹이 소슬바람처럼 서늘한 여자였어. 차양을 넓게 댄 모자를 쓰고 입마저 수건으로 감싼 여자는 저녁에야 젖은 머리칼을 말리며 달빛같이 흰 얼굴을 드러내곤 했디. 경진월에 태어난 내가 경진년 경진월을 맞이해 경험한 일이었어. 그 무렵, 그 화창한 풍경 속에서 그녀를 바라볼 때면 나는 이상하게도 알 수 없는 고독과 설움으로 몸을 떨었구나. 그때 이미 난 알고 있었던 가봐. 평생 고독하게 살게 될 운명이라는 걸. 봄에 만난 사람은 가을에 헤어진다는 걸. 희한한 일이었디."

그때 복도 쪽에서 슬리퍼 끄는 소리가 거칠게 들리더니, 여자가 병실 안으로 쑥 들어왔다. 멀쩡하던 양아버지 의식이 갑자기 뒤엉켜버렸다.

"여보, 언제 완? 이리 가까이 오라우, 머리칼에서 사과 향내가 나는구나, 야. 가루받이를 마친 연분홍 꽃잎이 바람에 휘날릴 때 흘리는 냄새디. 그간 얼마나 힘들었네, 우리 각시래!"

여자는 입을 꼭 다문 채, 의미를 알 듯 모를 듯 흐릿하게 미소 지었다.

그는 여자가 요구한 일을 잘 해내지 못했다. 대신 여자가 그 일을 해냈다. 여자는 정신이 오락가락하는 노인 옆에서 때로 간병인이었다가 때로 달래라는 이름의 아내가 되기를 반복하면서 점차 신뢰를 쌓아나갔다. 그러고는 얼마 안 있어, 통장을 빼내고 비밀번호를 알아냈다. 그가 그 모든 사실을 알고 어린이집으로 찾아갔을 때, 이미 여자는 없었다. 인공의 사과 향기만이 빈 공간에 남아 그의 심장을 아프게 휘저었다.

5

허기가 점점 심해져 속이 몹시 쓰렸다. 카페에 가면 뭔가 먹을거리를 팔지 않을까. 그는 자리에서 벌떡 일어나 주섬주섬 옷을 입고 신발을 꿰어 밖으로 나갔다. 전날 내린 눈이 얼어붙어 걸음을 옮길 때마다 살얼음 부서지는 소리를 냈다. 달마저 구름 속으로 숨어들어 골목이 한층 어두웠다. 다세대 주택의 창문에서 간간이 빛이 흘러나왔지만 어둠을 몰아내기에는 역부족이었다.

미끄러질까 봐 조심하면서 겨우 카페 근처에 다다랐을 때였다. 창문 너머로 여자가 가방 챙기는 게 보였다. 시계를 보니 열한 시였다. 마치 반복 재생기를 틀어놓은 것처럼 어제와 똑같은 풍경이었다. 카페 실내 등이 꺼지자 사위는 더욱 어두워졌다. 카페 출입문을 열쇠로 잠그는 여자에게 다가갔다.

"저…… 사과를 찾기엔 너무 늦었나요?"

어둠 속에서 그의 얼굴을 살펴보던 여자가 천천히 고개를 끄덕였다. 여자는 잠갔던 문을 다시 열고 안으로 들어갔다. 종일 따뜻하게 덥혔던 공기가 미처 식지 않아 실내는 훈훈했다. 여자가 따끈한 커피를 그에게 내밀며 말했다.

"새라고요? 새 같은 건 몰라요. 남의 집에 어떻게 함부로 들어가겠어요. 하지만 사과는 제 집 냉장고에 보관되어 있어요. 사실 잘 익은 사과가 아까웠어요. 하나 따서 먹어보니 정말 맛있더군요. 그래서…… 추위가 시작되기 전에 보관해두려고 땄어요. 사과가 빨갛게 익었는데 집주인은 통 보이지 않고, 그냥 두자니 말라버리거나 얼어버릴 것 같아서. 내일 다시 오시겠어요? 집에 보관해둔 걸 가져다놓을게요."

그는 여자에게 고맙다는 인사를 몇 번이나 반복했다. 그러자 여자가 "대신 사과를 조금 나눠주실 거죠"라고 물으며 입을 가리고 웃었다. 하품을 하고 방심한 채 허벅지를 긁어대던 것과는 전혀 다른 조심스러운 태도였다. 그는 기꺼이 그러겠다고 약속한 뒤 커피를 훌쩍 마셨다.

환한 곳에 있다가 밖으로 나오니 골목이 한결 더 어둡게 느껴졌다. 다시 열쇠로 문을 잠그는 여자의 실루엣마저 흐릿했다. 여자는 어둠 속에서 조심스레 발걸음을 내딛으며 골목 끝을 향해 걸어갔다. 어둠이 중첩되어 더 이상 사물이 잘 보이지 않는 지점에서 여자 모습도 사라졌다. 그 근방 어딘가에 여자의 집이 있는 걸까. 아니면…… 다른 가능성은 얼마든지 있겠지. 그는 괜한 관심을 보이고 있는 자신을 비웃으며 집으로 향했다. 빈속에 커피를 마신 탓인지 허기가 한층 심하게 느껴졌다.

마당을 가로질러 사과나무 밑을 지나는데, 발밑에서 무언가 밟혔다. 순식간에 균형을 잃은 몸이 미끈 넘어졌다. 넘어진 채로 발밑을 보니 빨간 사과였다. 아, 얼음사과! 그는 자신도 모르게 탄성을 질렀다.

도망간 여자를 찾아 여기저기 헤매다가 다시 집으로 돌아온 그해 봄에도 그는 낙과를 밟고 넘어졌다. 겨우 몸을 일으켜 세워 다리를 절다시피 하며 안방으로 걸어 들어가자, 정신이 말짱하게 돌아온 양아버지가 마른 입술을 달싹이며 입을 열었다.

"유난히 사과 좋아하는 게 나랑 같더니, 걸음걸이마저 나랑 똑같구나, 야. 고럼, 그러니까 내 아들이다. 아들아, 너한테서 사과 향내가 나는구나. 사과 사 왔네? 오늘따라 사과가 먹고 싶구나. 기래, 눈 속에 파묻어 차갑게 얼린 사과 말이야……."

그는 냉장고에 남아 있던 차가운 사과를 잘라 몇 조각 입에 넣어주었다. 우물우물 씹어대던 양아버지가 갑자기 젖은 목소리로 말했다.

"전란이 고향 마을을 뒤덮어 인민군과 반공청년유격대가 낮밤으로 바꿔가며 주인 행세를 하던 시절에 말이디, 어머니는 집안의 맏이인 나를 한밤중에 동구 밖으로 불러냈어. 당분간 산으로 올라가 피해 있으라고 하더군. 내가 유격대원이었던 육촌 동생한테 식량을 나눠주고, 다친 다리가 나을 때까지 헛간에 숨겨준 사실을 인민군 대장이 눈치챘다면서. 그러고는 내 손에 쥐어준 게 뭔 줄 아네? 보리떡 한 보자기와 커다란 사과 자루였디. 산기슭에 묻어두었다가 정 굶어 죽겠거든 하나씩 꺼내 먹으라우, 하면서 오마니는 떨리는 입술을 깨물었디. 오죽이나 줄 게 없었으면 사과를 주었겠냐만, 암튼 난 그 자루를 지고 산으로 갔구나. 보리떡은 아껴 먹었지만 곧 바닥이 났어. 그 뒤로 풀뿌리고 나무 껍데기고 가리지 않고 먹으면서 겨우 견뎠드랬서. 버틸 만큼 버티다 이러다간 진짜 굶어 죽겠구나, 싶은 순간에 사과를 찾아냈어. 산기슭에 묻어둔 사과 말이야. 아, 장정 허리춤까지 눈 쌓인 날에 먹은 그 사과가 어찌나 차고 달던지. 오마니, 하고 눈물을 훔치면서 미친 듯이 먹어댔구나. 어찌나 차고 맛나던지 말이야. 오늘따라 그 사과가 먹고 싶구나, 야. 어머니가 주신 그 얼음사과……."

그는 눈 위에 철퍼덕 주저앉은 채로 사과를 한입 베어 물었다. 이가 빠져나갈 듯 시렸다. 차갑게 얼어버린 과육은 씹어 삼킬 수도 뱉을 수도 없었다. 입안에 가득 들어찬 조각 때문에 목이 메이고 숨이 막혀왔다. 그 순간, 미처 쏟아내지 못한 말들이 목구멍을 치받으며 솟아올랐다. 목구멍이 찢어져라 아우성쳤다.

'아바이…… 아, 아바이……'

억새처럼 하얗고, 메마르고, 눈부셨던 양아버지의 웃음이 떠올랐다. 새가 되어 죽음의 강을 훌쩍 건넜을 망자의 목소리가 들려왔다.

'세상에 나고 자라는 생명들은 하나같이 가여운 거란다. 기럼, 아무 죄 없이 태어난 것들이니까.'

입안에서 녹아내린 과즙이 조금씩 목구멍을 적셨다. 과즙이 흘러내린 틈으로 첫 숨이 트였다. 갓 태어난 어린 아기처럼 그는 가늘게 울기 시작했다.

무지갯빛 소리

수연은 어둠 속에서 벽시계를 올려다보고는 한숨을 내쉬었다. 새벽 다섯 시였다. 아침까지 내처 잘 수 있다면 좋으련만, 자꾸 중간에 깨는 바람에 정작 일어나야 할 시간에 못 일어나곤 했다. 그 때문에 한 달 새에 벌써 두 번이나 회사에 지각을 했다.

수연은 다시 눈을 감고 잠을 청했다. 하지만 방금 전에 꾼 꿈의 잔영이 잠을 방해했다. 한여름의 혼잡한 해수욕장 같기도 했고, 도심의 광장 같기도 했다. 웅성대는 사람들 목소리 사이로 낮게 반복되는 소음이 들려왔다. 규칙적으로 철썩이는 파도 소리 같았다. 달리는 자동차가 아스팔트 위에서 일으키는 마찰음일 수도 있었다. 군중 틈에서 갑자기 누군가가 나타나 손을 쑥, 내밀었다. 마지못해 악수를 하니, 상대가 바짝 다가서며 귓속말로 미안해, 하고 속삭였다. 그 속삭임이 너무 선명해 그녀는 다시 잠들 수가 없었다. 미안해.

맑은 가을 하늘 위로 울려 퍼지는 종소리처럼, 꿈결에 들은 속삭임은 수연의 몸속으로 넓고 고르게 퍼져 나갔다. 가슴 언저리가 따뜻해지더니, 이유 없이 눈가가 촉촉해졌다. 도대체 누굴까. 이제는 서로 연락도 않고 지내는, 한때는 사랑했으나 마지막에는 깊은 상처를 안기고 떠난 남자들의 이름이 떠올랐다. 그다음으로는 돈을 빌려가서 갚지 않았던 친구 두엇이 생각났다. 별일이네. 이제는 서로 연락도 않고 지내는데. 이제야 자기 잘못을 알고 뉘우쳤나 보지? 어쨌거나 꿈속에서나마 찾아와 사과를 해줘서 고맙네. 그것은 말레이시아식이었다. 정확하게는 세노이족 방식이었다. 세노이족은 전날 꿈에 누군가와 싸워서 다치게 했다면 다음 날 자기가 다치게 한 그 사람을 찾아가 꽃을 주면서 사과를 한다고 들었다. 꿈에 누구와 사랑을 나눴으면 그 사람에게 가서 꿈 이야기를 하고 사랑을 고백한다고도 했다. 수연은 생각했다. '난 누구한테 가서 괜찮아, 라고 해야 하나?'

잠이 든 지 얼마 안 되어 수연은 다시 잠에서 깼다. 이번엔 자신의 코 고는 소리에 깼다. '정말 내가 왜 이러는 거지?'

중년의 나이에 접어든 뒤로 코 고는 습관이 생겼다. 그 사실조차 모르고 지내다가, 얼마 전에 집에 다녀간 언니가 "심한 건 아니지만 규칙적으로 내내 코를 골던데. 너무 피곤하게 사는 거 아냐?"

라고 말해줘서 알게 된 사실이었다. 그렇다고는 해도 남이 아닌, 자신의 코 고는 소리란 쉽게 들을 수 있는 게 아니다. 잠에서 깨어나는 순간 코 골기는 대개 자동으로 멈춰지기 마련이니까. 그렇다면 수면 중의 마지막 호흡으로 자극받은 부위의 흔들림이 채 멈추기 전, 먼저 깨어난 청각이 그 소리를 들었다는 건가?

수연은 상념을 떨치려 몸을 뒤치고는 억지로 잠을 청했다. 하루하루 바쁜 일정을 소화하려면 최소한의 수면 시간은 보장되어야 했다.

그때였다. 옆에서 누군가의 나지막한 숨소리가 들려왔다. 규칙적이고 낮은 숨소리였다. 새근새근. 깊이 잠들어 있는 사람이 내는 숨소리였다. '정수연, 너 도대체 누굴 침대로 끌어들인 거야?'

유치하고도 뻔한 대중 드라마에서나 나올 법한 상황이었다. 전날 밤에 마지막으로 만난 사람이 누구였더라? 이마가 유난히 반지르르한 거래업체 사장 말고는 떠오르는 사람이 없었다. 업무의 연장이라 조심스러운 저녁 자리였다. 다행히 이차에서 마무리되었고, 곧장 집으로 돌아와 잠자리에 들었다. 늦은 시간이기는 했다. 이차에서 사장의 이야기를 아주 오래 들어주어야만 했으니까. 입시생 아들을 둔 사장은 아이한테서 받은 스트레스를 고스란히 타인에게 전가하고 나서야 자리에서 일어났다.

어디선가 여전히 가늘고 규칙적인 숨소리가 들려왔다. 혹시 민수인가? 대학생 조카는 너무 늦어서 자기 집으로 갈 수 없을 때면,

침대 밑에 요를 깔고 자고 가곤 했다. 하지만 민수는 수개월 전에 군 입대를 했으니, 지금쯤 전방부대의 내무반에서 곯아떨어져 있을 터였다. 일주일쯤 전에 언니한테 전화를 받은 기억이 났다. 민수가 속해 있는 군부대에서 축제를 하는데, 혹시 갈 수 있겠느냐는 거였다.

수연은 용기를 내어 눈을 번쩍 떴다. 그러고는 가만히 소리 나는 쪽으로 고개를 돌렸다.

없었다. 아무도……. 텅 빈 옆자리.

상체를 벌떡 일으켰다. '뭐지, 이건? 설마 이런 식으로 미쳐가는 건 아닐 테지?'

수연은 침대에서 벗어나 주섬주섬 옷을 꿰입었다. 자기 자신을 의심하느니, 아침 운동을 하는 게 나을 듯했다.

집을 나서면서, 수연은 노란색 점퍼를 걸쳤다. 솜이 누벼진 점퍼를 입기에는 조금 이른 계절이지만, 사방이 어두운 새벽인 데다 시민공원까지 가는 길에 맞닥뜨리는 대로를 안전하게 건너려면 그러는 수밖에 없었다. 가로등이 있다고는 해도 빛이 흐릿하고 인적이 드문 곳이었다. 실제로 횡단보도를 건널 때면 그녀 자신이 어둠에 묻혀 보이지 않게 되는 경우를 상상하면서 종종 몸서리를 치곤 했다. 그녀는 운전자들이 언제나 정신을 똑바로 차리고 있는 게 아니라는 걸 잘 알고 있었다. 자기 자신부터가 그랬던 것이다.

운전 중에 종종 졸음을 느꼈고, 걸려오는 휴대전화를 어쩔 수 없이 받아야 할 때도 있었으며, 무엇보다 원고 마감을 앞두고는 뻔히 아는 길도 잃을 만큼 정신을 딴 데 두는 경우가 있으니, 다른 사람이라고 크게 다를 것 같지 않았다.

"도로를 달리는 놈들의 반은 미친 상태라는 것만 알아둬"라고 늘 입버릇처럼 말했던 아버지의 영향도 한몫했다. 아버지는 평생 세상을 믿지 않고 살았다. 그래서인지 젊어서부터 이마에 굵은 주름이 있었고, 다소 화난 듯 보이는 표정이었다. 하지만 말끔하게 빗어 넘긴 머리칼이며 단정한 입매가 품위 있는 노인으로 보이게 했다. 매사에 신중한 아버지였지만 결국 도로에서 교통사고로 생을 마감했다. 핏속을 이리저리 떠돌던 혈전이 마침내 아버지의 혈관을 막으면서 삶을 삼켜버린 것이다. 다행이라면 맞은편 차량 대신 가로수를 들이박아 인명 피해는 없었다는 거였다. 가로수는 뿌리 뽑힌 채 보도블록 위로 쓰러져 있었다. 흰 꽃을 잔뜩 매달고 있는 벚나무였다. 아버지의 머리카락은 심하게 헝클어졌고, 늑골도 몇 대 부러져 있었다. 그렇게 망가진 몸 전체를 꽃잎이 하얗게 덮고 있었다. "아버지는 뼈가 부러지는 고통을 느끼지 않았을 거야, 심장이 먼저 멈추었다니까"라고 말한 건 언니였다. 언니는 어떻게든 불행 중 다행을 찾으려 애쓰는 성격이었다. 그 말을 듣고 보니 슬픔이 조금 줄어들었다.

아버지마저 잃은 뒤 수연은 진정으로 혼자가 되었다. 남은 것은 아파트 대출금과 보장되지 않은 노후뿐이었다. 수연은 더 나이 들기 전에 대출금을 마저 갚고 노후 연금이라도 들어야겠다는 현실적인 판단을 하게 되었다. 그러자 마음이 급해졌고, 최근에는 전보다 더 많은 일을 무리하게 맡았다.

횡단보도 앞에 서서 신호가 바뀌기를 기다리면서 수연은 생각했다. '그 많은 사람들은 다 어디로 갔을까.' 수연은 대가족 속에서 자랐다. 할머니, 할아버지와 고모, 삼촌이 가까이 살았고, 가끔씩 이모와 사촌들이 놀러 왔다. 이런저런 일로 찾아오는 이웃도 많았다. 학창 시절에는 늘 서너 명의 절친한 친구들이 있었고, 성인이 된 뒤로는 따라다니는 남자도 여럿 있었다. 그들 중에 몇몇은 애인이 되었다가 지는 낙엽처럼 점차 떨어져 나갔다. 단 한 명의 남자가 남편이 되었지만, 최악의 선택이었다. 이혼을 한 뒤로는 다시 재혼하지 않았다.

어느 순간부터 하나둘 주변 사람들이 사라지기 시작하더니, 이제는 혼자 남겨져 있었다. 멀리 남쪽 바닷가 마을에 사는 언니 수미만이 가끔씩 그녀를 찾았다. 수미 언니는 늦은 밤에 가끔 전화를 했다. 짙은 어둠 속에서, 언니의 목소리는 밝은 햇살처럼 쏟아졌다. 언니는 매사에 긍정적인 편이었다. 자신의 슬픔 덩어리를 도대체 어디에다 숨기고 사는 건지 알 수 없었다. 민수가 사고를 쳐서 고등학교에서 정학을 당했을 때에도 그랬다. 속으로야 얼마나 쓰라렸을까만은 적어도 수연 앞에서는 울음을 보이지 않았다. "마약을 하지 않는 것만도 다행이지, 뭐. 약 먹고 해롱대는 꼴은 진짜 못 봐줄 것 같아." 그러면서 피식 웃기까지 했다. 언니의 그런 대범함이 어쩌면 그녀의 운명을 만들었을지도 모른다는 생각이 설핏 들었다.

언니는 대학을 졸업하기도 전에 돈을 벌겠다면서 사업을 시작했다. 삼학년 이학기가 시작될 무렵이었다. 언니는 방학마다 의상실에서 점원으로 일했는데, 눈썰미가 좋아 금세 시장의 흐름을 읽었다. 드디어는 가을학기 등록금으로 아주 작은 옷가게를 열었다. 물론 아버지한테는 비밀이었다. 신기할 만치 장사가 잘되었다. 머지않아 수완 좋은 언니는 대형 매장의 주인이 되었다. 불과 서른을 갓 넘겼을 때의 일이었다. 혼인과 출산도 일찌감치 했다. 민수가 첫돌을 맞기도 전에 곧바로 둘째가 생겼다. 등록금을 엉뚱한 데에 쏟아부은 언니를 나무라던 아버지도 더 이상 잔소리를 퍼부을 수 없을 만큼 승승장구했다. 한 가지 부족한 게 있다면 그녀의 남편이 매번 사법고시에 떨어진다는 거였다. 다 잘되란 법은 없는 모양이었다.

수미 언니의 대범함은 사업장을 늘리는 데에서 진가를 발휘해 대형 매장 서너 개를 동시에 운영했다. 하지만 오래가지는 못했다. 경기가 나빠지자 돈에 몰리기 시작했고, 주변 사람들로부터 급전을 빌려 썼다. 수연과 아버지만이 그 사실을 모르고 있었다. 수연은 마침 전남편과의 혼인을 앞두고 있던 터라, 자기 이외의 사람들 일에 둔감했다. 아무것도 몰랐기 때문에 언니 매장에서 가장 비싸고 맘에 드는 예복을 공짜로 집어 들 수 있었다. 단아하면서도 고급스러운 그 아이보리색 투피스는 지금도 눈에 선했다. 수연이 무척 아끼던 옷이었지만, 몇 번 입어보지도 못하고 잃어버렸다. 혼인한 뒤로 갑자기 체중이 늘어 그 옷의 치수를 늘려달라고 가져다줬는데, 옷 수선이 미처 끝나기도 전에 언니의 사업이 부도 났기 때문이다.

예복을 잃어버린 탓이었을까. 수연은 머지않아 남편에 대한 신뢰와 애정을 잃었다. 서른다섯에서 마흔 사이. 한겨울의 폭설 속을 헤치고 겨우 목숨만 건져서 살아 나온 것 같았다. 그동안에 수미 언니는 감옥에 다녀와야 했고, 얼마쯤 뒤엔 형부의 고향이라는 남쪽 바닷가 마을로 이사했다. 한순간에 머리가 하얀 노인이 된 아버지만이 부양가족으로 남아 곁을 지켰다.

"이혼을 할 때 하더라도 자식이나 하나 낳지 그랬어." 이혼한 뒤 새 애인들을 사귈 때에는 아이가 없어서 다행이라더니, 급기야 그런 말까지 하는 언니에게 수연은 흐흐, 웃어줄 따름이었다. 하지만 속으로는 이제 곧 폐경이 될 텐데, 그럼 영영 아무도 사랑할 수 없게 되는 걸까, 생각하며 다소 쓸쓸해했다. 차라리 다행이라 여겨지기도 했다. 사랑이니, 이별이니, 그런 거라면 신물이 났다. 어떤 남자도 완전하지 않다는 걸 오십을 코앞에 두고야 알게 되었다는 게 억울할 뿐이었다.

끼이익, 하는 자동차 급제동 소리가 어둠을 찢으며 들려왔다. 자동차는 주춤주춤 물러서더니, 갑자기 핸들을 확 돌려 달리던 반대방향으로 쏜살같이 달아났다. 놀란 수연의 눈에 도로 위에 쓰러져 있는 검은 물체가 들어왔다. 어른의 몸체라고 하기엔 너무 작았다. 어린아이일지도 모른다는 생각을 하자 등골이 오싹한 게, 발이 떨어지지 않았다. 주변을 두리번거렸지만 인적이라곤 없었다. 하는 수 없이 횡단보도에 발을 내딛어 한 걸음씩 조심스레 다가갔다. 가까이 가보니, 강아지였다. 숨을 헐떡이는 걸로 봐서는 아직 살아 있는 것 같았다. 자동차 몇 대가 아슬아슬하게 스쳐 지나갔다. 이차 피해를 막으려면, 게다가 그녀 자신이 위험에 처하지 않으려면 어서 강아지를 인도로 옮겨야 했다. 하지만 세상에서 가장 힘든 일이 강아지 옮기기였다. 남들에겐 어이없게 들릴지 모르겠지만, 사실이었다. 수연은 지금까지 한 번도 강아지를 안아본 적이 없었다. 안아보기는커녕 손으로 만져본 적도 없었다. 뚜렷한 이유를 알 수 없지만, 언제부턴가 수연은 사람 이외에는 살아 있는 동물을 만지지 못했다. 물컹대는 느낌이 너무도 이물스러웠다. 이유 없이 그랬다. 타인들에게 굳이 이유를 말해야 할 때면 어린 시절에 옆집 개한테 물린 경험 탓인 것 같다고 대답하곤 했다. 실제로 어린 날에 개한테 물린 적이 있었다. 아버지는 옆집 개의 털을 잘라 불에 태운 재를 상처에 발라주었다. 그런데도 수연은 한동안 나쁜 기억을 씻지 못했다.

수연은 입고 있던 노란 점퍼를 벗어 강아지를 덮어주었다. 그러고는 동물보호단체에 연락해 구조요청을 했다.

다산 정약용이 이백 년 전에 했다는 "과거 공부에만 전념하고 도의(道義)를 강론하지 않기 때문에 신뢰가 없는 세상이 되었다"라는 말을 인용하면서 수업을 마쳤다. 자격증과 공무원 시험 따위에만 열을 올리는 요즘 학생들이 안쓰러우면서도 불만스러운 탓이었다. 강의실에서 나오는 데 목이 칼칼했다.

피곤한 하루였다. 하필 야간 수업까지 있어서 종일 학교에 붙어 있어야 했다. 중간의 쉬는 시간에는 새로 맡은 잡지의 인터뷰 준비를 해야 했기에 쉴 틈이 없었다. 원로 건축가와 관련된 책을 도서관에서 찾아내어, 눈이 빨개질 정도로 정독을 했다. 건축학 개론부터 풍수지리까지. 집에 돌아오니 자정이 다 되었다. 수연은 평소처럼 샤워를 끝내고, 침대 위에서 간단한 스트레칭을 했다. 아무리 피곤해도 빼놓을 수 없었다. 다리를 올렸다 내리거나 허리를 들었다 내려놓는 간단한 동작이었지만, 그마저도 하지 않으면 너무 오래 서 있거나 앉아 있느라 혹사당하는 몸이 버티지를 못했다.

침대 위에 누워 이불을 턱 밑까지 끌어당겼다. 이제 잠들기만 하면 되었다. 정말 피곤한 하루였다. 다음 날에 있을 원로 건축가와의 인터뷰를 잘 진행하려면 질문지를 좀더 다듬어야 했지만, 새벽에 일어나서 하기로 했다. 어서 잠드는 것이 하루의 마지막 미션이었다.

어두운 한밤의 고요 속에서, 짙은 피로감 속에서 '그것'은 또다시 찾아왔다. 낯선 숨소리. 너무나 규칙적인 들숨과 날숨. 누굴까? 수연은 엉뚱한 상상을 했다. 사십칠 년간 자신을 지켜주던 수호신이 기어코 지쳐 잠들어버린 건가? 한고비를 넘겼다고 생각되는 순간, 삶은 번번이 새로운 어려움을 가져다주곤 했다. 언제나 시간에 쫓기며 바쁘게 살아왔지만, 늘 시간은 모자랐다. 게다가 강아지 생각이 잠을 더 방해했다. 구급차에 실려 간 강아지는 어떻게 되었을까. 주인이었다면 그 결과를 알려줬을 테지. 하지만 수연은 그저 행인에 불과했다.

"이 정도면 귀에서 소리가 들렸겠네요?"

"네, 맞아요."

별것 아니로구나, 그제야 안심이 되었다. 의사는 쇠로 된 가늘고 긴 기구를 귓속에 넣었다. 금속성의 물질은 공기흡입식으로 안에 있는 귓밥을 빨아들였다.

귓속의 공기를 흡입하면, 그 빈 공간을 무엇으로 채우게 될까. 어리석은 질문이었다. 다른 공기가 곧바로 안을 채울 거였다. 아픈 이별 뒤엔 다시 새로운 인연이 찾아와주었던 것처럼. 하지만 어느 것도 처음의 그 사람을 대신해줄 수는 없었다. 지병처럼 늘 공허감에 시달려야 했다. 누군가는 아이가 없어서 그렇다고 했고, 누군가는 결혼하지 않는 연애의 후유증이 우울 체질을 만드는 거라고도 했다.

"됐습니다. 귀지가 고막에 붙어 있어서 부스럭대는 소리가 났던 거예요."

부스럭대는 소리를 가끔 듣기는 했지만 그것 때문에 병원을 찾은 게 아니었다.

"저, 실은…… 귀에서 숨소리가 들려요."

의사는 '이명' 증상이라며, 정밀 검사를 권했다. 검사지를 받아 들고, 하나하나 체크해나갔다. 사십칠 세. 오십 킬로그램. 프리랜서 잡지 기자이자 대학 강사. 불규칙한 식사와 수면. 만성피로. 예전보다 늙고 매력 없다고 느낌. 미래에 대한 불안감 있음. 죄의식 다소 있음. 그런 것들의 모음이 자신이란 게 낯설었다.

파도 소리, 휘파람 소리, 벨 소리, 맥박 소리, 숨소리……. 수연은 숨소리 항목에 체크했다. 그러고 나서 추가로 맥박 소리 같기도 하다고 적었다.

방음장치가 되어 있는 작은 방에 들어가 정밀 청각검사를 했다. 이마와 귀 뒤에 전기장치를 부착하고, 이어폰을 낀 상태에서 들려주는 소리에 반응을 해야 했다. 처음엔 크고 또렷했던 소리가 점차 멀어져갔다. 기적 소리를 남기며 멀리 떠나가는 기차처럼, 소리는 점점 아득해졌다. 캄캄한 어둠 속에서, 수연은 자기 뇌가 넓고 넓어 끝이 없는 우주를 닮은 것 같다고 느꼈다. 먼 우주로 떠나간, 영원히 돌아오지 않기로 하고 지구를 떠났다는 보이저호를 떠올린 것은 그 순간이었다. 1977년에 지구를 출발한 보이저 이호는 지금쯤 어디까지 갔을까. 목성과 토성을 지나, 안드로메다에 도착했을까.

"우주 맞아. 가끔씩 눈앞에 별이 보이기도 하잖아? 큭큭."

전화로 그 얘기를 전하자 언니는 대번에 농담부터 했다.

"카오스 상태인 내 머리가 비로소 코스모스 시대로 옮아가려나 봐."

"그럼 뭐가 달라지는 건데?"

"글쎄. 적어도 혼란에서 벗어나 질서를 잡아나가겠지. 세상의 이치를 깨닫고 지혜롭게 살든가, 아니면 머리를 포기하고 마음 내키는 대로 살든가."

의사는 스트레스와 과로로 인한 거라면서 무조건 잘 먹고, 푹 쉬라고 했다. 신경안정제와 혈액순환제, 소화제가 들어 있는 약을 처방받았다.

잠자리에 들기 전에 하는 스트레칭을 평소보다 열심히 했다. 종일 사용한 근육을 반대로 휘게 하거나 뭉친 부분을 풀어주는 단순하고 지루한 동작이었다. 마음 근육 역시 그렇다던가. 상대가 아닌, 자기 자신을 바라보는 일. 자기를 사랑하고 돌보기. 너무 오래 누군가를 향해 늘어뜨렸던 길고 긴 그리움의 실타래를 감고 또 감아 중심에다 돌돌 말아두기. 생각보다 쉽지 않은 일이었다. 마지막 동작으로 두 손을 아랫배 위에 올려놓고 깊은 호흡을 했다. 호흡을 따라 아랫배를 천천히 부풀렸다가 가라앉히기를 반복했다. 마음의 안정을 찾으면서 심장박동도 서서히 느려졌다. 귓속의 숨소리도 그에 맞추어 속도를 늦추어갔다. 하지만 깊이 잠자는 자신의 수호신을 흔들어 깨울 수는 없었다. 이봐요, 정신 차려요. 날 위해 조금만 더 버텨줘요. 하지만 귓속의 수호신은 점점 깊은 숨소리를 낼 뿐이었다.

보름이 지나도록 귀에서 숨소리가 멈추지 않자, 수연은 마침내 회사에 휴가를 신청했다. 조카 얼굴도 볼 겸 가을 여행을 한다, 셈 치고 면회를 다녀오기로 했다. 그렇게라도 기분 전환을 하면 건강이 좀 나아질 거란 기대도 있었다.

며칠 뒤, 수연은 언니가 모는 차를 타고 춘천으로 향했다. 군부대에 도착한 것은 점심시간이 다 되어서였다. 위문소에 나타난 조카는 낯설게 여겨질 만큼 절도 있는 태도로 경례를 했다. 저절로 웃음이 났다. 힘찬 성인 남자로 보여 대견하기도 했지만 어쩐지 병정놀이를 하는 아이들을 보는 것 같았다. 저토록 앳된 청춘들에게 전쟁의 짐을 지우고 있다는 사실이 믿기지 않았다. 어릴 적에 보았던, 무척이나 어른스럽게 여겨졌던 군인 아저씨들과 달라도 너무 달랐다.

부대에서 나와 곧장 춘천 시내로 갔다. 조카는 닭갈비에 막국수로도 모자라 피자까지 먹고 나서야 배가 부르다고 했다. 가고 싶은 곳이 어디냐고 물었더니, 아무 데고 상관없다며 만족스러운 웃음을 지었다. 스마트폰으로 근처 명소를 검색하던 언니가 들뜬 목소리로 말했다.

"소양강댐에나 갈까? 배 타고 청평사까지 가보자."

춘천에서 가장 유명한 관광명소이니 특별히 마다할 이유가 없었다. 조카가 그 제안에 응하는 순간, 저절로 목적지가 정해졌다.

시내를 벗어나 소양강댐이라고 쓴 이정표를 따라 국도를 달렸다. 음식점과 펜션이 늘어선 강변길은 여느 여행지 입구와 다를 바가 없었다.

"수연이 너도 소양강댐은 처음이지?"

"아니. 오래전에 가본 적이 있는데, 별로 기억에 남아 있지는 않아. 엄청 많은 물이 폭포처럼 쏟아졌던 것 말고는."

"나는 처음인데. 뭐야, 어떤 놈이랑 다녀온 거야?"

언니는 마치 억울하다는 듯이 목소리를 높였다. 입가에 장난스러운 미소가 가득했다.

"이모, 거기 거대한 폭포가 있어?"

"아니, 그날만 그랬을 거야. 장마 끝이었거든."

돌과 흙을 쌓아 만든 아주 거대한 댐에는 홍수로 인해 수량이 무척이나 많았다. 수문이 열리자 물은 거대한 폭포를 이루며 하얗게 떨어져 내렸다. 그날, 수연은 구경 나온 사람들 틈에 끼어, 물속으로 자신의 몸을 던지고픈 충동에 시달렸다. 벼랑 아래로 아득히 떨어져 산산이 부서뜨리고 싶었던 젊음, 그리고 사랑. 오래전의 자신이 낯선 여자처럼 느껴졌다. 그때로부터 어느새 이십여 년이 흘렀고, 벅차게만 여겨졌던 애욕의 감정도 낡고 퇴색해버렸다. 툭, 건드리기만 해도 먼지를 일으키며 풀썩, 주저앉아버릴 것 같은 무기력한 나이.

굽이진 도로를 지나니 커다란 댐 구조물이 눈앞에 펼쳐졌다.

"에이, 실망이야. 난 나이아가라 폭포처럼 어마어마한 줄 알았지."

조카는 실망한 눈치를 숨기지 않았다. 하루가 다르게 스카이라인이 변하는 대도시를 경험한 요즘 아이들이니 그럴 만도 했다. 수연의 눈에도 댐은 예전만큼 커 보이지 않았다. 조카는 댐 따위엔 관심 없는지 나무 그늘 밑의 벤치로 가 앉더니 휴대전화기를 꺼냈다. 그러고는 이어폰을 귀에 꽂은 채 이내 자기 세계로 빠져버렸다. 수미 언니는 커피라도 사 오겠다며 카페로 향했다.

수연은 방죽 위로 난 길을 천천히 걸었다. 방죽 위에서 내려다보이는 물은 형편없이 줄었고, 수위가 내려가면서 훤히 드러난 황톳빛 산허리는 가련해 보이기까지 했다.

가을 하늘만이 유난히 높고 푸르렀다. 눈이 부셔 색안경을 쓰지 않을 수 없었다. 증발해버린 물 대신에 햇빛으로 댐의 공허를 채우려는 듯 보였다.

"다들 안 들려? 배 타러 가자고오."

양손에 커피를 든 언니가 말끝을 늘리며 소리쳤다. 수연은 서둘러 왔던 길을 되돌아갔다. 조카도 그제야 마지못해 벤치에서 일어났다.

유람선을 운전하는 조종석 바로 옆, 이인용 간이의자가 겨우 남아 있었다. 자리에 앉자마자 선장이 댐에 대해 설명하기 시작했다. 우리나라의 가장 큰 사력식 다목적댐이며, 서울 지하철 일호선, 경부고속도로와 더불어 박정희 정권 시대의 삼대 국책사업으로 건설되었다고 했다. 1967년 착공되었다고 했던가. 어떤 숫자는 평생 기억에서 사라지지 않고 따라다니며 의미를 만들어낸다. 1967년이나 1977년, 혹은 유월항쟁이 있었던 1987년 같은. 1967년은 그녀가 태어난 해였다. 말하자면 댐의 나이가 자신과 같다는 거였다. 소양호 물이 줄어든 모양마저 어쩐지 여성성을 상실해가는 자기 자신처럼 여겨졌다.

"극심한 가뭄으로 지난여름에는 유람선을 띄울 수도 없었는데, 기우제를 지낸 탓인지 얼마 전에 비가 내렸습니다. 여러분은 정말 운 좋은 승객들입니다." 이어 선장은 청평사에 대해 설명했다. 아름다운 전설과 폭포, 귀한 문화재가 있는 천년고찰이니만큼 잘 살펴보라는 당부를 덧붙이면서. 선장은 마지막으로 활짝 웃으면서 인사를 했다. 피에로처럼 보이는 순한 웃음. 야비하게 권력을 노리거나 악랄하게 부를 축적해온 자들의 웃음과는 사뭇 달랐다.

유람선이 짙푸른 강물을 거슬러 오르며 속도를 더할수록 선체 바깥에서 물보라가 높이 튀었다. 수연은 손을 내밀었다. 작은 물방울들이 손바닥을 간질이며 조금씩 적셔왔다.

내민 수연의 손을 누군가 살며시 잡았다. 따뜻하고, 부드러운 손이었다. 온몸의 피톨이 손끝으로 쏠리는 듯했다. 평생 놓고 싶지 않았던, 하지만 너무도 오래 잊고 지냈던 그리운 손길.

〈J에게〉. 그 노래가 한창 인기를 끌던 시절이었다. 그 시절의 수연도 그 사람 앞에서 그 노래를 흥얼거리고 있었다. 옆에 앉은 그가, 물보라를 만지며 〈J에게〉를 부르던 자신의 손을 살며시 잡는 순간에도, 보이저호는 우주 영상을 지구로 전송하고 있었을까.

그 사람을 처음 알게 된 것은 1977년, 언젠가 그가 들려준 바에 따르자면 보이저호가 지구를 떠나 우주를 향한 여행을 시작하던 해였다. 사업에 실패한 아버지를 따라 수연이네 가족이 시골로 내려간 해이기도 했다. 수연이 초등학교 사학년, 그 사람은 고등학교 일학년이었다. 그는 환한 미소가 눈에 띄는 학생이었다. 키 크고, 잘생긴 데다 공부까지 무척 잘한다고 했다. 어머니가 마을에서 유일하게 친하게 지내는 집의 맏아들이기도 했다. 그는 모두의 기대에 부응하듯이 서울의 명문대학으로 진학했다. 그가 대학에 입학하던 해에 수연이네도 서울로 이사를 했다. 아버지 회사가 다시 회생하기 시작한 데다, 도회지에서 아이들을 가르쳐야 한다는 어머니의 고집이 한몫했다.

수연이 다시 그 사람을 만난 것은 대학에 진학해서였다. 어머니의 성화에 못 이겨 원치 않는 여자대학에 입학했기에, 곧바로 교외의 연합동아리에 가입했다. 그리고 단풍이 곱던 어느 가을날, 수

196

연은 연합동아리 야유회에서 낯익은 얼굴을 발견했다. 덥수룩한 머리 모양새에다 목이 늘어진 티셔츠, 낡은 청바지를 걸친 모습이 영락없는 거지꼴이었지만, 그 미소만큼은 예전처럼 빛나고 있었다. 아니, 그의 얼굴 전체가 별처럼 빛나고 있었는데, 아마도 시대에 저항하느라 더욱 강해진 눈빛 탓인 것 같았다.

옆자리에 앉은, 예닐곱 살쯤 되어 보이는 사내아이가 손에 들린 사탕 봉지에서 젤리를 하나 꺼내더니 선장에게 건네주었다. 선장은 또다시 예의 그 순진해 보이는 웃음을 지으며 목 인사를 했다. 선장은 아이를 무릎에 잠시 앉히더니, 손가락을 펴서 건너편을 가리켰다.

"꼬마야, 저기 선착장이 보이지? 거기에 내리면 모든 승객들이 가는 큰길로 가지 말고, 아저씨가 가르쳐주는 왼쪽 숲으로 가보렴. 거기 가면 밤을 아주 많이 주울 수 있단다. 어젯밤에 비바람이 불었으니, 지금쯤 알밤이 많이 떨어졌을 거야."

수연의 시선도 저절로 그쪽으로 향했다. 밤나무로 울창한 숲은 단풍이 한창이었다. 철렁, 하고 가슴이 내려앉았다.

가을 야유회 이후, 같은 과 선배 언니가 만나자고 해서 들어간 찻집에서 그를 다시 만났다. 우연인 줄 알았는데, 나중에 알고 보니 계획된 거였다. "지금도 고향 마을에 가끔 내려가요?" 수연은 고개를 저었다. 어쩐 일인지 쉽게 입이 열리지 않았다. 가슴이 한

없이 두근거렸다. "내 부탁 하나만 들어줄래요?" 그는 안주머니에서 흰색 봉투를 꺼내 탁자 위에 올려놓았다. 고향에 갈 일 있으면, 그 봉투를 자기 부모님께 전해달라는 거였다. 이번에도 수연은 겨우 고개를 끄덕일 뿐이었다. 수연은 탁자 위의 봉투를 집어 가방 깊숙이 밀어 넣었다. 손이 파르르 떨렸다. 그의 강한 시선이 느껴졌다. 그는 아무 말 없이 차를 마실 따름이었지만 그의 눈빛에는 어쩐지 범상치 않은 구석이 있었다. 서늘하고 투명하고 환한. 가을 햇살 같은 눈빛이었다. 그날 이후로 가끔 그를 만날 수 있었다. 그의 고향집에 들러 편지를 전해주거나, 그를 대규모 시위집회가 열리는 장소로 안전하게 데려다주기 위해서였다. 수연은 평범한 여학생이었다. 같은 과 여학생들이 그러는 것처럼 색조 화장을 했고, 길게 웨이브 진 머리 모양을 했으며, 하이힐을 신는 게 자연스러웠다. 당시의 수수한 운동권 여학생들과는 옷차림이 달랐다. 그 때문인지 그를 학교 앞에 안전하게 데려다주는 일이 맡겨졌다. 그를 만나기로 한 날이면 저절로 차림새에 신경이 쓰였다. 립스틱을 좀 더 진하게 바르고 눈에 띄게 커다란 귀고리를 달았다. 그것은 일종의 위장 행위였다. 수연은 그를 어두운 뒷골목의 찻집에서 만나곤 했는데, 찻집 밖을 나서는 순간부터 그들은 연인 행세를 했다. 그렇게 하면 아무도 그들을 의심하지 않았고, 경찰은 번번이 그들을 검문에서 제외시켰다. 말끔한 양복 차림에 금테 안경을 쓴 그는 세상과 타협하려 애쓰는 보통의 직장인으로 보였다. 수연은 그의 야윈 팔 안쪽 깊이 자신의 팔을 끼워 넣고 최대한 몸을 밀착한 채 걸었다. 그럴 때 그에게선 언제나 숲의 향내가 났다.

"이리 좀 와봐, 수연아. 저 벼랑에 있는 놈들 말이야. 어떻게 저 런 데서 살지?"

언니가 가리키는 쪽을 보니, 새까만 야생 염소 한 마리가 벼랑에 앉아 있었다. 하찮은 것에 매여 아웅다웅 다투며 사는 인간 세 상을 구경하는 듯 보였다.

하위헌스였던가. 지루한 지구에서부터 한참 높이 올라가서 지 구를 내려다보길 권한 철학자가? '그렇게 고공에서 지구를 내려 다볼 수만 있다면 집을 떠나 먼 나라로 여행하는 사람들처럼 우 리도 집 안 구석구석에서 이루어진 일들의 잘잘못을 더 잘 판단할 수 있을 것이며, 또 일반 사람들이 정성을 쏟아 추구하는 자질구 레한 것들을 오히려 하찮게 여기게 될 것이다.'* 지금으로부터 삼 백 년도 더 전의 사람이 한 말이라고 하기엔 너무나도 놀라울 뿐 이다. 모두가 아직 지구가 평평하다고 믿던 시절에 혼자 일찍 눈 을 뜬 과학자의 생애는 얼마나 외롭고 고통스러웠을까.

그도 종종 말하곤 했다. "역사의 강물에 현재를, 나를 투영해보 면 오늘 우리가 무엇을 해야 하는지 알 수 있지." 그의 주문대로 수연은 종종 머릿속으로 역사의 거대한 강물을 상상하려 애썼고,

---

* 크리스티안 하위헌스, 『천상계의 발견』, 1690년경 (칼 세이건, 『코스모스』, 홍승수 옮김, 사이 언북스, 2006, 276쪽에 재인용).

그 강물 위에 현재의 자신을 비추어보려고 했다. 하지만 언제나 머릿속에 떠오르는 것은 눈앞에서 넘실대는 짙고 푸른 강물이었다. 거기에 비추이는 것은 자신이 아니라 그리운 이의 모습이었다.

늘 바쁜 그와 어쩌다가 한강의 유람선을 타게 되었는지는 분명히 기억나지 않았다. 저녁 집회 시간에 맞추기 위해 한강변을 배회하다가 유람선을 탔을 것이다. 배에는 평일이라 사람이 많지 않았다. 서울올림픽을 앞두고 있었기 때문에 여기저기 행사를 알리는 깃발이 나부끼고 있었다. 구름 한 점 없이 맑은 날이었다. 때 이른 더위를 식히려고 수연은 무심코 손을 내밀어 물보라를 맞았다. 차가운 물방울이 손등을 적셨다. 물방울의 시원함을 즐기며 무심히 강 건너편을 바라보았다. 강남 일대에 새로 지은 거대한 아파트 단지가 눈에 들어왔다. 하나같이 높이를 자랑하는 콘크리트 건물들 사이로 언뜻언뜻 새 솜처럼 하얀 뭉게구름이 지나갔다. 갑자기 잠이 쏟아졌다. 그를 만나러 가기 위해 새벽부터 움직인 탓이었다. 그때, 누군가 자신의 손을 살며시 잡는 게 느껴졌다. 따뜻하고 부드러운 그의 손이 자신의 손바닥을 온전히 덮는 순간, 시간이 멈추는 것 같았다. 아니, 숨이 멈추는 것 같았다. 그토록 뜨거운 기다림이 자신의 내부에 고여 있었다는 것을 그제야 알았다.

물보라 속에서 손을 잡은 그 순간부터 더 이상 그 사람은 이전의 그 사람이 아니었다. 1979년 대서양 표준시로 아침 여덟 시 사분, 목성 위성인 유로파의 첫번째 영상이 지구로 전송된 이래로 목성은 더 이상 그 옛날의 목성일 수가 없었던 것처럼.

둘 사이엔 이제 아무 비밀도 없게 되었다. 선배 언니를 통하지 않고도 그가 있는 곳으로 언제든 찾아갈 수 있었다. 하지만 수연은 춘천행 기차표를 끊었다가 물리기를 여러 번 했다. 어쩐지 누군가 자신의 뒤를 밟는 것처럼 여겨졌다. 대형 시위를 여러 차례 주도해온 그를 잡으려는 경찰의 감시가 극에 달할 때였다. 수연의 이름도 경찰 명단에 올라 있을 거라고 귀띔해준 건 선배 언니였다. 어쩐지 그와 자신의 관계를 눈치챈 것 같았다. "무조건 조심해. 아무 때나 찾아가지 말고." 그때처럼 선배 언니가 미운 적이 없었다. 그녀의 귀띔만 없었더라면 아무 고민 없이 그를 만나러 갔을 테지만, 알고 난 뒤에는 차마 그럴 수가 없었다. 게다가 그에게는 이미 결혼하기로 약속된 사람이 있다고도 했다. 나중에야 갖게 된 생각이지만, 어쩌면 선배 언니의 방해공작이었는지도 몰랐다. 그 시절엔 남녀 간의 연애조차 비밀 조직의 통제 속에서 엄격하게 제한되곤 했으니까.

오랜 기다림 끝에 마침내 그로부터 전갈이 왔다. 선배 언니를 통해서가 아닌, 편지로 직접 알려온 거였다. 수연은 기꺼이 소양강댐으로 갔다. 선착장에 도착했을 때는 점심 무렵이었다. 길고 지루한 장마 끝이어서 하늘빛이 몹시 칙칙했다. 공기마저 덥고 습했지만 배를 타면 지척인 거리에 그가 있다는 사실만으로도 가슴이 설렜다. 수연은 사람들 틈에서 배가 뜨기만을 기다렸다. 하지만 배는 선착장에 단단히 매여 있었다. 수위가 지나치게 높아진 댐의 물을 방류한다는 방송이 들려왔다. 진귀한 장면을 보려고 시민과 관광객이 몰려들었다. 그들은 대단한 물 구경을 하게 되었다면서 몹시 들떠 있었다. 흥분한 사람들이 행여 실족사라도 할까 봐 염려한 경찰이 연신 호루라기를 불어대며 사람들을 안전지대로 몰아세웠다.

드디어 댐의 수문이 열렸다. 오래 갇혀 있던 강물은 거대한 폭포를 이루며 하얗게 떨어져 내렸다. 그날 수연은 구경 나온 시민과 관광객 틈에 끼어, 그 물속으로 자신의 몸을 던지고픈 충동에 시달렸다. 하필 그런 사람을 마음에 두다니. 남의 눈을 피해, 밤고양이처럼 몰래 찾아가야 볼 수 있는. 게다가 약혼녀까지 있는 사람이라니. 바보 같은 자기 자신을 댐 아래 물속으로 아득히 떨어져 산산이 부서뜨리고 싶었다. 그때, 인파 속에서 손 하나가 불쑥 튀어나와 수연의 팔을 잡아끌었다. 얼떨결에 따라가면서 슬쩍 올려다보니, 챙 모자를 깊이 눌러쓴 그였다.

배가 선착장에 닿자, 사람들은 서로 밀치다시피 하며 서둘러 내렸다. 그 와중에 선착장 난간, 튀어나온 철사에 손톱 끝이 찔렸다. 아릿한 통증이 느껴졌다. 소양호의 수량이 줄어든 탓일까. 전과 달리 선착장의 위치가 한결 앞으로 당겨져 있었다. 하긴 너무 오래전의 일이니 기억이 잘못되었는지도 몰랐다. 이십여 년 전의 그날

을 떠올리며 수연은 밤나무 숲 언저리를 유심히 바라보았다. 그
날, 청평사로 향해 나 있는 한적한 길을 걸으며 그가 손가락 끝으
로 먼 곳을 가리켰다. "저쪽 편, 어린 밤나무가 일렬로 심겨진 곳이
보여? 지난봄에 스님과 함께 묘목을 심었는데, 벌써 저만큼 자랐
네." 그는 머지않아 절을 떠나야 할 것 같다고 했다. 경찰에 은신처
가 알려진 것 같다면서. 깜짝 놀란 수연이 물었다. "왜 여태 피하지
않았어요? 경찰이 들이닥치면 어쩌려고." 한참을 침묵하던 끝에
그가 말했다. "그냥. 어쩐지 수연이 이곳에 올 것 같았거든. 아무리
기다려도 오지 않기에 편지를 보냈지만." 그렇게 말하면서 그는
얼굴을 붉혔다. 수연은 그를 따라 밤나무가 심겨진 곳으로 들어섰
다. 허리춤까지 올라온 키 작은 묘목들이 앞으로나란히를 한 초등
학생처럼 한 줄로 서 있었다. 그 한가운데서 그가 수연의 어깨를
감싸 안았다. 아찔한 현기증이 일었다. 수연은 의식을 잃듯 그의
품에 안겨 한참을 울었다. 오랜 그리움이 어느새 설움이 되어 있
었다. 멀리 내려다보이는 소양호가 하염없이 물안개를 뿜어대는
저녁나절이었다.

조카와 언니는 어느 결에 음식점에 자리를 잡고 앉았다. 배에서
마주친 낯익은 사람들도 대부분 한낮의 햇살을 피해 그늘에 들어
가 있었다.

"도토리묵 시켰어. 막걸리하고."

주인이 고사리와 취나물을 담은 접시와 열무김치, 그리고 막걸

리 한 통을 먼저 내왔다. 막걸리는 셋이 한 잔씩 나누자 안주가 나오기도 전에 금세 동이 났다. 언니가 한 병을 더 시켰다. 수연은 취해서 절에 갈 거냐고 핀잔을 주었다.

"걱정 마. 부처님은 속이 넓으셔서 다 이해하실 거야. 알딸딸하게 취해서 걸으면 시간이 빨리 가. 눈 깜짝할 새에 절에 올라가 있으면 좋잖아. 그치, 아들?"

"아니. 엄마, 난 지금 시간을 최대한 늘리고 싶어. 모처럼 외출인데, 금방 지나가면 아깝잖아. 최대한 지루하게 하루를 보내고 싶어."

조카 입에서 나온 뜻밖의 말에 수연은 깜짝 놀랐다. 언니 역시 놀란 모양인지 입을 다물지 못한 채 제 아들을 바라보았다. 늘 컴퓨터 게임이나 클럽에 빠져 시간 가는 줄 모르고 세월을 낭비하던 아이였는데, 의외였다. 군대생활이 고되긴 고된 모양이었다.

갑자기 바람이 훅, 불었다. 누런 잎들이 힘없이 떨어져 내렸다. 철 이른 낙엽이었다. 심한 가뭄 탓일까. 나뭇잎은 계절을 앞질러 미처 단풍이 들기도 전에 시들어버렸다.

수연은 생각했다. 미처 꽃을 피우기도 전에 꽃봉오리가 져버린, 계절보다 앞질러 가버린 스물두 살의 봄날에 대해.

그날 밤, 사람들 틈에서 불쑥 나타나 팔을 낚아챈 그와 함께 보낸 곳은 청평사가 아니었다. 절을 지나 한참을 더 오르면 나타나는, 깊은 산중에 있는 낡은 집이었다. 화전민이 살았던 귀틀집이라던가. 구멍 난 지붕 사이로 밤하늘이 훤히 보였다. 장마구름이 걷히면서 별이 하나둘 떠올랐다. 흥부의 아내가 된 기분이 든다고 했더니 그가 하하, 웃었다. 수연도 따라 웃었다. "밤이 되면 가난한 부부는 밥 대신 별을 먹고 살았을 거야. 그래서 별 같은 아이들을 자꾸자꾸 낳았을 거야." 그렇게 말했던 건 그였던가, 아니면 자신이었던가. 기억이 흐릿했다. 하지만 귀틀집을 사진으로 찍어 따로 보관해놓고 싶다고 했던 것만은 분명히 그였다. "작지만 공간 효율이 뛰어난 우리의 전통가옥이야말로 어쩌면 인류의 미래형 주택이 될지 몰라." 그는 전통가옥의 안방을 멀티 스페이스에 비유하기도 했다. "이불을 펴면 침실이요, 밥상을 펴면 식당이요, 책상을 펴면 서재요, 둘러앉아 놀이를 하면 문화공간이지. 최소 공간으로 모든 생활이 가능하니 얼마나 좋아." 그러면서 그는 우리 건축은 규모를 줄여 자원을 아끼고 환경을 보호하니 친환경적이고, 마당에 동식물을 길러 심신을 편하게 하니 얼마나 생태적이냐고 했다. 수연은 그와 함께하는 삶이 어떨지 상상해보았다. 도시의 크고 화려한 아파트에서 살지는 못할 거라는 건 확실해 보였다. 산속 귀틀집에서 숨어 사는 삶? 막막했다. 어째서 그런 처지의 사람이 좋으냐고 수연은 스스로에게 물었다. 마땅한 이유를 찾을 수 없었다.

건축학도인 그가 산속 절집에 살면서 전통가옥의 매력에 흠뻑 빠진다는 건 하나도 이상한 일이 아니었다. 그런데도 수연은 그의 말을 들으면서 내내 안타깝기만 했다. 얼마나 학교로 돌아가고 싶을까. 자신이 좋아하는 건축을 공부하면서 공간적 상상력을 활짝 펼치는 개인적 삶이 왜 그에게는 그토록 힘든 게 되어버렸을까. 수연은 독재 권력이니, 민주주의니 하는 것에 대해서는 잘 알지 못했지만, 건축학도가 산속에 숨어서 살아야 하는 이상한 나라에 대해서만큼은 분명한 반감을 가지게 되었다.

　손가락 끝에 핏방울이 맺혀 있었다. 철사에 찔린 자리에 천천히 고인 거였다. 수연은 점점 커져가는 핏방울을 물끄러미 바라보았다.

　"이모, 헤모글로빈에 대해 알아요?"

　"혈액 속의 붉은 색조?"

　"맞아요, 그거. 폴란드 태생의 저명한 화학자이자 시인인 로알드 호프만이 말하기를, 헤모글로빈은 바로크 예술처럼 화려한 분자래요. 원자 일만 개가, 그러니까 주로 수소 원자와 탄소 원자인데요, 그것들이 결합해서 사슬 네 개를 이루고, 그 사슬이 얽혀서 헤모글로빈이 된대요. 마치 촌충이 교미할 때의 모습과 비슷하다네요."

　"촌충이 아름답다는 건 받아들이기가 좀…… 교미할 때는 아름다워지나 보지? 모든 사랑하는 연인들이 몸 안에 램프를 켠 것처럼 환해지듯이?"

　"재미있는 상상이네요, 이모."

　"분자의 세계는 너무 어렵고 복잡해."

"알고 보면 그다지 복잡하지 않아요. 나름 질서가 있거든요. 얽힌 사슬 사이에 얇은 판 조각 같은 것이 네 개 끼어 있는데, 그걸 '헴'이라고 불러요. 그 헴들 각각의 한가운데에 철 원자 하나가 홀로 박혀 있지요. 그 철 원자 때문에 헤모글로빈이 빨간색이에요. 우리가 호흡할 때, 헴 하나에 산소 원자 두 개가 결합해서 우리 몸 속으로 들어오는 거예요."

조카는 어느새 의젓한 말투로 화학도답게 설명하고 있었다. 사춘기를 유난히 힘들게 보낸 아이가 훌쩍 성장해 있는 모습이 대견했다. 감동 어린 눈으로 아들을 바라보기만 하던 언니도 흥미롭다는 듯 눈을 크게 뜨고 물었다.

"일만 개의 원자가 동원된다고?"

"네."

언니가 재차 물었다.

"고작 산소 원자 여덟 개를 간수하려고? 수지타산이 안 맞아. 어쩐지 억울한 느낌이 들지 않아?"

"대신 놀랄 만큼 아름답잖아요, 엄마. 아까 말한 사슬이 어떻게 얽혀 있냐면, 사슬 사이에 주머니가 형성되도록 얽혀 있어요. 그리고 그 주머니에는 폐 속의 산소가 완벽하게 들어갈 수 있도록 되어 있죠. 마치 승객이 자동차에 타듯이 그 주머니에 산소가 들어가면, 헤모글로빈 분자의 모양이 바뀌어서 주머니가 닫힙니다. 그러면서 색깔도 밝은 빨간색으로 바뀌고요. 산소를 실은 헤모글로빈이 뇌나 근육에 도달하면, 사슬이 다시 원래 모양으로 돌아가면서 산소가 방출됩니다. 그러면 헤모글로빈의 색깔도 다시 어두운 빨간색으로 돌아가고요. 그래서 정맥의 피는 검붉은색이죠."

설명을 한참 듣던 수연이 배시시 웃으며 말했다.

"마치 국화빵 틀이 뱅글뱅글 도는 모습 같아. 밀가루 반죽 가운데에 붉은 팥을 넣으면 뚜껑이 닫히고, 잠시 뒤엔 달콤한 빵을 꺼내 먹기만 하면 되지."

언니가 갑자기 푸하하, 웃음보를 터뜨렸다.

"너, 벌써 배고파? 그럼 도토리묵이라도 더 시킬까?"

사실, 조카한테 헤모글로빈 이야기를 들으면서 수연이 가장 먼저 생각한 건 국화빵 틀이 아니었다. 그보다 먼저 떠오른 건 오래전에 보았던 주목나무 열매였다. 청평사 대웅전 뒷마당에 심겨져 있던 주목나무 열매. 아름드리나무에 매달렸던 빨갛고 동그란 열매. 붉은 과육이 마치 크리스마스트리 장식처럼 예쁘장한 열매.

수연 자신과 그, 그리고 태중에 있었던 아이. 붉은 철 원자 하나에 산소 두 개가 붙어 있는 모양. 그 모양은 진정 아름다웠을까. 어쩌면 그럴 수 있었을지도 모른다. 수연이 다른 선택을 했더라면. 하지만 그녀의 결정은 냉정한 것이었다. 아니었다. 냉정히 돌아선 건 그가 먼저였다. 경찰이 배를 타고 오고 있다는 전갈을 듣자, 그는 그길로 산을 넘어 도망쳤다. 그러고는 소식이 끊겼다. 얼마 뒤에 청평사로 다시 찾아갔지만 그의 소식을 들을 수 없었다. 대웅

전 뒤로 난 숲길을 혼자 걸어 귀틀집까지 찾아갔지만 거기에도 없었다. 찬 서리 하얗게 맞은 청평사 주목만이 예전처럼 자리를 지키고 서 있었다.

귀틀집을 뒤로하고 내려오면서 수연은 결심했다. 평생 숨어 지내거나 감옥에 들락거릴 남자를 기다리며 살진 않겠다고. 몸속에 자리 잡은, 주목 열매처럼 빨간 핏덩이를 없애고 마취에서 깨어나면서 수연은 다시 한 번 결심했다. 전생의 기억을 잊고 새로 태어난 것처럼 살겠다고. 오직 앞일만을 생각하며 살겠다고. 그러려고 무척이나 애썼다. 하지만 실패였다. 수연의 영혼 속 램프의 불은 번번이 꺼져버렸고, 그녀는 매번 검붉은 색조로 돌아와 있었다. 수연은 결혼생활에 적응하지 못했다. 이혼한 뒤, 수연은 그의 고향집을 찾아갔다. 그리고 그곳에서 그를 만났다. 그는 밝은 빛을 받으며 웃고 있었다. 자기 고향집 대청마루에 걸린 사진 속에서, 영원한 젊음을 간직한 채. 그의 죽음은 어느 등산객의 실족사로 처리되어 있었다.

수만 개의 원자에 둘러싸인 철 원자. 그것은 주목나무 열매처럼 붉고 둥글까? 절집에서 그 사람을 잃고 혼자 내려오던 날, 흐릿한 눈에 비친 대웅전 뒤뜰에서 저 홀로 붉었던 그 열매들. 첫서리가 하얗게 내려앉은 충혈된 눈망울들…….

울창한 숲길을 한참 걸으니 다시 하늘이 파랗게 열렸다. 곧이어 더러운 것을 맑게 하고 소란스러운 것을 평화롭게 한다는 뜻의

'청평'이란 이름을 가진 고찰이 눈앞에 나타났다. 하지만 많이 변해 있었다. 복원공사가 진행되어 외관상으로는 천년고찰의 위엄을 회복한 듯 보였지만, 대신 관광객의 발길이 잦아지면서 번잡함과 소란스러움도 늘었다.

절은 일주문이 없는 대신 회전문을 품고 있었다. 정면 세 칸, 측면 한 칸의 맞배지붕으로 된 규모 작은 회전문은 가운데 한 칸은 통로로 이용되고 양쪽 두 칸은 마루였다. 그 뒤로는 아름다운 회랑이 길게 잇대어 지어져서 여느 절과 다른 특색을 드러냈다.

"아, 뭐야. 난 회전하는 신기한 문인 줄 알았잖아."

조카가 어이없다는 듯이 큰 소리를 내었다. 곧이어 도착한 언니 역시 실망스러움을 감추지 못했다. 수연이 피식, 웃으며 말했다.

"윤회를 거듭하는 생명체의 삶을 깨우치게 한다는 뜻을 지닌 문이야. 마음의 눈으로 바라봐야 제대로 보인대."

수연의 말에 조카 얼굴이 다시 조금 펴졌다. 그러더니 곧 군복이 어울리지 않을 정도로 천진한 미소를 보이며 말했다.

"전생에 난 뭐였을까. 혹시 사슴이나 기린? 내 목이 유난히 긴 것 같지 않아, 엄마?"

"이 녀석아, 뭐긴 뭐였겠니. 내 원수였겠지. 그러니 어미 속을 그리 썩였겠지."

회전문으로 들어서려다 말고, 수연은 뒤를 돌아보았다. 멀리, 오래전에 그가 직접 심었다는 밤나무 숲이 보일 듯 말 듯 눈에 어렸다. 그와 자신 사이에 생겨났던, 그 작은 생명체가 아직 살아 있다면 어느새 스물을 훌쩍 넘겼을 것이다. 사랑하는 사람을 만나 사랑의 램프를 환히 밝힐 나이. 하지만 그 아이는 수연의 인생으로 다시 돌아오지 않았다. 그가 그랬던 것처럼. 보이저호가 지구로 영원히 되돌아오지 않는 것처럼.

하지만 우주 여행자 보이저가 들려주는 이야기가 지금도 우리에게 전해지듯이, 멀리 떠나간 사람들도 마음속에 남아 있다. 두고두고 생의 의미를 새롭게 하면서 자신들의 이야기를 들려준다. 그것이 고통스럽든지 혹은 아름답든지 간에. 오래전, 참 세상에 대한 꿈과 희망을 말하던 그 사람은 지금쯤 별이 되어 있을까. 저 우주 멀리까지 올라가 내려다보고 있을까. 목성과 토성을 지나 우주 성간을 떠도는 보이저호처럼? 그는 역사의 긴 강을 내려다보듯 오늘의 우리를 내려다보고 있을까? 우리 시대의 아픔과 상처를? 숱한 절망과 흐릿한 희망을?

수연은 비로소 보일 듯 말 듯 고개를 끄덕였다. 자신에게 휴식이 필요함을 알리기 위해, 더불어 자신을 이리로 데려오기 위해, 그가 찾아온 거라고 여기기로 했다. 이제 밤이면 자신의 귀에서 새근새근 잠자는 수호신을 일부러 깨우지 않기로 했다. 스스로 머물고 싶을 때까지 머물다가, 어느 순간 다시 먼 우주로 떠나갈 때까지 기다리기로 했다.

다시 유람선으로 오니, 소년네 가족도 돌아와 있었다. 소년의 손에 제법 묵직해 보이는 비닐봉지가 들려 있었다. 조카가 그게 뭐냐고 묻자, "밤이요. 토실토실 알밤이요"라며 자랑스레 봉투를 열어 보여주었다. 소년은 보물단지라도 되는 양 그 봉지를 내내 손에서 놓지 않았다. 소년을 빙그레 바라보던 수연은 긴급동물보호센터로 전화를 걸었다. 휴일인데도 웬 젊은이가 전화를 받았다.

"얼마 전에 사고당한 강아지를 신고한 사람인데요, 강아지는 좀 어떤가요? 주인이 나타나지 않으면, 저라도 데려와 키울 수 있을까요?"

선장이 배에 시동을 걸었다. 배는 요란한 소리를 내며 푸른 물살을 가르고 있었다.

그 섬에 들다

"두 개의 해와 두 개의 달이 뜨는 곳이야."

다른 어떤 것보다 이모의 그 한마디가 그의 마음을 움직였다. 회사와 맺은 계약이 끝나자마자 그는 짐을 싸서 이모가 사는 섬으로 떠났다. 섬에는 언제나 가슴을 설레게 하는 특별한 힘이 있었다. 당근과 감자, 브로콜리의 초록빛은 검은 대지 위에서 유난히 싱그러웠고, 길게 이어진 현무암 돌담길은 삶을 다른 눈으로 돌아보게 했다. 끝없는 시간의 축적. 흐르는 시간을 붙잡아 현실의 공간에 쌓아 올린 것 같은 돌멩이들의 행렬. 그러나 그가 정말로 좋아하는 것은 따로 있었다. 축적된 일상의 흔적인 돌담 너머로 언뜻언뜻 보이는, 쉼 없이 움직이는 푸른 바다였다. 바다는 언제나 무기력하게 졸고 있는 그의 심장을 흔들어 깨워 조용히 출렁이게 했다. 그것은 여자를 처음 만났을 때, 그의 가슴에 일던 느낌과도 같았다. 여자의 눈 속에선 언제나 바다가 출렁였다. 그것은 '세상에서 가장 작은 바다'였다.

섬에 발을 디딘 그는 곧바로 이모네 펜션으로 가지 않았다. 혼잡한 도시를 탈출하자마자 나이 든 이모가 쏟아내는 수다의 물결에 휩쓸리고 싶지 않아서였다. 조용히 혼자 지내면서 생각을 가다듬고 싶었다.

자전거를 한 대 마련해 섬의 구석구석을 돌아다녔다. 보름쯤 지나자 여행 경비가 바닥이 났다. 섬의 중산간 마을 가시리 입구에서 자전거마저 고장이 났다. 마침 근처에 목장이 있어 허드렛일이라도 좋으니 먹여주고 재워만 달라고 부탁했더니 말똥을 치우는 단순하고 고된 일이 맡겨졌다. 나쁘지 않았다. 그에게는 직업이 있었고 앞으로도 그 직종에서 일을 하며 살게 되겠지만, 그 순간만큼은 말과 지내는 게 더 낫게 여겨졌다. 오래 준비해 마침내 원하는 곳에 취직을 했건만, 정작 직장은 그에게서 일하는 즐거움을 빼앗아버렸다. 너무 오래, 너무 시달리다 보면 아무리 좋은 일도 피하고 싶어지는 것이다. 인간관계 역시 쉽지 않았다. 믿었던 동료로부터 배반당하기 일쑤였고, 선의로 한 말과 행동이 의도와는 달리 그를 곤경에 처하게 했다. 그는 모든 것이 혼란스러웠고, 자신감을 잃었다. 무엇보다 휴식이 필요했다.

말똥을 치우고 제때 먹이를 주었을 뿐인데도 말들과는 금세 친해졌다. 주인이 말끝마다 덧붙이는, 카우보이모자가 아주 잘 어울린다는 칭찬도 듣기 좋았다. 고된 육체노동에 치여 밤이면 짐승처럼 곯아떨어졌다. 그는 점차 말똥 냄새에 찌들어가는 자신을 발견했다. 그렇게 한 달쯤 지나자, 두 개의 해와 두 개의 달을 볼 수 있다는 이모네 펜션에 가고 싶어졌다. "푸른 바다가 한눈에 보이는 펜션이라니까. 근처에 철새 도래지까지 있어. 밤엔 별자리를 찾을 수도 있고." 이모는 온갖 자랑을 해대며 제발 한 번만이라도 들러달라고 했다. 일한 대가로 받은 노임으로 자전거를 수리한 뒤 이모가 운영하는 펜션을 향해, 바큇살 하나하나에 스며든 말똥 냄새를 사방으로 풍기며, 그는 힘차게 달렸다.

첫번째 바닷가 마을에 도착했을 때는 이미 점심때가 지나 있었다. 허름한 식당에서 몸국을 시켜 먹고, 별방진과 해녀박물관을 둘러본 뒤 다시 달리기 시작했다. 섬의 동쪽 끝을 향해, 비릿한 바닷바람을 온몸으로 맞으며. 심장박동 수가 최고조로 빨라질 때까지 온 힘을 다해 달렸다. 땀을 흘릴수록 육체가 점차 가벼워지는 것을 느꼈다. 바다와 섬의 경계를 이루는 해안선. 그 부드러운 곡선을 따라 나 있는 포장도로를 달리면서 그는 언젠가 헤어진 여자가 했던 말을 떠올렸다.

'우리는 모두 자기만의 시간과 공간을 사는 하나의 섬이야. 섬을 제대로 보려면 그 섬을 떠나야 한다고 들었어.'

어디서 그런 이상한 말을 들었는지 모르지만, 그게 그녀가 집을 나간 이유라면 이유였다. 여자는 자기를 알기 위해 자기 자신으로부터 자유로워지고 싶다고도 했다. '자기 자신'이라고는 했지만 그녀가 떠나고 싶은 것은 함께 살던 작은 오피스텔이었을 거라고 그는 짐작하고 있었다. 해피니스 오피스텔에서 지내는 동안 그들은 그다지 해피하지 못했다. 거기에는 아흔아홉 가지 이유가 있겠지만, 결정적인 한 가지에 비하면 아무것도 아니었다. 무엇보다 그들에게는 꿈이 없었다. 그는 그녀에게 미래를 제시할 수가 없었다. 그들에게 살아간다는 것은 나이가 들어가는 만큼 조금씩 희망을 잃어가는 것이었다. 욕실 세면대 위에 놓인 비누 덩어리가 서서히 녹아 마침내 흔적조차 찾지 못하게 되는 것처럼. 어느 날 저녁, 혼자 캔 맥주를 마시던 그녀가 중얼대듯 말했다.

"미지의 섬이 아직 있을까?"

그는 대답하지 않았다. 대답할 가치조차 없는 엉뚱한 말이라고 여겼다. 그러자 여자가 조금 더 또렷하게 같은 말을 되풀이했다. 반응을 보이라는 무언의 압박이었다. 그 순간 그는 사과처럼 생긴 자신의 심장으로 아주 작은 벌레 한 마리가 기어들어오는 이물감을 느꼈다. 다음 날까지 회사에 내야 하는 서류에 눈을 고정한 채 그가 대답했다.

"정신 나간 소리 하고 있네. 그 어떤 해도상에도 미지의 섬이란 없어."

"그러니까 미지의 섬이지."

이미 자정이 넘어가고 있었고, 그는 몹시 피곤했다.

"인공위성으로 쥐 새끼까지 촬영하는 세상이야. 알아듣겠어? 심지어 우리 머릿속 지도까지 스캔되는 세상이라고."

그 말이 그녀의 입을 닫게 해버렸는지, 한동안 맥주 넘기는 소리만 들렸다. 여자는 캔이 한 손에 쥐어질 정도가 될 때까지 구부러뜨렸다. 알루미늄 찌그러지는 소리가 귀에 거슬렸다. 심장에 파고든 애벌레는 어느새 새끼손가락만큼 자라 있었다. 그는 회사와의 재계약 여부가 달린 서류를 작성하다 말고, 충혈된 눈으로 그녀를 노려보았다.

"할 일 없으면 그만 가서 자. 오래 걸리니까."

화가 많이 났지만, 티를 내지 않으려고 애썼던 기억이 나는 걸 보면, 그날 그는 참으려 한 게 틀림없었다. 그녀는 마지못해 일어나 침대로 다가갔다.

"아, 눈가리개를 어디다 뒀지? 자기가 혹시 치웠어?"

그는 한숨을 깊이 내쉬고는 무뚝뚝하게 대답했다.

"몰라. 수건이라도 덮어."

"너무 두꺼워서 싫어. 게다가 틈새로 빛이 새어 든다고. 어젯밤에도 썼는데…… 이상하다. 자기 진짜로 못 봤어?"

심장에 파고든 애벌레가 성충으로 자라서 심하게 꿈틀대고 있는 것 같았다. 어느 결에 거친 말이 내뱉어졌다.

"칠칠치 못하기는. 늘 쓰는 물건은 정해진 곳에 두라고 했잖아."

"수납장이 너무 부족해. 정리해놔도 금방 뒤죽박죽이 돼버린다고."

그는 더 이상 대꾸하지 않기로 작정했다. 그러자 그녀가 또다시 구시렁댔다.

"눈가리개 하는 것도 정말 지겨워. 아침마다 고무줄 자국 때문에 창피해 죽겠단 말이야."

좁은 원룸에서 벗어나고 싶다는, 원망 가득 찬 말로 들렸다. 마침내 문서 작성을 하던 그의 손가락이 멈추어졌다. 그는 고개를 돌려 쏘아붙였다.

"더 나가면, 알지? 빨리 자."

이튿날부터 여자는 만취한 상태로 밤늦게 귀가했다. 못마땅했지만, 그렇다고 심하게 나무랄 수도 없었다. 법적으로 그들은 그저 남남일 뿐이었다. 그 말은 둘 중 하나가 짐을 싸서 나가버리면 그만인 관계라는 뜻이었다. 둘 중 하나가 정규직이 될 때까지 그들은 결혼을 미루고 있었다. 하지만 그 끝은 좀처럼 보이지 않았다.

어느새 해가 지고, 어둠이 깔렸다. 바다가 해무를 뿜어대기 시작하자 그의 가슴을 설레게 했던 한낮의 푸른 바다는 점차 야수로 변해갔다. 으르렁대는 검은 바다. 해무와 어둠에 가려 한 치 앞도 보이지 않는 바다는 알 수 없는 두려움을 자아냈다. 그는 힘주어 페달을 밟았다. 하지만 지친 다리는 생각처럼 움직여주지 않았다. 자전거 바퀴가 점점 느리게 굴러갔다.

여자와는 그날 이후로 더 멀어졌고, 수시로 충돌했다. 그럴수록 그는 냉정하게 일에 더욱 매달렸다. 여자의 귀가 시간이 불규칙해졌다. 새벽에 들어오거나 아예 외박을 할 때도 있었다. 그는 몹시 피곤한 날조차 쉽게 잠들지 못했다. 어느 날 여자가 현관문을 쾅, 소리가 나도록 거칠게 닫으며 목소리를 높였다. "누가 기다렸어? 알아서 자. 기다리지 말고." 그는 이를 악물었다. 그의 심장을 가득 채운 성충들이 악문 이 사이로 빠져나오려 발버둥 치고 있었다. 오래 참아온 그도 마침내 폭발했다. "이해해. 나도 이 가난이 지겨우니까. 각자 멋대로 살자고!" 다음 순간 그는 그렁대는 여자 눈에 비친 자신을 보았다. 두 어깨 위로 검은 뱀이 솟는 페르시아 왕의 모습이었다. 뱀들은 웃고 있었다. 한쪽은 무기력한 냉소를, 다른 한쪽은 비열한 실소를. 왕이 아무리 그 뱀들을 칼로 잘라버려도 뱀들은 끊임없이 되살아났다.

'자기를 알기 위해선 자기 자신으로부터 떠나야 하는 법. 미지의 섬을 찾아감.'

다음 날 여자는, 텔레비전 화면에 붙여진 한 장의 포스트잇으로 남았다. 아무리 기다려도 돌아오지 않았다.

습지와 바다 사이에 나 있는 긴 다리를 건너 왼쪽으로 휘돌아가자, 짙은 해무 속에서 희미한 불빛이 보였다. 그는 비로소 안도의 숨을 내쉬었다. 어깨를 짓누르던 두려움과 슬픔이 조금씩 부서져 흩어졌다.

이모네 펜션은 아직 성수기 전이라서 투숙객이 많지 않았다. 일층 카페에서 내다보이는 해수욕장은 쓸쓸해 보일 정도로 인적이 드물었다. 일찌감치 돌아온 철새들만이 모래밭에 발자국 수를 늘리고 있었다. 육지와 섬 사이의 물리적 거리는 어느 결에 심리적 거리를 만들어, 바다 건너 육지라는 이름의 큰 섬에서 사는 자신이 그려졌다. 변두리의 해피니스 오피스텔과 도심의 회사를 오가면서 종일 신경이 곤두서 인상을 찌푸리고 있는, 중키에다 비쩍 마른 곱슬머리 사내. 작고 작은 개미처럼 보였다. 참으로 보잘것없었다.

하지만 그는 개미에 대해 놀라운 비밀 하나를 알고 있었다. 어떤 개미는 별자리를 관측하는 특별한 능력을 가지고 있다. 십구세기 프랑스의 천문학자인 앙리 형제는 특정 개미류가 눈에 보이지 않는 별이나 성운에서 방사되는 자외선을 감지한다는 걸 알아냈다. 그들은 곧 실험에 들어갔다. 육안은 물론 사진 건판에도 감광되지 않는 별. 그 별이 있다고 예상되는 방향에 맞추어놓은 천체망원경의 접안렌즈에다 작은 상자를 달았다. 상자 안에 들어 있던 개미가 허둥대기 시작했다. 개미는 발견했던 것이다. 천문학자도 모르던 새로운 별을.

그걸 처음 그에게 들려준 것은 이모였다. 그가 초등학생일 때 대학생이었던 이모는 그 무렵 천문 동아리 활동에 열심이었다. 동아리 학생들이 천문학적 지식을 모아서 엮은 책을 선물 받은 적도 있었다. 그 책의 공동 저자였던 이모는 오랫동안 우상이자 스승이

었다. 하지만 이모가 첫 결혼에 실패하고, 이모부를 만나 섬에 정
착한 뒤로는 거의 연락조차 않고 살아왔다.

　이모와 이모부는 예상보다 더 늙어 있었다. 딸 하나가 해외로
유학을 가서 몹시 적적해하는 이모는 그가 지루한 일상에 활기를
불어넣어주기를 기대했다. 내내 그의 주변을 서성이며 이런저런
질문을 해댔다. 이모는 그가 아주 어렸을 적에 빨간 단추를 삼킨
것까지 기억해냈다. "그때 네 엄마는 엉엉 울기만 할 뿐 꼼짝도 못
했단다. 그 바람에 내가 너를 업고 소아과로 뛰어갔어. 처녀인 내
가 졸지에 애 엄마가 된 거지. 조금만 늦었더라면 어쩔 뻔했니." 이
모는 주름진 얼굴에 다정한 미소를 띠며 말했다. 목울대가 갑자기
콱 막혀오는 걸 느꼈다. 하마터면 '실은 이모, 지금 전 단추보다 더
큰 절망을 삼켜버린 것 같아요'라고 고백하고 이모 무릎에 쓰러져
울 뻔했다. 슬픔을 감추려고 시선을 아래로 떨어뜨리면서 침을 깊
이 삼켰다. 눈치 없는 이모는 피곤하다는 표시인 줄 알고 "어서 가
서 자렴. 너무 늦었구나" 하고는 객실로 그를 안내했다. 바다를 향
해 창이 난 방은 작지만 아늑했다. 벽면에는 유화로 된 바이올린
그림이 걸려 있었고 침대 옆 협탁 위에는 시집들과 하얀 소라 껍
데기 한 쌍이 놓여 있었다. 그는 폴란드 시인 즈비그니에프 헤르
베르트의 시집을 집어 들었다.

　'잡아채고 싶었다 나는 잡아채고 싶었던 거다, 그것이 단조로운
소리로 갈망하지 않는 순간을. 꼬마였지만, 나는 알았다, 누군가를

무척 사랑한다 하더라도, 우리가 그걸 까먹는 일이 종종 있다는 것을.'* 그는 매력적인 여체를 닮은, 그림 속 바이올린의 굴곡진 외형을 바라보면서 소라 껍데기를 귀에 댔다.

갈망하는 바다의 소리…… 아득했다. 그는 자신이 한때는 시를, 음악을, 연극을 사랑했다는 사실을 기억해냈다. 오래전 일이지만, 대학 연극반에서 두 번이나 주연을 한 적도 있었다. 청년 역 때는 푸른색 도란으로, 중년 역 때에는 회색 도란으로 수염 분장을 했다. 이제 그는 질투가 일어날 정도로 극중 인물의 처지가 부러웠다. 그는 맹목적 사랑에 빠진 청년도, 안온한 가정을 꾸린 뒤에 찾아오는 권태라는 사치스러운 감정을 즐기는 중년도 아니었다. 집 나간 동거녀를 잊지 못해 방황하는, 한심하고 무능한 사내일 뿐이었다.

그는 시집을 덮었다. '뇌수에 꽂힌 죽음의 벌침'을 빼내지 못한 채 억지로 잠을 청했다.

이튿날 오전에는 근처 바닷가를 산책했다. 물결 무늬 모래사장을 걸으면서 시원한 바닷바람을 맘껏 마셨다. 때때로 조가비를 잡기도 했다. 조가비들은 햇볕에 노출되는 순간, 단단히 입을 막은 채 그의 손바닥 위에서 침묵했다.

마을에서부터 휠체어를 타고 나온 노파가 모래사장 앞에 멈춰

<hr>

* 즈비그니에프 헤르베르트, 「조가비」, 『즈비그니에프 헤르베르트 시전집』, 김정환 옮김, 문학동네, 2014.

섰다. 노파는 아들의 등에 업혀 바다로 들어갔다. 잠시 뒤, 노파가 아들의 등을 떠나 바다로 첨벙 뛰어들었다. 바다 깊이 들어간 노모를 기다리던, 환갑이 훨씬 넘어 보이는 아들이 말했다. "올해로 구순이주만 우리 어멍은예 물질 않으면 못 산다게. 뭍에선 몸이 영 불편하주만, 바당에선 팔다리가 자유로우니까예. 그게 좋안 저영 감수게." 구순 노인의 자유를 향한 열망이라. 그의 마음에 작은 파동이 일었다.

오후에는 손님들을 위해 바비큐를 구웠다. 미리 양념에 재어놓았다가 숯불에 굽는 돼지 등갈비는 인기가 좋았다. 연기 탓에 눈물을 찔끔거리면서도 이모는 섬에서 키운 흑돼지란 말을 빼먹지 않았다. 다음 날에도, 그다음 날에도 그는 오전에는 산책과 독서를, 오후에는 이모 일을 거들었다. 닷새째 되는 날부터는 한라산 방향으로 난 올레길을 걸었다. 멀리 보이는 오름을 이정표 삼아 걷다 보면 사방이 온통 돌담을 두른 밭이었다. 거기서 그는 운 좋게도 아주 잘생긴 수말 한 마리를 만났다. 풍성한 갈기와 윤기 나는 갈색 털을 가진 말은 홀로 열심히 풀을 뜯고 있었다. 주인은 어디로 갔는지 보이지 않았다. 등을 쓸어주려고 다가가자 말은 풀뜯기를 멈추고 한쪽 다리를 쳐들며 경계했다. 그는 새로 만난 친구가 몹시 마음에 들었다. 유목민의 권세 높은 호자*라도 된 양 우

---

* khwāja, hoca: 본래는 귀인을 의미하는 페르시아어. 이슬람 세계의 여러 지역에서 일반적으로 선생, 스승, 주인, 환관, 대상인 등의 뜻으로 사용됨.

쫄한 기분마저 들었다. 무척이나 멋진 말이었다.

다음 날에도, 그다음 날에도 그는 말을 보러 갔다. 말은 이제 그가 다가가든지 말든지 신경 쓰지 않고 풀을 뜯었다. 삶을 한 마을에서 다음 마을로 말을 타고 가는 것에 비유한 것은 카프카였던가. '어떤 우연한 불행은 제쳐놓더라도 삶이란 한 마을에서 다음 마을로 말을 타고 갈 평범한 시간조차 충분치 않다'*고 말한 카프카의 말에 공감이 갔다. 어느새 서른 후반에 이른 것이다. 카프카가 「옆 마을」을 썼을 시기와 엇비슷한 나이. 다 이해했다고 볼 수는 없지만 '우연한 불행'에 대해서만큼은 어느 정도 알았다. 어머니에게 내려진 폐암 선고와 아버지의 급작스러운 파산 따위. 이제와 생각해보면, 그러나 그것조차 불행의 간접 요인에 불과했다. 정규직이 될 기회를 경쟁자의 음모로 상실하고, 사랑하는 여자와의 혼인과 출산이 한없이 미루어지고, 포스트잇 한 장만 남긴 채 여자가 사라지는 것에 비한다면.

그는 이제 다른 마을로 옮겨 가고 싶지만, 어디로 어떻게 가야 할지 알 수 없었다. 기껏 용기를 내어 찾은 곳이 섬이었다. 이모 집에 얹혀 하루하루를 낭비하는 삶. 서둘러 말을 타고 이웃 마을로 떠난다고 해도 시간이 충분치 않은데 이렇게 늦장을 부려도 되는 건지. 아침 산책에서 만난 말의 등을 그는 하염없이 쓰다듬었다.

* 프란츠 카프카, 「옆 마을」, 『변신·시골의사』, 전영애 옮김, 민음사, 1998, 175쪽 참고.

말이 드디어 그에게 반응을 했다. 풀 뜯기를 멈춘 말은 은근한 눈빛으로 그를 쳐다보았다.

언젠가 이 말을 타고 이웃 마을로 가게 될지도 모른다는, 기분 좋은 예감이 머리를 스쳤다. 한때 극작가로 살고 싶었지만 포기하고 취업을 택했던 그는 이제라도 꿈을 펼쳐보고 싶어졌다. 구순의 할머니도 자유를 찾아 바다로 뛰어들지 않던가. 하물며 아직 삼십 대인데 벌써부터 현실의 족쇄에 묶여 절망 속에서 살아갈 수는 없지 않은가. 바다에서만 사지가 자유로운 늙은 해녀처럼 그는 글을 쓰는 순간에만 살아 있다는 느낌을 경험하곤 했다. 현실에서는 비록 무능할 따름이지만, 허구 세계에선 영웅이 되어 잘못된 세상을 갈아엎을 수 있었다.

그날 밤부터 그는 불합리한 세상에 대한 분노와 개인적 슬픔을 자양분 삼아 글을 쓰기 시작했다. 섬에서 천군만마(千軍萬馬)를 이끌고 나타난다는 진인(眞人)에 대한 이야기였다.

보름쯤 지나니 바닷가 펜션에서 지내는 것에 완전히 적응이 됐다. 이모네 부부 역시 다시 익숙한 일상으로 빠져들었다. 본격적인 휴가철이 다가오고 있었다. 아침에 눈을 뜨면, 이모는 언제나 하늘부터 살폈다. 그러고는 파도의 세기와 물빛을 살펴 날씨를 점쳤다. "어쩔 땐 내가 기상예보관보다 더 낫단다." 그날은 하늘이 유난히 푸르고 맑았다. 이모와 이모부는 서둘러 아침 식사를 준비하고, 재빨리 카페 문을 열었다. 오전 아홉 시밖에 되지 않았는데 벌써 해변으로 나온 어린아이들을 볼 수 있었다. 간간이 카약이나 파도타기를 즐기는 젊은이들도 있었다. 빙수용 팥을 평소보다 두 배나 삶았다. 한데 한낮이 되어도 카페 손님은 늘지 않았다. 바쁜 것은 주방이 아니라 전화기였다. 육지에서 내려오기로 한 손님들이 예약을 취소했다. 출국을 서두르는 외국인들과 한산한 공항 풍경이 텔레비전 화면에 비쳤고, 여행사 예약이 줄줄이 취소되었다는 소식이 뒤를 이었다. "거참, 뜬금없이 메르스라니 낙타가 발목을 잡을 줄 누가 알았냐고, 제기랄." 이모부는 종일 투덜거렸다. 성수기 주말의 하루벌이로 비수기 열흘을 먹고살아야 하는 처지에선 당연한 거였다.

손님이 줄자 이모네 부부는 바빠서 미처 싸우지 못한 것들을 하나씩 들춰내어 언쟁을 벌였다. 처음에는 사소한 말다툼으로 시작된 갈등이었지만 점차 골이 깊어졌다. 급기야 이모부가 육지로 떠나버리자, 그는 이모와 단둘이 남게 되었다. 다행히 손님이 줄어 그럭저럭 해나갈 수 있었다.

육지는 점점 혼란에 빠져들었다. 방역 당국은 환자가 움직인 경로를 추적하여 감염 가능성이 있는 이들을 뒤늦게 격리 조치했다. 하지만 그물망 밖의 사람들이 이차, 삼차 확진 환자가 되어 나타났다. 그때까지도 감염 환자들이 머문 병원 명단은 공개되지 않았다. 진실이 숨어버리는 순간 소문이 판을 쳤다. 엉뚱한 명단이 감염 병원이라며 온라인상에서 퍼져 나갔다. 치사율이 높기로 소문

난 바이러스인 만큼 공포감은 삽시간에 온 나라를 장악했다. 휴교령이 이어졌고, 사람들로 북적이던 병원과 극장, 대형 할인매장은 눈에 띄게 한산해졌다. 가뜩이나 소통하지 않는 도시인들은 저마다 입마개를 한 채 서로를 더욱 멀리했다. 정부 당국은 손을 자주 씻으라는 것 말고는 제때 적절한 대책을 마련하지 못했다. 결국 재벌이 소유한 대형 병원이 바이러스를 옮기는 주범임이 드러났다. 대형 병원은 자체적으로 방역 시스템을 가동했지만, 비정규 직원에 대해서만큼은 예외였다. 비정규직에겐 방역 장비가 지급되지 않았다. 그들은 격리자 명단에도 빠져 있었다. 하지만 안타깝게도 바이러스는 그런 사정은 봐주지 않았다.

섬은 갈수록 고립되어갔다. 투숙객이 전혀 없는 날도 꽤 있었다. 그런 날에는 이모와 둘이서 술을 한잔했다. 이모가 안주를 만드는 동안, 그는 레몬을 썰어 소주에 넣었다. 어느 비 내리던 밤이었다. 이모가 그의 얼굴을 빤히 쳐다보더니 "넌 마치 수심에 젖은 오네긴처럼 보여"라고 말했다.

"오네긴이라고요?"

"루카치가 극찬했던 『예브게니 오네긴』. 설마 푸슈킨의 유명한 운문소설을 모른단 거냐?"

"아, 네. 들어는 봤지만……."

"내가 대학생일 땐 루카치를 모르면 간첩이었지. 난 언제나 오네긴 같은 남자를 혐오했는데, 왠지 알아? 그런 남자는 위험하기 때문이야. 한번 사랑에 빠지면 헤어날 수가 없거든. 하하."

호탕한 웃음이 실내에 퍼졌다. 이모는 어느새 대학생으로, 학생 회실의 뿌연 담배 연기 속으로, 루카치를 읽고 논쟁하던 시절로 돌아가 있었다.

며칠 뒤, 그는 이모와 함께 카페 벽면에 빔 프로젝터를 쏘아 오페라를 보았다. 차이콥스키의 오페라 〈예브게니 오네긴〉을 실황 녹화한 거였다. 안나 네트렙코의 애절한 아리아가 온몸으로 아릿하게 파고들었다. 러시아 출신의 미녀 소프라노로 알려진 안나는 더 이상 소문만큼 젊고 아름답지 않았다. 노래 실력은 전보다 나아졌다지만 불과 몇 년 새에 열여덟 타티아나 역을 연기하기엔 어색할 정도로 몸이 불어 있었다. 말을 타고 옆 마을로 가기에도 벅찰 만큼 인생은 정말로 짧은 것인가.

레몬소주 몇 잔에 기분이 좋아진 이모는 첫 결혼에 실패한 사연이며, 섬에서 지금의 이모부를 만난 과정을 들려주었다. 남 얘기하듯 담담하게. 때로는 회한에 젖어. 밤이 깊어, 파도 소리만이 고적하게 들려왔다. "네 안색이 창백하구나. 혹시, 말 못 할 사연이라도 있니?" 그가 마침내 실연의 아픔을 견디는 중이라고 고백하자, 이모는 반백의 곱슬머리를 이마 위로 훌쩍 쓸어 넘기며 말했다. "푸슈킨은 정말 천재야. 그가 말한 대로, 살아보니 소설 속 주인공 같은 사랑은 없더라. 사랑 대신 신이 우리에게 준 선물은 습관이고, 일상이야." 이모는 매일 손님에게 커피와 토스트를 차려 내고, 카

폐 탁자를 닦고, 음악을 고르고, 객실을 청소하고, 이불보를 빨아 널고, 저녁에 바비큐를 굽는 일을 해냈는데, 그 일이 없었다면 아마도 힘든 세월을 견디지 못했을 거라고 했다. 그러고는 선심 쓰듯이 덧붙였다. "네가 원한다면, 마음이 다 정리될 때까지 이곳에 계속 머물러도 된단다." 운명에 단련된 이모가 갑자기 교활한 마녀처럼 보였다. 하지만 어쩐지 밉지 않았다.

사실, 이모네서 지내는 게 크게 불편하거나 나쁘진 않았다. 문제는 일거리가 눈에 보이는데 안 할 수는 없고, 그렇다고 육지를 떠나와 겨우 얻은 자유와 열정을 이런 식으로 다 소모하고 싶지도 않다는 거였다. 그는 마침내 본격적으로 글을 쓰기로 결심하고서, 이모에게 사흘 뒤에 가겠다고 했다. 그러자 이모가 레몬소주를 빠르게 들이켜기 시작했다. 이모는 금방 취해버렸고 한참 동안 횡설수설하더니, 결론만은 분명하게 말했다. "난 정말이지, 너무 오래 일만 하고 살았어. 이젠 완전히 지쳤다고. 제발 부탁인데, 얘야, 며칠간 육지에 가서 이모부를 찾아올 테니, 그 뒤에 떠나렴. 그래줄 수 있지? 믿고 맡길 사람이 너밖에 없구나." 그러고 보니 이모 얼굴이 한결 수척해 있었다. 말은 안 해도 그동안 많이 힘들었나 보았다.

그는 커피 내리기와 간단한 요리 만드는 법을 배웠다. 혼자 힘으로 카페 일을 할 수 있게 되자 이모가 여행 가방을 꾸려 로비로 내려왔다. 이모는 이번에도 선심 쓰듯이, 스태프로 일할 사람을 구했는데 조만간 도착할 거라고 했다.

"열흘 정도면 될 거야. 어쩌면 더 길어질 수도 있지만, 어차피 손님도 별로 없잖니."

택시가 도착하자 이모는 창문 너머로 힘차게 손을 흔들고는 공항을 향해 떠났다. 이모가 그토록 가고 싶어 하는 '육지'가 머릿속에 그려졌다. 붐비는 지하철과 고층 빌딩과 빛나는 교회 십자가와 늘어선 아파트와 어두운 뒷골목과 먼지 낀 다세대 주택과 허름한 음식점과 음습한 모텔과 화려한 카페 거리와 졸고 있는 가로등과 위험한 청소년과 시무룩한 청년과 지친 중년과 교활해진 노인과 거리의 촛불과 현란한 네온사인과 맥주와 소주와 양주와 막걸리와 절뚝대는 비둘기와 숱한 자살과 갑작스러운 사랑과 아픈 이별과 고단한 일상과 우울한 미래와 불행하게도 언제까지고 사랑해야 하는 '나라'가.

그는 글을 쓰려고 테라스에 자리를 잡고 앉았다. 오랫동안 노트북 커서를 쳐다보다가 고개를 들어 주위를 두리번거렸다. 쓸 이야깃거리가 없었다. 전봇대 근처에 버려진 플라스틱 슬리퍼 한 짝, 바람에 실려와 고랑에 처박힌 나무판자, 검은 돌담 밑에 피어난 노란 갯금불초 그리고 바람과 햇빛과 푸른 하늘과 하얀 뭉게구름뿐. 아주 가끔 자전거 여행자나 자동차가 지나갔다. 다행히 바다가 있었다. 쉼 없이 출렁이며 영혼을 일깨우는 바다……

그는 벽에 머리를 기댄 채 눈을 감았다. 잠깐 사이에 잠들어 꿈을 꾸었는데, 꿈속에서는 모든 이야기가 생생했고, 모든 언어가 감동적이었다. 그러나 눈을 뜨는 순간, 가슴이 터질 듯 긴박하고 애절한 장면은 순식간에 증발되어버렸다. 전생의 삶을 잊어버리고 현생에 태어나 울고 있는 갓난아이처럼 안타까웠다.

백사장의 하얗고 조용한 공허만이 눈앞에 펼쳐져 있었다. 안톤 체호프나 유진 오닐이었다면 바닷물을 잉크 삼아 매력적인 인물을 만들어냈을 테지만, 그는 아직 아무것도 쓸 수 없었다. 하는 수 없이 떠오르는 대로 타이핑해보았다.

'지금 어디에 있니? 이 바보야!'

그러고 나자 긴 숨이 토해졌다. 파도가 철썩대며 바다를 이끌고 해안 깊숙이까지 다가왔다. 어느새 밀물 때였다. 파도를 따라 그리움도 함께 밀려왔다. 너무 익숙해져버려 하찮게 여겨졌던 여자의 머릿내가, 말캉거리는 하얀 겨드랑이 속살이, 음모로 뒤덮인 불두덩의 뜨거움이 절실했다. 모든 생명체의 고향인 바다! 순간 바닷물로 뛰어들고 싶은 죽음 충동이 일었다.

그는 소금기 머금은 공중에 매달려 해풍에 징징 울어대는 전깃줄에 자신의 머리통을 걸어놓고, 목구멍으로 치미는 언어를 시원스레 뱉어냈다.

'나쁜 년!'

그러자 다음 언어가 그물코에 걸린 고등어처럼 저절로 따라 올라왔다.

'보고 싶어! 미치게 보고 싶다고!'

수평선과 하늘을 동시에 물들이는 붉은 노을 속에서, 그는 갑자기 흐느끼기 시작했다.

스태프로 일할 사람이 도착한 것은 이모가 떠난 날로부터 사흘째 되던 날 오후였다. 이름 대신 '랑이'라 불러달라고 했다. '호랑이' 아니면 '딸랑이'냐고 물었더니 배시시 웃으며 '사랑이'의 줄임말이라고 했다. 급료가 적은 대신 하루걸러 하루씩 쉬는 조건이었다. "외출하는 날에도 저녁은 여기서 먹을게요"라고 말하면서, 그녀는 연신 고개를 끄덕였다. 상대의 동의를 구하고 싶을 때 저절로 나오는 버릇인 듯했다.

스태프가 오면서 시간의 여유가 생겼지만, 글쓰기는 좀처럼 진척되지 않았고 대신 과거의 망령이 되살아나 그를 괴롭혔다. 랑이는 조용한 편이었다. 업무가 끝나면 곧바로 자기 방으로 들어가버려 말동무조차 되지 못했다. 뭐에 그리 열중하는지 그녀 방은 한밤중이든 새벽이든 늘 불이 환했다. 한가한 낮에는 카페에 머물기도 했는데, 구해 온 온갖 책과 자료를 읽느라 그가 근처에 있는 줄도 몰랐다. 샤워를 마친 직후의 그녀에게서 맡아지는 샴푸 향내는 떠나간 여자를 떠올리게 했다. 긴 생머리는 습도 높은 바닷바람에 천천히 말라갔고, 그는 조용히 여자의 향기를 훔쳤다.

섬에서 제일 크고 유명한 호텔의 투숙객이 메르스 바이러스 확진 판정을 받게 되었다는 소식이 들려왔다. 격리 대상자라는 사실을 숨기고 여행을 온 모양이었다. 공항에 방역 시설이 강화되고, 섬의 공공기관은 물론 일반 영업장에도 손 소독제가 놓여졌다. 그즈음부터 그는 미미한 흉통을 느끼기 시작했다. 소화기관은 무기력증을 호소했다. 철새들마저 무기력해 보였다. 아무도 더 이상 철새를 보러 오지 않았다.

"기왕 이렇게 된 거, 며칠만 더 부탁한다." 이모는 설마 그냥 떠나기야 하겠나, 생각했는지 배짱을 부리는 인상까지 주었다. 못마땅했지만, 이모의 애교 어린 보조개 웃음이 떠올라 거부할 수가 없었다. 아직 작품이 완성되지 않아 좀더 머물면서 끝을 보고 싶기도 했다.

해가 서쪽으로 기울 무렵, 랑이가 평소와 달리 일찍 귀가했다. 노을에 비친 하늘이 〈천지창조〉를 연상케 할 만큼 장엄했다. 특이한 지형 탓에 아침에는 뜨는 해와 지는 달을, 저녁에는 지는 해와 뜨는 달을 볼 수 있다는 게 이모네 펜션의 자랑거리였지만, 대부분의 투숙객은 바쁜 일정 탓에 그것을 보지 못했다.

그들은 바다를 향해 놓인 벤치에 나란히 앉았다. 랑이는 몹시 지쳐 보였다. 종일 어딜 그렇게 쏘다니다 오는 걸까? 하긴 그로서는 많은 것이 의문이었다. 요새 젊은이들은 왜 섬으로 몰려드는 건지, 여자는 왜 갑자기 떠나갔는지. 미지의 섬 따윈 없다고 일축해버린

게 여자를 실망시킨 건지. 그때, 랑이가 입을 열었다.

"옛날에, 정말로 이 섬에는 해가 둘, 달이 둘이었대요."

특이한 여자였다. 그동안 데면데면 지냈으면서, 매우 친한 사이인 양 불쑥 말을 건네다니.

"그게 말이 됩니까?"

"믿거나 말거나지만, 섬사람들 사이에서 오랫동안 전해 내려온 신화예요."

그녀는 이 섬에서 나고 자랐다고 했다. 중학교 때 육지로 갔지만 지금은 오히려 섬에 관해 알고 싶어 돌아왔다면서, 혹시 창세신화인 '천지왕 본풀이'를 아느냐고 물었다. 그가 고개를 젓자, 자신은 그 신화를 제대로 알고자 심방의 굿을 직접 채록하러 다닌다고 했다. 덕분에 그는 '대별왕과 소별왕' 이야기에 대해서 들을 수 있었다.

'태초에 하늘과 땅이 맞붙어 있었고, 모든 게 암흑으로 휩싸여 있었다. 하늘의 머리가 자방으로 열리고, 땅의 머리가 축방으로 열리면서 그 사이로 금이 생겨났다. 산이 솟고 물이 흘렀다. 이때 하늘의 천지왕이 두 개의 해와 두 개의 달을 지상에 내려보내면서 천지가 개벽했다. 지상에 내려온 천지왕은 총명부인이란 여인을 맞이했다. 총명부인은 두 아들을 낳아 각각 '대별왕' '소별왕'이라 불렀다. 아들들이 자라서 아버지를 찾게 되자 총명부인은 박 씨를 주어 심게 했다. 박 씨에서 싹이 트고 덩굴이 돋아 하늘까지 닿자,

형제는 하늘로 올라가 아버지를 만났다. 천지왕은 형인 대별왕에게는 이승을, 동생인 소별왕에게는 저승을 다스리게 했다. 이승을 다스리고 싶은 소별왕은 서천 꽃밭에 꽃을 심어 더 잘 키우는 사람이 이승을 다스리게 하자고 졸랐다. 소별왕의 꽃은 시들었지만 대별왕의 꽃은 잘 자랐다. 그러자 소별왕은 대별왕이 잠든 사이에 꽃을 바꿔버렸다. 잠에서 깬 대별왕은 속은 걸 알았지만 결과를 기꺼이 받아들이고 저승으로 갔다.'

"그러니까, 이승이란 데는 원래부터 속임수가 판치는 곳이었단 뜻이군요. 그때나 지금이나."

그가 냉소적으로 웃었다. 랑이도 따라 웃었다. 그는 새로 딴 맥주를 유리잔에 따랐다. 파도가 일으키는 흰 포말처럼 유리잔에 거품이 일었다. 그녀가 하던 이야기를 이어갔다.

'소별왕이 이승에 와서 보니, 그야말로 대혼란이었다. 해와 달이 각각 두 개씩 떠서, 낮에는 타버릴 만큼 뜨거웠고 밤에는 시린 달빛 탓에 얼어버릴 만큼 추웠다. 초목과 짐승조차 말을 했고, 인간 세상에는 도둑질과 불화와 간음이 성행했다. 소별왕은 대별왕에게 이 상황을 해결해달라고 도움을 청했다. 대별왕은 친히 이승에 내려와서 활과 화살로 해와 달을 하나씩 쏘아 떨어뜨렸다. 짐승과 초목에게는 송피(松皮) 가루 닷 말을 뿌려 말을 못하게 했다. 또한 사람을 부르면 귀신이, 귀신을 부르면 사람이 대답하는 무질서를 해결하기 위해 귀신과 인간을 저울질하였다. 백 근이 넘는 것은

인간, 그보다 못한 것은 귀신으로 나뉘어 구별되었다.'

"대별왕, 소별왕은 아직 살아 있어요. 죽은 활자로만 남은 다른 나라 서사시와 달리, 아직도 굿을 통해 재연되고 있으니까요."

랑이와 처음 정면으로 눈을 마주쳤다. 크고 까만 눈동자. 신화에 빠진, 어딘가 비현실적으로 보이는 눈빛이었다. 그는 생각했다. '어째서 이 여자는 제 또래 남자 대신 오래된 이야기를 찾아다니는 걸까.'

"그쪽은 왜 섬에 들어왔나요?"

"집 나간 여자 때문에요. 그녀는 미지의 섬을 찾아 나섰거든요."

"그러니까, 이 섬으로 왔을 거라 여기는 거군요."

랑이는 조용히 고개를 끄덕였다. 무얼 알겠다는 건지는 알 수 없었지만. 그녀가 다시 물었다.

"이어도라는 섬…… 정말 있을까요?"

"그럴 리가. 지구상에 더 이상 미지의 섬은 없어요. 전승되었다고 알려진 이어도란 섬도 실은 일제강점기에 다카하시란 학자에 의해 만들어진 거라더군요. 일제에 의해 파랑도라 불렸던 소코트라 암초를 국영 방송국과 이 섬의 대학에서 탐사한 적은 있어요. 이어도는 이 고장 여인들이 힘들 때마다 떠올리고 불러보는 희망의 땅이라면서 떠들썩하게 행사를 벌였지요."

"고기잡이 갔다가 돌아오지 않는 남편이 사는 아름다운 섬. 사철 꽃이 피고 열매가 맺는, 언젠가는 꼭 가보고 싶은 섬. 대충 그런 내용이었겠네요."

"그 탐사에서 소코트라 암초의 위치가 파악되었고, 그걸 계기로 이어도는 이곳의 남서쪽 먼바다에 있는 물속 섬이라 여기게 되었지요. 그렇게 해서 이어도 전설을 기정사실화했지만 이 고장 어른들 대부분은 오히려 이어도에 대해 들어본 적이 없다고 해요."

"그게 사실이라면…… 너무 냉혹하군요. 여자들은 누구나 미지의 섬을 꿈꿔요. 마지막 남은 희망이니까."

그는 랑이의 옆얼굴을 물끄러미 쳐다보았다. 사라지기 직전에 여자가 했던 말과 다를 바가 없었다. 그는 자리에서 일어나, 난바다에서 불어오는 바람을 온몸으로 맞았다. 광막한 바다. 아득한 수평선. 그 너머에 자리 잡고 있다는 피안의 세계…… 망망대해 잿빛 파도를 깨고 솟아오른다는, 가까이 다가가면 어느새 모습을 감추어버린다는, 가라앉은 지점에서 물속을 들여다보려고 하면 폭풍이 일어 배를 멀리 흘려보낸다는 섬. 그 아득한 신기루를 찾아 여자는 지금쯤 어디에서 헤매고 있는 걸까.

이십대 중반으로 보이는 아가씨 넷이 차에서 내렸다. 아가씨들은 야외 테이블에 앉아 음료를 주문하고는 셀카봉으로 사진을 찍기 시작했다. 하나같이 노랗게 물들인 파마머리에 검은 선글라스를 끼고 있었다. 나머지도 거의 같았다. 똑같이 명랑했고, 똑같이 웃었고, 똑같이 스마트폰으로 사진 찍기에 골몰했다. 주문한 음료는 물론이고, 카페 구석구석 그리고 그곳에 머물고 있는 자기 자신을 찍어댔다. 이상하게도 아가씨들은 바다에 관심이 없어 보였다. 바다는 아가씨들의 사진 속 배경일 따름이었다. 하지만 그녀들의 웃음소리에서 묻어나는 젊음의 생기만은 싱그러웠다. 아직 세상의 위험에 대해 잘 모르는, 철없는, 희망을 완전히 버리지 않은 어린 존재의 내면에서 울리는 가벼운 딸랑거림!

아가씨들이 떠나자 소란을 피해 잠시 물러났던 바다가 다시 그에게 다가왔다. 바다는 조금 겸연쩍은 듯 보였다. 어쩌면 화가 난 것인지도 몰랐다. 아까보다 짙은 청회색을 띠었고, 파도도 거세졌다. 해가 지기 전까지 아가씨들은 다른 유명한 장소들을 찾아다닐 것이다. 밤이 되면, 어둠 속에서 파도 소리를 듣는 대신 낮에 찍은 사진 중에 가장 근사한 사진을 휴대전화로 지인들에게 전달할 것이다. 나 이렇게 행복해. 부럽지? 제발 부러워해줘. 그러면 육지에 남아 있던 사람들은 부러움으로 밤잠을 설치게 되고, 얼마 뒤에는 섬으로 오는 비행기 티켓을 끊게 될 것이다. 타인의 욕망을 사기 위해서. 타인처럼 되기 위해서. 그것이 이 섬으로 사람들이 몰려드는 이유일까? 단지 그 이유일까? 도망쳐 숨어들거나 외따로 스며들기 좋은 섬. 때로 반란의 거점이 되곤 했던 섬. 그게 사람들이 몰려드는 이유는 아닐까.

그는 밤바다를 앞에 두고 또다시 문장들과 씨름했다. 때로 단어들은 밤의 어둠 속에서 열대어 무리처럼 황홀하게 춤을 추었다. '……시절이 하 수상했다. 진인이 아득한 섬에서 나타나 도읍으로 들이닥칠 거라고 했다. 도탄에 빠진 세상을 구제하기 위해 천군만마를 이끌고. 소문이 퍼지자 장안의 양반과 아녀자들이 피난 가는 사태까지 빚어졌다. 말발굽 소리는 천지를 뒤흔들고, 무지렁이들 가슴에서도 꿈이 살아나기 시작했다. 심장이 벌떡대는 젊은 종들은 새벽이 오기도 전에 낫을 들고 길을 나섰다. 지독한 어둠의 저항 끝에 아침이 희붐하게 밝아왔다…….' 하지만 다음 날 햇볕 아래서 들여다보면 죽은 언어의 시신들이 흰 종이 위로 까맣게 떠올랐다. 글을 쓴다는 이유로 밤을 지새우다가 새벽녘에야 잠든 날에는 어김없이 늦잠을 자서, 허둥지둥 아침을 맞이하곤 했다. 그 때문에 한동안 산책을 걸러야 했다.

며칠 만에 그는 겨우 시간을 내었다. 갯강구와 작은 게들이 기어다니는 해안도로를 한참 걸었다. 길을 따라 연이어 심겨진 수국이 꽃대를 밀고 올라와 활짝 피어 있었다. 바다를 오래 연모한 양 수국은 푸른 바닷빛을 그대로 육지에 옮겨놓고 있었다. 그는 가슴을 설레며 들길로 접어들었다. 커다란 중절모처럼 생긴 오름을 마주 바라보며 걷다가 길이 급하게 휘는 지점에서 걸음을 멈추었다. 그는 왔던 길을 되돌아가보았다. 혹시 길을 잘못 접어들었나? 두리번거리며 사방을 살펴보아도 분명 그 길이었다. 한데 말은 보이지 않았다. 비로소 다시 사랑하기 시작한 생명체. 그에게 믿음과 애정을 실어 은근한 눈빛을 보내는, 그를 이웃 마을로 데려가줄지도 모르는 아름다운 말……. 어디로 간 거지? 자세히 살펴보니, 말이 방목되어 있던 풀밭이 바뀌어 있었다. 누군가 밭을 갈아 콩을 심어놓은 듯했다. 어린 콩 싹이 푸릇푸릇 돋아 있었다.

오일장 서는 날에, 그는 읍내로 갔다. 고장 난 의자와 정원을 손보는 데 필요한 장비를 사야 했다. 자전거로 오랜만에 신나게 달리는데 바닷가가 사람들로 북적였다. 수족관에 갇혀 살던 남방큰돌고래를 야생 방사한다는 플래카드가 눈에 띄었다. 연단에는 해양수산부 장관을 포함한 내빈들이 앉아 있었고, 코미디언이 사회를 보고 있었다. 태극기가 전광판에서 힘차게 휘날렸다. 국기에 대한 경례와 장관 축사, 유공자 표창이 끝나자 사람들은 방파제를 떠나 가두리로 모여들었다. 익살스러운 코미디언이 너스레를 떨어댔다.

"여러분, 장관님께서 사비를 털어 특별히 마련한 우럭입니다. 펄떡펄떡 뛰는군요. 이제 이 특식을 먹고 돌고래는 돌아갈 겁니다. 고향으로, 자유를 찾아서."

코미디언은 잠시 마이크를 끄고 기다렸다. 얼마쯤 지나자 다시 마이크가 켜졌다. "다 먹었니? 자, 그럼 가자, 애들아. 장관님, 이제, 그물의 매듭을, 풀어주세요! 태완이 복선이가 고향으로 갑니다. 고향을 향해 하나, 둘, 셋!"

그물로 막혀 있던 자유의 문이 열리자 흥분한 코미디언이 더욱 목청을 높였다.

"안녕, 잘 가라. 자유를 향해 돌진! 돌진! 이제 드넓은 세상에서 맘껏…… 어? 근데, 얘들이 왜 안 가지? 아, 정이 들어 쉽게 떠나지 못하나 봅니다. 뭔가 고별 공연을 준비하고 있나 본데요. 얘들아, 너무 뜸을 들이면 곤란해."

반대편에 있던 이들이 그물을 올리며 자유의 문 쪽으로 돌고래를 몰았다. 관중의 시선이 온통 그쪽으로 쏠려 있을 때였다. 누군가 큰 소리로 외쳤다. "와아, 야생 돌고래다아."

관중의 시선이 이번에는 먼 수평선 쪽으로 몰렸다.

"야생 돌고래가 마중 나왔습니다! 감동입니다. 여러분, 진짜로 때가 왔습니다. 이제 그물을 열어주세요. 이미 열었다고요? 얘들아, 그만 가! 가라고!"

하지만 어떤 움직임도 없었다. 누군가 급히 코미디언에게 달려가 귀엣말을 했다. 코미디언은 미처 마이크도 끄지 못한 채 말했다. "어, 없다고? 벌써 가버렸어?"

그제야 해경들이 보트를 타고 수평선을 향해 달려갔다. 야생 돌고래인 줄 알았던 생명체가 바로 태완이 복선이었나 보았다. 실망한 사람들이 하나둘 자리를 떴고, 얼굴이 달아오른 고위급 인사들은 자리에서 벌떡 일어나 먼바다를 노려보았다. 행사를 준비한 말단 직원들이 우왕좌왕하는 틈에, 그도 자리를 떴다.

다음 날, 인터넷 포털에 오른 신문 기사가 인상적이었다. '국기에 대한 경례도 않고 돌고래는 떠났다.' 기자의 날카로운 지적대로 돌고래들은 그렇게 자신들이 떠나야 할 시간을 스스로 정해 가버렸다. 국기에 대한 경례도 없이, 고별 공연도 않고. 그는 피식, 웃음을 날리고는 아득히 먼바다를 응시했다.

그는 돌고래를 각별히 여기는 사람에 속했다. 돌고래가 바다에 빠진 선원을 해안가로 밀어 올렸다는 믿기 힘든 기록이나, 돌고래 별자리에 얽힌 환상적인 이야기를 특히 좋아했다. 동물들의 언어에 관한 러시아 생물학자의 저서를 탐독한 적도 있었다. 그 책에 의하면, 돌고래는 우주에서 보내오는 전파 속에서 외계인의 언어를 찾아내어 해독하는 일의 열쇠일 수 있다고 한다. 크고 복잡한 뇌와 뛰어난 학습 능력을 지녔고, 인간의 언어를 능숙하게 흉내 낼 수 있으며, 무엇보다 인간을 이해하면서 교류하기를 갈망하고 있다는 게 큰 이유였다. 갈망. 어쩌면 그게 가장 중요한 것인지도 몰랐다. 소통하고자 하는 갈망…….

하아! 그는 자신도 모르게 한숨을 내쉬었다. 지난겨울, 여자와의 사이에선 어떤 말도 통하지 않았다. 그가 생일 축하 편지에 써보낸 '사랑'이란 단어는 빛바래고 향기 잃은 시든 꽃에 불과했다. 그녀는 더 이상 그의 말을 믿으려 하지 않았고, 나중에는 아예 들으려 하지도 않았다.

인간의 언어를 대체할 다른 소통 도구가 있다면 얼마나 좋을까. 그는 차라리 바랐다. 벌 춤처럼 사랑이 쉽게 눈에 띄기를. 꽃향기처럼 공기 중에 퍼져 전달되기를. 돌고래의 초음파 언어처럼 먼

거리에서도 분명하게 느껴지기를. 누군가를 이해하고, 또 사랑한다는 것은 얼마나 힘겨운 일인지. 서로를 잘 이해하고 있다고, 가장 사랑한다고 여기는 순간부터 서로를 오해하기 시작하고, 제멋대로 판단하고, 무시해버린다. 다시 낯선 존재가 되어 기어코 떠날 때까지.

어느 결에 가까이 다가온 랑이가 손에 든 커피를 건넸다. 따끈한 한 모금에 마음이 풀렸다.

"이러면 어떨까요, 대별왕이 송피 닷 말을 세계에 뿌리기 전으로 되돌아간다면? 꽃과 나비, 개와 고양이, 사슴과 호랑이와 두꺼비와 인간이, 그리고 산 자와 죽은 자가 서로 대화를 나누는 세계가 실제로 존재한다면?"

그의 물음에 랑이는 흐릿하게 미소를 지을 따름이었다. 헤모글로빈이 부족한 걸까. 수국처럼 푸릇한 미소였다. 그가 재차 물었다.

"세상 모든 존재와 어려움 없이 소통하게 되겠지요? 오해와 불신도 물론 사라지고?"

그제야 랑이가 나직하게 답했다.

"대혼란이 올 수도 있어요. 야생동물한테 옮은 바이러스 때문에 인류가 고생하는 것처럼. 경계가 사라지는 게 꼭 좋은 것만도…… 아, 이어도에서라면 모르겠네요. 기묘한 방법으로 인간과 다른 생명체들이, 산 자와 죽은 자가 조화를 이루게 될지도. 한데, 이어도는 존재하지 않는다니까……."

랑이는 떠나간 여자보다 체념이 빠른 편이었다. 체념이 빠르다는 건 진화되었다는 뜻? 그는 저 혼자 고개를 끄덕였다. 그도 알고 있었다. 빨리 체념하지 못하면 현대사회에서는 정신병자로 취급되거나 잠재적 범죄자로 몰릴 수도 있다는 걸. 체념하지 못하는 자들은 언젠가 해충처럼 방제 대상이 될지도 모른다는 걸.

그는 해충 피해를 입은 지역에 특수 물질을 뿌린 다음 냄새로 수컷을 유인해 죽이는 방제법에 대해 어디선가 들은 적이 있었다. 그렇게 하면 암컷이 알을 낳더라도 무정란밖에 낳지 못한다던가. 그 방법은 자연계의 균형을 크게 파괴하지 않고도 특정 해충의 개체수를 현격하게 줄일 수가 있어 대단히 유망하다던가. 그는 밑도 끝도 없는 상념에 빠져들었다. 경쟁할 줄 모르는 순진한 자들을 집단으로 죽이려고 누군가 음모를 꾸민 건 아닐까. 인류 DNA 창고에서 영원히 사라지도록? 마치 해충을 방제하듯이?

함께 사는 동안 여자는 해충의 암컷처럼 무정란만 낳아야 했다. 한 달에 한 번씩 꼬박꼬박. 심한 통증과 함께 피를 흘리는 날엔 닭튀김이나 하다못해 달걀이라도 먹어야 신경질이 줄었다. 가끔은 장미 한 다발이 더 효과적이었다. 그런 정도의 센스로 만사가 해결될 줄 알았는데, 아니었다. 여자는 아기를 원했다. 별처럼 초롱초롱한 눈망울을 가진 아기를. 하지만 정규직 자리는 번번이 약삭빠른 자들의 차지가 되었고, 그는 성실하게 제자리걸음만 했다. 여자가 바랐던 숭고한 혼인식과 행복한 출산은 기약 없이 미뤄졌다.

갑자기 창문이 덜컹대기 시작했다. 태풍이 다가오고 있다는 소식을 전하며, 랑이가 널어놓은 빨래를 걷으려고 급히 밖으로 나갔다. 그녀는 한 장이라도 더 걷으려고 이리저리 뛰었다. 수건과 이불 홑청과 베갯잇과 팬티와 양말이 바람에 흩어졌다. 일상이 심하게 흔들리는 것을 랑이 역시 못 견뎌 했다. 여자들이란 다 그런 걸까. 미래에 대한 불안에 시달리던 여자는 우울감에 시달리기 시작했다. 점성술이나 종교 따위에 빠졌고, 심지어 용하다는 무당을 찾아다니기도 했다. 그런데 여자가 떠난 뒤, 책상 서랍 속에서 발견된 것은 어느 명상센터에서 받은 작은 엽서였다. '자신의 꿈을 추구한다'라는 제목 밑에 작고 가는 글씨로 몇 줄 적혀 있었다. '나는 미래에 대한 보다 강력하고, 긍정적이고, 구체적인 비전을 가짐으로써 그것을 달성할 가능성을 얻게 된다.' 그 문구가 여자에게 용기를 준 걸까. 그의 곁을 떠나 이전과는 전혀 다른 삶을 꿈꿀 용기를? 이 세상을 등지고 미지의 섬을 찾아 나설 용기를?

"태풍이 오고 있는데, 이러고 보고만 있기예요?"

랑이의 말에, 비로소 정신을 차린 그는 자리에서 벌떡 일어났다. 객실마다 창문을 걸어 잠그고, 파라솔을 접어 단단히 밧줄로 묶고, 만일의 사태를 대비해 주차장과 정원의 물길을 살폈다. 마지막으로 야외 창고에 있는 비상식량을 주방에 옮겨놓으니, 온몸이 비와 땀으로 젖어 있었다.

그는 카페 창문도 잠가야겠다고 생각하고 그쪽으로 다가갔다.

제비나비 한 마리가 창가에서 길을 잃은 채 파닥대고 있었다. 검고 빛나는 날개를 가진 제비나비는 차갑고 투명한 창에 갇혀 한 치 앞으로도 나가지 못했다. 반복되는 좌절. 갈수록 무기력해지는 날갯짓. 그는 창문 아랫부분에 만들어진 환기창을 열어주었다.

거센 바람이 파도의 흰 포말을 날려 공중에 뿌려댔다. 이윽고 번쩍이는 번개가 바다의 수평선을 찌르자, 성난 바다는 거침없이 포악해졌다. 심하게 으르렁댔고, 밑을 뒤집어 보일 듯 격하게 출렁였으며, 큰 파도를 일으켜 해안을 물어뜯었다.

'……번번이 꿈은 좌절된다. 오랜 좌절 끝에 이윽고 아기장수가 태어난다. 부리부리한 눈에서 빛을 뿜어대는 아기의 눈을 가난한 아비는 손바닥으로 감춘다. 누군가 강보로 덮어 아예 죽여버리라고 한다. 장수가 나면 부모 형제는 물론이고, 일가친척과 이웃, 어쩌면 고을 전체가 위험해질지도 모른다고 한다. 아비는 비탄에 빠진다. 아기장수 겨드랑이에 난 어린 날개가 푸드덕거리는 소리가 들린다. 아비는 절규한다. 아비는 아기를 죽이기 위해, 먼저 자기 자신을 죽여야 한다. 가난하지만 선량하게 살아온 아비. 아비는 칠흑 같은 한밤을 달린다. 새벽이 밝아오기 전에 다른 땅으로 가야 한다. 아기장수를 살릴 수 있는 평화롭고 평등한 저치나라*로. 어디선가 말발굽 소리가 들려온다. 따그닥따그닥…….'

* 우리 겨레 민중설화에 나오는 이상향.

그는 잠에서 깼다. 누군가 방문을 두드려대고 있었다. 랑이였다. "정전이에요. 아아, 무서워!" 더욱 거세진 폭풍우로 온 건물이 무너질 듯 덜컹댔다. 그는 놀란 스태프를 안아 가만히 등을 토닥여주었다. 얼마쯤 지나, 그녀가 흐느끼며 말했다. "불 꺼진 내 방으로, 어느 날 시커먼 짐승이 몰래 들어왔어요. 이불이 빨갛게 물들었어요. 절대로 불을 켜지 못하게 했어요. 나중엔 아예 두꺼비집을 내려놓고 매일 찾아왔어요. 아아, 난 어둠이 무서워요." 그녀의 팔딱대는 심장이 그대로 전해졌다.

그는 비상용 촛불을 켰다. 그녀의 눈에 맑은 눈물이 어릿어릿 비쳤다. 현실을 피해 신화 따위에나 빠질 법한, 크고, 까맣고, 몽환적인 눈이었다.

사각형으로 닫힌 슬픔을 딛고, 그는 결심했다. 절대로 바다에 뛰어들지 않기로. 누군가에 의해 진행되는, 인류 DNA를 솎아내기 위한 수작에 놀아나지 않기로. 어떻게든 살아남아 더 나은 세상을 꿈꾸기로. 그는 제비나비처럼 반복된 좌절의 길이 아닌, 새로운 길을 찾기로 했다. 여자가 그랬듯이 미지의 섬을 꿈꾸면서. 그것이 어디에 있든, 그 무엇이든.

그는 그녀를 힘주어 안았다. 어두운 기억으로 고통스러워하는, 불안한 영혼의 땀에 전 머릿내를 맡자, 갑자기 힘센 아기장수가 된 기분이 들었다. 아기장수처럼 날개가 돋으려는지 겨드랑이가 근질거렸다.

"힘들 땐⋯⋯ 미지의 섬을 생각해요. 모두가 선량하고, 모두가 자유롭고, 또 평등한 곳을."

"그런 섬은 없다면서요."

"어느 누구도 없애지 못해요, 꿈의 섬, 미지의 섬은. 존재하지 않으니까요."

태풍이 지나가고, 다시 화창한 여름날이 찾아왔다. 크게 뒤집어진 바다는 아랫물과 윗물이 뒤바뀌어 연안의 오랜 적조마저 밀어냈다. 피아노 선율처럼, 잔잔한 파도처럼, 조금씩 찰랑대는 기분 좋은 일상이 이어졌다. 다행히 메르스 바이러스 사태가 잠잠해져 예약이 급증했다. 육지라는 현실의 섬에 갇혀 지내던 이들의 탈출 행렬⋯⋯. 그가 쓰는 '아기장수' 극본도 제대로 풀리기 시작했다. 나쁜 일은 혼자 오지 않는다더니, 좋은 일도 뭉쳐 다니는가 보았다.

점심 무렵에 이모한테서 공항에 도착했다는 전화가 왔다. "야야, 말도 마라. 네 이모부 데려오느라 얼마나 혼났게? 늦었다고 너무 나무라지 않기다, 알았지?" 목소리가 몹시 밝았다. 그는 이모의 보조개 웃음을 다시 한 번 떠올리며 빙그레 웃었다. 지금쯤 랑이도 공항에 도착했을 것이다. 그들은 각자의 여행 가방을 끌며 걷다가 마주칠지도 모르겠다. 버스 승강장이나 간이음식점에서, 혹은 커피 전문점 옆 테이블에 앉아 주문한 음료를 기다리면서. 그들은 서로를 아주 낯선 타인이라 여기고 지극히 무심하거나 혹은 막연히 경계할 것이다. 이 호젓한 펜션과 석 달째 이곳을 지키는 삼십대 후반의 사내, 그리고 섬에서도 손꼽힐 만큼 아름다운 푸른 바다를 공유하고 있다는 사실을 전혀 모르는 채.

어디선가 가을 냄새가 났다. 그는 정원의 잔디를 깎다 말고, 드넓은 바다를 가늘게 뜬 눈으로 쳐다보았다. 밝은 햇살 아래, 한낮의 수평선을 가르며 무언가 힘차게 솟구치는 게 보였다. 돌고래였다. 두 마리가 함께 움직이는 걸로 보아 자유를 찾아 떠난 태완이, 복선이 같았다. 그들은 재빠르면서도 우아하게 자맥질을 하며 푸른 수평선을 힘차게 갈랐다. 그때, 그의 사과처럼 생긴 빨간 심장이 또다시 꿈틀거렸다. 그는 셔츠를 풀어 헤쳤다. 애벌레들은 어느새 나비가 되어 있었다. 가슴을 뚫고 나온 나비들이 넓은 하늘을 향해 일제히 날아올랐다.

더 러 브 렛

세계의 배꼽은 도처에 있다.
그리고 이곳은 존재의 근원이기 때문에 세상의 하고 많은 선과 악을
두루 산출한다. 추한 것, 아름다운 것, 죄악과 미덕, 쾌락과 고통이
모두 이 세계의 배꼽의 공평한 산물이다.
—조셉 캠벨, 『천의 얼굴을 가진 영웅』*

　영화 속 남자 주인공처럼 다정하진 않지만 나에게도 남자친구
가 있다.
　도시 외곽에 있는 디저트 카페 '드 노피'에서 아주 가끔 둘이 만
난다. 꽃과 빵, 초승달이 소복이 담긴 찻잔 모양의 로고가 출입문

* 조셉 캠벨, 『천의 얼굴을 가진 영웅』, 이윤기 옮김, 민음사, 1999, 62쪽.

에 매달린 그곳에서, 우리는 차를 마시며 서로의 눈을 오래 쳐다보곤 한다. 준이 "그만 일어설까?"라고 물을 때까지. 혹은 엉뚱한 관심거리를 들고 나올 때까지.

오늘도 나는 어머니의 병실로 가기 전에 준을 만난다. 오랜만이지만, 그리고 마지막이 될지도 모르는 자리이지만, 그는 여전히 말이 없다. 꽃과 빵과 달이 튀어 오르는 찻잔 모양의 로고처럼, 너무 많은 말이 아우성치듯이 쏟아져 나올까 봐 입술을 꼭 닫고 있는지 모른다.

일렬로 줄을 서서 기어가는 개미들처럼 언어가 순서대로 차분히 나와주기를 기다리는 동안 실내에는 쇼팽의 피아노곡이 흐른다. 이윽고 준이 침묵 끝에 먼저 입을 연다. 쇼팽 특유의 루바토 연주법을 구사하듯이 느린 말투이다.

"긴수염고래는 이십 헤르츠의 소리를 아주 크게 낸대."

이십 헤르츠는 피아노가 내는 가장 낮은 옥타브에 해당한다. 나는 실내로 잔잔하게 퍼지는 피아노 선율을 따라가며 가장 낮은 옥타브 소리를 감지하려고 애써본다. 준이 말을 잇는다.

"바닷속에서 그렇게 낮은 주파수의 소리는 거의 흡수되지 않아. 그래서 남극해에 사는 고래와 멀리 알류산 열도에 사는 고래가 사랑의 대화를 나눌 수 있지."

한 달 내내 우리는 멀리 떨어져 지내기 때문에 장거리 전화로 사랑을 확인해야 한다. 고래 같은 사랑…….

"그렇다면…… 사생활 보장이 안 된다는 거네. 대화 내용이 다른 고래들에게도 모두 들릴 테니까."

누구든 경험으로 잘 알고 있다. 시위대 구호처럼 집단적으로 전달되는 메시지는 단순할 수밖에 없다는 걸. 그래서 오해를 줄일 수는 있어도, 마음을 움직이기는 쉽지 않다는 걸.

준에게 전화를 걸면 그는 "네, 말씀하십시오. 무슨 일이신가요?"라며 낯선 목소리로 차갑게 되묻곤 한다. 그것은 고객과 함께 있으니 그만 전화를 끊자는 말이다. 혹시 급한 업무가 있다면 용건만 간단히 하란 뜻이기도 하고. 그의 처지를 이해하지만, 번번이 찬 서리를 맞은 것처럼 일순 입술이 얼어붙곤 한다. 그도 마찬가지일 것이다. 나 역시 학과 조교 업무로, 학원 강사로 바쁘게 움직일 때 그의 전화를 받으면 종종 "용건만 빨리 말해!"라고 소리치곤 하니까. 우리는 서로에 대해 불만을 쌓아가고, 어쩌다 만나면 다투는 데 더 많은 시간을 보낸다.

얼마 전까지 분명 내 남자였건만, 이제는 여러 가지로 아리송한 관계인 준에게 한 가지 퀴즈를 낸다. 단지 어색한 침묵을 줄이기 위해서다.

"말이 솔잎을 먹을까, 안 먹을까?"

"OX 퀴즈야?"

"응."

"엑스! 초원에서 사니까 당연히 풀만 먹지."

"아 유 슈어?"

일부러 한쪽 눈만 크게 뜨고 장난스러운 표정을 지으며 그에게 재차 묻는다. 그는 고개를 끄덕인다. 나는 기다렸다는 듯이 전화기를 열어, 내가 다니는 대학의 직영 목장에서 찍은 사진을 보여준다. 세 마리 말의 아름다운 몸체가 눈에 들어온다. 셋 다 머리를 높이 들어 솔잎을 먹고 있다. 마치 그들의 조상이 기린인 적이 있다는 듯이.

"별일이네. 말이 잎을 먹는다는 얘긴 처음이야."

"그치? 하지만 지금으로부터 오천만 년쯤 전에 살던 말의 조상인 '히라코테리움'은 이빨이 마흔네 개였어. 그 구조로 볼 때 나뭇잎을 먹었을 거래. 히라코테리움은 여우처럼 몸집이 작고, 등은 굽은 데다, 꼬리가 길었어. 앞 발가락은 네 개, 뒷 발가락은 세 개였고."

"하지만 현대의 말은 다르잖아."

나는 대답에 조금 뜸을 들인다. 궁금증으로 빛나는 준의 짙은 갈색 눈동자를 오래 지켜보고 싶어서다.

"발가락이 모두 퇴화하고 한 개씩만 남았어. 현대 말의 직접적 조상인 에쿠스의 앞무릎은 사람의 손목에 해당하고, 뒷다리의 비절은 사람의 발목에 해당하지. 물건을 잡거나 무엇을 조작하는 데 사용하던 근육들도 다 퇴화했어. 오로지 빨리 달리는 데 필요한 단단한 건과 인대만 발달한 거지. 그리고 더 이상 나뭇잎 따위는 먹지 않아."

"그럼, 이 사진은 뭐야? 새로운 학설이 출현한 거야?"

"음…… 너무 심심하거나 화가 난 게 아닐까? 건초 대신 사료만 먹다 보면 무언가 질겅질겅 씹고 싶어질 테니까."

"그럴 수도……. 그런데 언젠가 인류도 진화를 하겠지? 고래처럼 청각으로만 짝짓기 상대를 고르는 종으로 말이야. 안 그래?"

준이 휴대전화를 흔들어 보이며 큭큭 웃는다. 나도 따라 피식 웃고 만다. 오후 세 시의 환한 햇살이 창을 넘어와 그를 비추고 있다. 짙은 음영과 함께 각진 그의 턱선이 입체감 있게 드러난다. 시간을 정지시켜 언제까지고 이렇게, 그와 함께 있고 싶다. 하지만 휘발성 물질처럼 봄날의 햇살 속으로 그의 웃음도 서서히 사라질 것이다.

"그만 일어날까?"

준이 일하러 가야 한다며 주섬주섬 가방을 챙긴다. 테이블을 정리하고 밖으로 나와 그의 차에 올라탄다. 익숙한 레몬유카리 향이 코끝에 스민다. 작년 가을에 시내 쇼핑몰에서 만나 원 플러스 원으로 산 방향제다. 하나는 그의 차 안에, 하나는 내 방 책상 위에 놓여 있다. 그날 우리가 섹스를 했던가? 레몬처럼 상큼하게? 아니면 유카리 잎을 먹는 코알라처럼 느릿느릿?

"알렙은? 많이 컸겠네. 어떻게 할 거야?"

"지도교수님이 어린이 전용 승마장을 알아보고 있어. 아무래도 나랑 살긴 어려울 것 같아."

시큰둥한 내 대답에 준이 고개를 여러 차례 끄덕인다. 더 이상 알렙을 상대로 질투를 하지 않아도 되는 상황이 되었건만, 그에겐 기쁜 내색이 없다. 어떤 일들은 한 쌍으로 태어나는 별처럼 동시적으로 일어난다. 행복과 불행은 혼자 오지 않는다는 옛말 그대로이다. 남쪽 섬 제주에서 준을 처음 만난 그해에, 알렙이 태어났다. 내 인생에서 가장 풍요로운 시절이었다. 하지만 이제는 둘 다 내 곁을 떠나려고 한다.

우리는 차 안에서 마지막 포옹을 한다. 포옹 중에 나는 뜬금없이 어머니의 배꼽을 떠올린다. 배꼽 한가운데 던져진 운명의 돌멩이가 동심원을 그리며 멀리멀리 퍼져 나간다. '안녕. 다음번엔 배꼽에 키스해주는 남자를 만나고 싶어…….' 목구멍까지 차오르는 그 말을 꼴깍 삼킨다. 침묵 끝에 준이 입을 연다.

"잘 살아, 후회 없이."

"응. 너도."

봄날의 햇빛이 노랗게 익어가는 오후 네 시, 이별하기 좋은 시간은 아닌 것 같다. 다음 일정을 향해 부지런히 움직여야 하는, 해는 지고 갈 길은 먼 잔인한 오후다.

비누와 화장품, 일회용기저귀 따위의 생활용품을 사서 배낭이 불룩해지도록 담은 뒤 부지런히 걷는다. 어머니에게 들르려면 더 늦기 전에 서둘러야 한다.

한때 탯줄을 통해 양분을 내게 나누어주었을 어머니는 지금 요양병원에 누워 있다. 나는 생필품이 가득 담긴 가방을 등에 지고 일주일에 한 번 병원에 들러 하반신이 마비된 어머니의 몸을 꼼꼼히 닦아주는 걸로 기억조차 없는 태중의 은혜에 보답하고 있다.

*

중환자실에 누워 있는 어머니의 야윈 몸을 닦아주면서 동그란 배꼽을 유심히 살펴본다.

어머니는 유난히 깊은 자신의 배꼽에 불만을 표하곤 했다. 배꼽이 깊어 방광이 허약하다나, 뭐라나. 외할머니와 어머니를 이어주던 그 애증의 흔적은 이제 주글주글한 뱃가죽에 둘러싸여 나날이 깊어지고 있다. 외할머니가 배꼽을 너무 짧게 잘라 방광이 약하다고 불평하는 어머니를 위해 나는 길고 부드러운 배꼽키스를 해준다. 거짓말처럼 방광염이 낫기를 바라면서.

내게도 내 운명의 배꼽이 있다는 걸 엄마는 알고 있을까? 그래서 생이 휘청거릴 때마다 당신을 그리워하거나 혹은 미워하는 방식으로 하루하루 살아간다는 걸? 잠들었던 어머니가 슬며시 눈을 뜬다.

"언제 왔냐?"

"아까. 이제 돌아갈 시간이야."

내 거짓말이 미심쩍은지 어머니가 고개를 갸웃댄다.

"계집애, 올 거면 온다고 미리 말하지 그랬어. 그나저나 이상하네. 내가 그렇게 많이 잤나? 깜빡 잠든 거 같은데……."

"가서 짐을 싸야 돼. 당분간 오기 힘들어. 신입사원이라 바쁠 거야."

"그럼 난 어떡하라고? 너 없으면 간병인 여편네가 얼마나 괄시하는데. 찬밥 신세야!"

"엄마 때랑은 시대가 달라. 죽기 아니면 까무러치기로 일을 해야 직장에서 겨우 살아남아."

어린애처럼 매달리고 떼를 쓰는 어머니와 일별하고 급히 병원을 빠져나와 서둘러 걷기 시작한다. 내가 다니는 대학은 병원으로부터 많이 떨어져 있는 신도시에 있고, 나는 그 대학의 기숙사에 살고 있다. 오늘 안에 이삿짐을 싸려면 여섯 시 버스를 타야 한다. 또다시 터미널을 향해 힘껏 달린다. 이러다간 인간도 언젠가는 말처럼 한 개의 발가락만 남게 될지도 모른다. 가운뎃발가락만 성장해 빨리, 좀더 빨리 속도전을 벌이면서 일에 치여 살게 될지도.

하지만 그래 봤자 오래 못 버틴다. 수만 년간 진화를 거듭해온 말의 전성시대도 이미 끝나지 않았던가. 말은 이제 전쟁의 첨단도구도 아니고, 산업의 주된 동력도 아니다. 기계가 그들의 수천 년 역할을 밀어낸 지 오래다. 전장과 농지에서 내몰린 말들이 마지막으로 간 곳은 도살장이었다. 일부는 살아남아 더 빨리 목표 지점에 도달하기 위해 흰 거품을 물고 달려가는 경주마가 되었고, 그

262

래서 때로 관중의 열광적 사랑과 응원을 온몸으로 받기도 하지만, 대부분은 퇴물이 되었다. 하물며 요즘에는 처음부터 식용으로 태어나는 말도 있다. 전쟁터의 영웅이자 대장부의 둘도 없는 벗으로 여겨진 말도 극한 상황에서는 군인들의 식량이 되었을 테지만, 순전히 먹기 위해 태어나 대량으로 사육된 말은 별로 없었다.

'먹는다'는 것. 그것은 다른 의미이다. 우리는 살해하는 대상을 여전히 존중할 수 있지만, 먹는 대상에 대해서는 그럴 수 없다. 먹는다는 것은 타자의 존재를 부정하는 행위이다. 타자는 나에게 삼켜지고, 나의 일부가 된다.

고대의 다양했던 영장류 중에 호모 사피엔스만이 지구상에 살아남았다는 건 아무래도 꺼림칙한 일 아닌가? 경쟁적인 영장류를 먹어치워온 역사가 없인 불가능한 일이다. 인간 차별이 극대화되면 인류가 언제 다시 식인의 습성을 부활시킬지 알 수 없는 거 아닐까?

시계를 보니, 오후 다섯 시 오십 분이다. 십 분 안에 도착하지 않으면 버스를 놓치고 말 거다. 무작정 달리기 시작한다. 경주마처럼 씩씩거리면서.

터미널에 도착하니, 버스가 막 시동을 걸고 있다. 대합실 거울 속, 땀과 미세먼지로 얼룩진 내 모습이 타인처럼 낯설어 보인다.

가까스로 버스에 올라 비로소 한숨을 돌린다. 선득한 한 줄기 바람이 콧등을 스쳐 지나간다.

차창 너머, 한낮의 열기와 번잡함으로 가득한 도심의 빌딩 사이로 언뜻언뜻 푸른 하늘이 보인다. 하늘은 혼잡한 지상으로부터 점점 멀어져 스스로 제 존재를 드높이며 파랗게 깊어져간다. 어디선가 봄 냄새가 난다. 봄은 새로 돋은 싹처럼 하루하루 자라나고 있다.

'이별이라니, 말도 안 돼. 지금도 난 너의 새싹이 그리워.'

서글픈 열정으로 얼굴이 화끈 달아오른다.

한동안 나는 그의 발기된 성기를 새싹이라고 불렀다. 그것은 대숲에서 죽순을 발견한 어느 봄날부터였다.

"가장 강력하면서도 가장 부드러운, 응축된 생명의 에너지가 뻗어 나오는 그곳! 그러니까 새싹 맞잖아."

내가 까르륵 웃어대자, 순진하게만 보이는 얼굴 어디에 그런 앙큼한 생각이 숨어 있느냐며 준은 내 이마에 꿀밤을 먹였다. 그러고는 온종일 히죽히죽 웃었다.

푸른 하늘과 유유히 흘러가는 뭉게구름을 하염없이 바라본다. 인생은 흘러가는 것이 아니라 채워지는 것이라고 했던가. 우리 연애의 시간을 채운 것은 무엇일까. 무엇으로 채워졌기에 이리도 허망한 걸까. 단 한 명의 생명체도 낳지 못한 사랑……. 설핏, 눈앞이 흔들린다.

첫번째 낙태 이후, 배란기가 될 때마다 준과 나의 사랑은 조심스러워졌다. 사랑의 절정 끝에, 나는 그의 정액을 목구멍 깊숙이 밀어 넣어 꿀꺽 삼키곤 했다. 나는 주문처럼 외웠다. 그의 정액은 나의 피가 되고, 뼈가 되고, 호흡이 되고, 웃음이 되고, 향기가 되어 다시 태어날 거라고. 몸속으로 되돌아간 단백질이 언젠가는 우리의 아기를 길러낼 에너지가 될 거라고.

파종을 위해 남겨둔 씨앗을 먹어버린 농부처럼, 나는 매번 그렇게 미래를 먹어치웠고, 절망 속에서 몸을 떨어야 했다.

"어쩐지 엽기적이야."

처음 정액을 삼켰을 때, 그가 보인 반응이었다.

"정액을 먹는 거…… 수정체를 죽이는 것보단 인간적이지. 안 그래?"

내 대꾸에 어이없어 하던 준은 곧 발정 난 암말 뒤에 서 있는 수말처럼 히힝, 잇바디를 드러내며 웃었다.

하지만 사실 그건 웃을 일이 아니었다.

시간의 신 크로노스가 끊임없이 자식을 낳고 또 먹어치우듯이, 요즘 젊은 연인들은 쉼 없이 사랑하고, 또 낙태를 거듭한다. 그와 나도 그렇게 살아왔다.

준과 나는 남쪽 끝의 섬, 제주에서 처음 만났다. 올레길을 걷다가 오름의 정상에서.

우리는 둘 다 길을 잃은 상태였다. 대학을 갓 졸업한 그는 그 무렵 직장이 없었다. 바다가 훤히 보이는 게스트하우스에서 저녁밥을 나눠 먹으면서 그는 부모의 겨드랑이를 찢고 태어났다는 가믄장아기에 대해 들려주었다.

거지였다가 부자가 된 부모가 어느 날 누구 덕에 사느냐고 물었을 때, 부모 덕에 산다는 언니들과 달리 제 배꼽 아래 선그뭇* 덕에 산다고 한 가믄장아기. 그 때문에 집에서 쫓겨나 온갖 고생을 다하지만 자기 운명을 스스로 찾아간다는, 섬에서 전해오는 오래된 이야기였다.

이야기 끝에 깊은 눈으로 나를 응시하던 준. 순간 그에게 호감이 갔다. 주인공이 끝내 행복해지는 결말도 위안이 되었다.

얼마쯤 지나, 우리 사이에도 아기가 생겼다. 찢어진 콘돔 사이에서 튀어나온 성급한 정자가 문제였다. 겨드랑이를 찢고 나온 가믄장아기…… 물에 빠져서 떴다 가라앉기를 반복하는 난파자처럼 나는 매일매일 희망과 절망 사이를 오갔다. 그러는 중에도 배속의 아기는 점점 존재를 부풀렸다. 나뭇가지를 찢고 나와 물방울 모양으로 자라는 무화과처럼. 하지만 끝내 아기는 세상의 빛을 보지 못했다. 나는 좌절하기 시작했다.

순전히 자기 힘으로 삶을 개척한다는 건 예나 지금이나 힘겨운 일이다.

어머니가 대학에 다니던 시절에는 인류 역사가 항상 더 나은 쪽으로 발전한다고 믿었다고 들었다. 그녀의 대책 없는 소비병과 낙관주의야말로 지난 시대가 낳은 질병이 아닐까?

* 여성 생식기.

어머니는 이해하지 못하겠지만, 요즘 우리 또래는 그런 순진한 믿음만으로 살아갈 수가 없다. 언젠가 답답함을 참지 못해 쏘아붙인 기억이 난다.

"그만해, 엄마. 우리 세대는 일보 전진, 이보 후퇴한다고 믿는 게 정설이야. 시키는 대로 죽어라 일하면 일 년쯤 뒤엔 집세가 올라 있거나 빚이 늘어 있는 게 현실이라고!"

우리 모녀간의 대화를 준에게 들려주면, 그는 재미있다는 듯이 크게 웃곤 했다. 웃는 준의 모습은 언제나 보기 좋았다. 콧잔등에 가는 주름을 지으며 입을 크게 벌려 웃을 땐 어릴 적에 좋아했던 짱구 만화의 주인공을 연상시키곤 했다. 짱구가 자라 청년이 된 모습.

가끔, 배 속에서 사라진 아기를 상상해본다. 짱구 같은 아기……. 내가 만약 '누구든 제 밥그릇은 들고 태어난다'고 믿는 외할머니 세대에 살았다면, 혹은 역사는 진보한다고 믿으며 산업화를 가속한 어머니 세대에 청춘을 보냈다면, 지금쯤 눈앞에서 놀고 있을 장난꾸러기 아기…….

다음 정거장을 알리는 안내방송이 들린다. 이제 곧 내려야 한다.

'그나저나 알렙은…… 그 녀석은 또, 어떻게 해야 하나?'

알렙. 내 생애 처음으로 탯줄을 자르고 배꼽이 잘 아물게 소독약을 발라준 알렙. 자식처럼 아껴온 나의 망아지……. '우리의 인연은 여기까지인 걸까?'

알렙은 귀한 '더 러브렛(Thoroughbred)'이다. 언젠가 내가 "알렙은 더 러브렛이야"라고 하자 준이 웃으며 한 말이 생각난다.

"사랑스러운 쥐? 러브는 사랑이고 렛은 영어로 쥐잖아."

"지금 장난해? 더 러브렛은 현대 말 중에 가장 사랑받는, 그러니까 매우 귀한 혈통을 가진 품종이라고!"

"흐흠, 그러니까 큰 말도 사랑을 많이 받으면 쥐처럼 작은 존재가 된다는 뜻이로군. 그렇다면 나도 조심해야겠는데? 사랑이 넘쳐서 쥐처럼 작아지기 전에."

말장난을 좋아하는 준의 머리를 그날은 내가 먼저 콩, 쥐어박았다. 그러고는 깔깔 웃었다. 하지만 이제 알겠다. 그것이 준이 보낸 최초의 암시였다는 걸. 그 무렵에 이미 이별의 싹이 트고 있었다는 걸.

중환자실의 어머니와 망아지 알렙에게 쏟아야 하는 내 시간과 애정의 크기가 커가는 만큼 준의 외로움도 커져갔다. 외로움을 견디지 못하면, 모든 존재는 한없이 작아진다. 질투하거나 자학하거나. 그도 아니면 누군가의 손아귀에 들어간 쥐처럼 작은 존재가 되고 만다.

또다시 눈앞이 흔들린다. 알렙…….

'그 녀석을 어떻게 해야 하나?'

최근에 학과 교수님으로부터 취직 자리를 소개받았다. 못 이기는 척하고 원서를 넣었는데, 불행인지 다행인지 합격이 되었다. 술 한 병 사 들고 인사드리러 갔더니, 교수님이 물었다.

"알렙은 어떻게 할 생각이니?"

"데리고 갈래요."

"정신 나갔니? 너 마구간 있어? 딴소리 말고 내게 맡겨."

지도교수는 같잖은 소리 말라는 투로 일축했다.

버스에서 내리기 직전에 가방에서 풍선껌 두 개를 꺼내 입안 가득 넣는다. 따가운 솔잎을 씹어대는 말처럼, 언제부터인가 나도 무언가를 씹지 않으면 견딜 수가 없다.

*

짐을 싸고 나니 한밤중이다. 기숙동을 빠져나와 교정을 걷는다. 달이 유난히 크고 밝다. 섬뜩한 느낌마저 든다. 알렙의 마방이 있는 건물 외벽도 온통 달빛으로 물들어 있다.

마구간 쪽으로 발걸음을 뗀다. 알렙은 지금쯤 자고 있을 거다. 언제나 그렇듯 자신의 발로 땅을 짚은 채로. 현실에 단단히 고정하지 않으면 언제 제거당할지 모른다는 불안을 품은 채. 불안은 알렙이 제 부모로부터 받은 최고의 선물일지 모른다. 우수하다고 정평이 난 귀한 혈통의 유별난 불안.

사람들은 말이 늘 서서 자는 줄 안다. 천만에, 말도 누워 잔다. 아무도 보지 않는 한밤에는. 불안 요인이 사라진 시간과 장소에서는. 하지만 그런 조건은 매우 드물다.

말들도 매일매일 바쁘다. 훈련을 받거나, 죽어라 달리거나, 아니면 먹이를 먹어대야 한다. 하지만 알렙만은 예외다. 알렙은 아무 일도 하지 않는다. 아무 역할도 부여받지 못해 매일매일 야위어갈 뿐이다. 놀면서 조금씩 생명력을 잃어가는 것이 자기 운명이라는 듯이. 그래서인지 알렙이 아주 우수한 혈통의 더 러브렛이라는 사실이 때로 믿기지 않는다. 하긴, 고귀한 보석도 제대로 세공되기 전에는 한낱 돌멩이로밖에 보이지 않는다니까.

나는 진짜 보석을 한 번도 만져본 적이 없다. 언젠가 백화점 쇼윈도 너머로 보기는 했지만 그나마도 옆눈으로 흘낏 쳐다본 것이 전부다.

옆눈…… 갑자기 실없는 웃음이 새어 나온다. 알렙이라면 옆눈으로도 사물을 정확히 보았을 거다. 돌출된, 크고 아름다운 그 눈은 옆은 물론 뒤쪽의 사물까지 볼 수 있다. 자기 자신의 뒤통수만 빼고. 그 녀석의 비밀은 어쩌면 뒤통수나 뒤쪽 목덜미 어디쯤에 숨어 있을는지 모른다. 누구나 자기 자신을 제대로 보지 못하게 태어나기 마련이니까.

알렙 몸에 손길이 닿은 최초의 인간은 나다. 우리의 첫번째 접촉의 순간은 지금도 생생하다. 왕벚나무 꽃이 한창이던, 사월의 어느 봄밤이었다. 그날 나는 알렙이 평생 벗어나지 못할 운명의 비밀을 알게 되었다. 언제나 그렇듯이, 세상의 비밀을 안다는 건 하나의 굴레이다.

마구간 출입문은 굳게 잠겨 있다. 입구로부터 오른쪽으로 세 번째. 알렙이 머무는 마방까지 조심스럽게 다가가서 외벽에 귀를 바짝 댄다. 알렙은 선 채로 졸고 있는 게 분명하다. 그의 옆방에 있는 늙은 수말이 내는 '끙끙이' 소리만이 간간이 들려올 뿐이다. 이곳 말들은 한두 가지씩 나쁜 습관을 가지고 있다. 웅벽이나 교벽 따위. 하지만 그걸 말의 잘못이라고 할 수 있을까? 누구든 비좁고 음습한 환경에서 오랫동안 갇혀 지내다 보면 그렇게 되는 게 아닐까?

이곳의 말은 훈련을 제외하고는 종일 마방에 갇혀 홀로 지낸다. 서로 어울리지도, 제대로 걷지도, 심지어 사랑도 나누지 못하면서 세 평짜리 방에서 혼자 지낸다는 건 몹시 힘든 일이다. 대초원을 내달리던 활기찬 피의 본능이 몸속에서 바늘처럼 돋아나 마구 찔러댈지 모른다. 그래서 그 지루함과 답답함, 알 수 없는 불안을 견디기 위해 악벽을 하나씩 가지게 되었는지도. 한때 나나 내 친구들이 그랬던 것처럼. 교실이란 감옥에 갇혀 지내던 청소년 시기엔 나나 내 친구들도 저마다 한두 가지 나쁜 버릇을 가지고 있었다.

기숙동으로 다시 발길을 옮긴다. 조금 전까지 켜져 있던 창문의 불빛마저 하나둘 꺼져간다. 내일이면 이곳을 나갈 것이다. 나뿐이 아니다. 알렙도 곧 이곳을 떠날 거다.

"어디로 보내기로 했나요, 교수님?"

"기다려 봐. 몇 군데 말해뒀으니 곧 답이 올 거야."

송별회를 겸한 저녁식사 자리에서도 지도교수는 끝내 아무 언질이 없었다. 나는 짐작했다. '일반 목장의 시정마로 가거나 어쩌면 승마장으로 팔려 갈 테지.' 시정마……. 휴우, 한숨이 절로 난다. 시정마에게는 씨암말 뒤에서 발길에 채일 위험을 감수하면서 상대를 유혹하고 애무하는 역할이 맡겨진다. 그러다가 중요한 순간에 주인이 시정마를 뒤로 빼고, 씨수말을 데려다가 씨암말 위에 올라타게 한다. 그렇게 해서 혈통 좋고 경기 실적 좋은 씨수말은 대를 잇게 되고, 반대로 시정마는 스트레스 탓에 수명이 짧아지기 쉽다.

승마장으로 보내진다고 해서 더 좋을 것도 없다. 종일 사람들에게 시달려야 할 터이니. 그렇다고 이곳에 남을 수도 없다. 얼마 전에 알렙은 연구 대상으로서 더 이상 '의미 없음' 판정을 받았다.

세상에서 의미 있다는 것은 뭘까? 분명한 건 의미가 누군가에 의해 부여된다는 것이다. 의미 있는 존재가 되려면 타인이 만들어놓은 배열순서대로 줄을 서야 한다. 그 줄에서 벗어나게 되면 의미는 금방 훼손되고, 존재는 곧 버려진다.

고등학교 이학년 무렵, 나는 줄서기를 포기했다. 담임 선생님의 눈에 의미 있는 아이가 되려면, 완전히 노예가 되어야만 한다는 걸 깨달은 뒤의 일이었다. 사실 처음엔 노예가 되어서라도 내신에서 좋은 점수를 받고 싶었다. 좋은 대학에 들어가기 위해서라면 못 할 것이 없었다. 하지만 참기 힘든 불안과 분노가 나를 흔들어뎄다.

그 무렵 나의 집은 모든 게 엉망이 되어가고 있었다. 억울하게 직장을 잃은 아버지는 집 안에만 머물면서 밤마다 죽어버리겠다며 비명을 질러댔고, 어머니는 치킨 가게를 열었다가 빚만 잔뜩 진 채 폐업 준비를 하고 있었다. 그 와중에도 두 분은 이혼을 하겠다며 밤마다 싸워댔다. 지구를 향해 다가오는 소행성 무리처럼 예고된 불행은 나를 우울하고 불안하게 했다. 머지않아 우리 가족은 지하 셋방으로 옮겨 앉았다. 오후 세 시를 전후로 빛이 잠깐 스며들었다가 순식간에 빠져나가는 작은 지하방이었다. 거기, 냉기 어린 바닥에 누워 창문을 바라보면, 세상에 존재하는 수많은 종류의 신발을 구경할 수가 있었다. 운동화, 구두, 슬리퍼, 등산화, 하이힐, 단화, 아쿠아 신발…… 때로는 먹다 버린 아이스크림 조각이나 담배꽁초, 한 덩어리의 가래침과 오줌…….

할 수 없이 종일 창문을 닫고 지내야 했다. 썩어가는 실내 공기와 함께 내 영혼도 부패해버려 터질 지경이었다. 새벽녘이 되어서야 비로소 나는 유령처럼 슬그머니 일어나 창문을 열었다. 차가운 새벽 공기와 간간이 내달리는 자동차 소리, 그리고 희미한 가로등 불빛이 안으로 스며드는 동안, 나는 몽롱한 눈으로 세상을 바라보았다. "가난한 집 애가 착하기라도 해야 손가락질받지 않지. 안 그래?" 그렇게 말한 건 아버지였던가, 담임이었던가.

그 무렵부터 나는 어긋나기 시작했다. 일상은 여름 수풀처럼 헝

클어졌고, 나는 질주의 본능을 회복한 말처럼 뛰고 싶어졌다. '착하고 공부 잘하는 아이'라고 의미 지어진 모범생의 그물망에서 벗어나고 싶어졌다. 나는 뛰고 싶었다. 꽃과 빵과 달이 튀어 오르는 찻잔 모양의 카페 로고처럼 제멋대로 튀고 싶었다.

학교 밖을 배회하는 날이 늘었다. 그러자 머지않아 담임 선생님의 눈에서도 멀어지기 시작했다. 선생님들의 냉대와 아이들의 질시가 뒤를 잇자 점점 더 감당하기 힘들어졌다. 밤거리에서 전단지를 돌린 일이 와전되어 몸을 판다는 소문마저 돌았다. 처음엔 어쩌다가 전단지를 돌리게 되었는지를, 그러니까 어머니가 갑자기 독감에 걸리는 바람에 대신 돌렸다고 설명하면 다들 나를 이해하게 될 것이고, 오해는 쉬이 풀릴 거라고 짐작했다. 하지만 아무도 내 말을 듣지도, 믿지도 않았다.

에피쿠로스 학자인 루크레티우스의 철학적 성찰에 의하면 인류는 이미 고대 그리스 시대부터 '사물의 본성에 관하여' 알고 있었다. 지구가 둥글고 태양의 주위를 돈다는 것은 물론, 사물을 이루는 원자 개념에 이르기까지. 그럼에도 인류는 스스로 환상과 무지를 선택했다. 진실 앞에서 눈감는 인류의 태도야말로 가장 오래된 유전병 아닐까.

나는 결국 이해받기를 거부당했다. 그래서 나도, 그들의 이해를 거부했다.

낮에는 교실 책상에 엎드려 실컷 잤다. 저녁에는 집 나온 아이들과 어울리거나 편의점에서 알바를 했고, 한밤중에는 영화를 보고 책을 읽었다. 보르헤스의 「알렙」을 처음 읽은 것도 그 무렵이었다.

방황 끝에 정신을 차리고 보니 대학입시 고사장에 앉아 있었다. 한파가 유난해서 온몸이 떨려왔지만, 나는 최선을 다했다. 다행히 몇 군데 지원 가능한 대학이 있었다. 나는 말 학과에 진학하기로 했다. 몇 달간 다닌 입시학원의 상담교사 말에 의하면, 국가가 말 산업을 적극 지원하기로 결정했기 때문에 특별한 혜택이 많다고 했다. 국가가 갑자기 왜 말을 사랑하게 되었는지는 알 수 없으나 학비부터 기숙사비, 심지어 학과 교재비까지 전액 국가 지원이라고 하니 귀가 솔깃했다. 망설일 이유가 없었다. 부모로부터 학비를 기대할 수 없는 처지에, 그 정도면 땡큐 중의 땡큐가 아닌가.

주머니 속에서 전화기가 부르르 떤다.

"왜 그래, 또? 못 가. 나 바빠."

"못된 년. 싸가지 없기는…… 내가 혀 빼물고 죽어야 직성이 풀리겠냐? 매운 낙지볶음 먹고 싶어 죽겠어. 내일 좀 사 와!"

"엄마 그 입이나 꿰매러 가게 되면 모를까, 내일은 진짜 안 돼."

엄마는 몸을 움직이지 못하는 대신 입을 가만두지 못한다. 사고 이후 어머니의 의식은 우리 집이 아직 경제적 여유가 있던 시절에 멈추어져 있다. 본인이 진 빚 따위는 새까맣게 잊은 채. 나 혼자 헉 헉댈 뿐이다. 겨우 제로 그라운드에 섰나 싶으면, 새로운 빚이 생겨나 발밑의 땅을 파들어간다. 지반이 흔들리고 내려앉을 때마다,

나는 튀어 오르고 싶다. 카페 '드 노피' 로고 속의 꽃과 달과 빵처럼 자유롭게.

*

산책로를 따라 늘어선 벚나무가 밝은 달빛 아래서 수런수런 흔들린다. 은은한 봄꽃 향기로 가득 찬 아름다운 봄밤이다. 알렙이 태어나던 날이 새삼 떠오른다. 사월의 어느 맑은 날이었지. 바닷물에 맑게 씻은 듯 환한 보름달과 드넓은 초지, 그 위로 쏟아지던 푸른 달빛…….

현장 체험학습을 하느라 머물러 있던 한라산 기슭의 목장은 늘 일손이 부족했는데, 그날따라 더 그랬다. 당번이었던 나는 한밤에 잠에서 깨어 하품을 해대며 반쯤 감긴 눈으로 마방을 순시했다. 마구간 바깥까지 어미 말이 내는 깊은 신음 소리가 들려왔다. 가까이 다가가보니 앞발로 땅바닥을 마구 문질러대며 고통스러워하는 걸로 봐서 출산이 임박했음이 분명했다. 급히 숙소로 달려가 목부들을 깨웠지만 과로 끝에 깊은 잠에 빠져들었던지 아무도 일어나지 못했다. 목장주마저 시내에서 아직 돌아오지 않았다.

목장주는 그즈음 하루가 멀다 하고 시내로 나가 늦도록 술을 퍼마셨다. 그도 그럴 것이, 정성을 들여온 암말이 쌍둥이를 임신한 것이다. 그건 삼백사십오 일이란 긴 임신 기간 동안 키워온 명마

탄생의 꿈이 사실상 좌절되었음을 뜻했다. 소와 달리, 말은 한배에 새끼를 한 마리만 낳아야 수지타산이 맞았다. 쌍둥이 말은 또래보다 발육 상태가 나빠서 이세마나 삼세마 경주에서 우승할 확률이 극히 적고, 경기 실적이 나쁘면 쓸모없어지는 게 경주마의 운명이라 적게는 천만 원 내외, 많게는 수천만 원을 호가하는 망아지값을 포기해야 하는 건 불을 보듯 뻔했다.

그날 밤 나는 혼자 암말의 출산을 도와야 했다. 처음엔 새끼의 작은 다리가 봄날의 나무 새순처럼 보였다. 그러고 나서 곧 몸통과 머리가 잇따라 어미 몸 밖으로 빠져나왔다. 김이 모락모락 나는 어린 생명체한테서는 뭐라고 형용하기 힘든 흐릿한 비린내가 났다. 학교에서 배운 대로 코와 눈 주위는 세심히, 온몸에 묻은 양수는 듬성듬성 닦아냈다. 잠시 뒤에 어미 말이 또 한 차례 몸에 힘을 주었다. 이윽고 또 한 마리의 새끼가 건초 위로 쏟아져 나왔다. 양수를 닦아주고 꼭 껴안자, 망아지의 심장박동이 그대로 전해졌다. 나처럼 두근두근, 빠르게 뛰고 있었다.

그날의 내 공로가 인정되어, 목장주와 내가 망아지 이름을 하나씩 짓게 되었다. 주인은 털빛이 검고 다리에 흰 점이 유독 많은 망아지를 '재기'라고 불렀다. 재기해서 경주마가 되란 뜻이었다. 나는 몸에 가마가 골고루 분포하고 이마에 흰 점이 별처럼 빛나는 갈색 망아지에게 '알렙'이란 이름을 붙여주었다. 학교 밖에서 방황할 때 읽은 보르헤스의 소설에 나오는, 우주가 다 들어간 사차원의 구체를 뜻했다.

먼저 태어난 재기는 그나마 성장 속도가 빨랐다. 그에 비해 알
렙은 허약해 보였다. 재기가 먼저 젖을 먹고 나서야 겨우 얻어먹
는 모양인지 늘 배고픈 울음을 울어댔다. 체구가 작아 경주마로
성장하긴 힘들어 보였다. 탐욕적으로 먹어대던 재기는 얼마 뒤에
근처 목장으로 팔려 나갔다. 다행히 재기에 성공한 것이다. 하지만
알렙은 갈 곳이 없었다. 데리고 있을수록 사료값만 더 나간다며
주인은 먹이를 줄 때마다 투덜댔다.

고민 끝에 대학의 지도교수님께 편지를 썼다. 뜻밖에도 교수님
이 곧장 답장을 보내왔다. 쌍둥이 말은 희귀하니까 학교에 기증하
면 연구 대상으로 삼겠다는 내용이었다.

현장실습 기간을 다 채우고 학교로 돌아와 보니, 알렙도 꽤 많
이 성장해 있었다. 하지만 다른 말들에 비하면 여전히 왜소했다.
출발부터 불리했던 격차를 메우기에는 환경이 열악했던 것이다.

나는 졸업 후에도 학교에 남았다. 학과사무실 조교로 일하면서
동물학을 전공하기로 했다. 어쩌면 알렙을 계속 챙길 수 있다는
게 더 큰 이유였다. 생활비와 학비를 벌어야 했기에 주말에는 학
원 강사를 비롯해 이런저런 아르바이트를 했다. 그러던 중에 어머
니가 교통사고를 당했다.

고개를 들어 하늘을 본다. 둥근 보름달이 우주와 지구를 잇는
배꼽처럼 보인다. 중환자실에 누워 있는 어머니의 깊이 파인 배

꼽……. 어릴 적에는 어머니 배꼽이 부푼 풍선 끝에 묶인 매듭을 닮았다고 생각했다. 풍선에 달린 실을 꼭 붙잡으면 어딘가 신기하고 행복한 나라로 날아갈 것만 같았다. 하지만 지금은 아니다. 지금은 수챗구멍처럼 어둡게만 보인다. 대책 없는 낙관주의에다 낭비벽이 심한 어머니와 참을성이 부족하고 불안에 시달리는 나. 우리는 어쩌다 이승에서 모녀의 연을 맺게 된 걸까.

대학 캠퍼스 곳곳에 심겨진 벚나무 꽃잎이 바람에 흩어져 천천히 내려앉는다. 나는 공중을 선회하며 내려와 바닥에 하얗게 깔린 꽃잎을 슬리퍼로 쓱쓱 문질러버린다.

"네, 고객님. 무슨 일이신가요?"

"그냥…… 짐 정리하다 보니 네가 두고 간 물건들이 좀 있더라. 준, 택배로 보내줄까?"

"네, 그렇게 해주세요. 고객님, 고맙습니다. 안녕히……."

전화를 끊고는 허공에다 종주먹질 하듯이 욕설을 퍼붓는다.

"나쁜 새끼! 멍청한 자식! 평생 바쁘게나 살아라!"

학교와 일터와 병원을 다니느라 준과는 한 달에 한 번 보는 것도 쉽지 않았다. 우리는 주로 전화기에 대고 애정을 확인했다. 그리움에 찌든 한 쌍의 고래처럼.

하지만 그런 연애 방식엔 한계가 있었다. 준은 알렙을 돌보는 시간의 반만큼이라도 자기를 생각했느냐면서 성을 냈다. 남자친구의 질투심까지 감당하기에는 너무 바쁘고 피곤했다. 결국 나도

화를 냈고, 우리는 심하게 다투었다. 내가 먼저 전화기에 대고 소리쳤다.

"그러는 너는? 너야말로 툭하면 야근이잖아. 왜 꼭 내가 널 만나러 시내로 가야 해? 네가 여기로 와도 되잖아."

준은 스포츠 마사지사다. 대학에서 비싼 학비를 들여 배웠지만, 직장에서는 허드렛일을 더 많이 했다. 직장을 옮겨보았지만 비정규직은 어디서나 잡역부 취급을 당했다. 독이 든 알을 품은 복어처럼, 그는 자신의 전문성을 인정받지 못해 심장에 늘 불만을 품고 지냈다. 고객이 경기를 앞두고 있을 때는 며칠씩 전화조차 받지 못했다. 고객의 근육을 결 따라 하나하나 풀어준 다음 날이면, 그는 팔과 어깨, 등짝에 파스를 덕지덕지 붙이고 나타나곤 했다.

크리스마스이브였던가. 시내 중심가에서 만나 데이트하기로 했는데 알렙이 병이 나는 바람에 약속을 지킬 수 없었다. 마침내 그도 참지 못하고 폭발했다.

"알았어. 평생 알렙하고나 살아!"

그것이 마지막이었다. 한동안 우리는 서로 연락하지 않았다. 그러는 동안 그에게는 새로운 여자친구가, 나에게는 새로운 직장이 생겼다. 경마장에서 일할 기회를 얻게 된 것이다.

지도교수는 내가 없으면 더 이상 알렙을 데리고 있을 수 없다고 했다. 연구 대상으로 특별한 매력이 없고, 비용만 든다는 게 이유였다. 승마장을 알아볼 테니 걱정 말라고도 했다.

이제 마음을 접어야 한다. 알렙에게는 나름대로의 길이 있을 것이다. 영리하니까. 그리고 무엇보다 사람을 믿고 따르는 녀석이니까. 비록 달리기 경주에서는 진가를 발휘하지 못했지만, 승마장에서는 제구실을 할 거다.

녀석을 한 번만 더 안아주고 싶어 견딜 수가 없다. 마지막 인사를 하고 나서 열쇠를 제자리에 가져다놓으면, 아무런 문제가 되지 않겠지.

발걸음은 저절로 마방 열쇠를 둔 학과사무실로 향한다. 달이 구름 속으로 숨어들자, 주변이 갑자기 어둡다.

학과사무실은 본관 삼층의 복도 끝에 있다. 정신이 조금 나가 있었던 탓일까. 학과사무실 가까이에서야 멈칫 발걸음이 멈추어진다. 누군가가 안에 있다. 문짝 밑으로 불빛이 새어 나온다. 나지막한 목소리가 끊길 듯 말 듯 이어진다.

"아, 사장님. 제 말 좀 들어보세요. 사실 이 녀석은 몸집이 작아서 넘기는 거예요. 혈통은 좋은 놈인데…… 열어보면 아시겠지만……."

등골이 서늘하다. 열어보다니, 무얼 열어본단 말인가? 나는 더 바짝 귀를 댄다. 교수님의 독특한 억양이 날카롭게 귀에 와 꽂힌다. 침조차 삼킬 수가 없다.

"아, 글쎄 걱정 마시라니까요. 훈련은 별로 안 시키고 먹이기는 잘 먹여서…… 조교가 워낙 아꼈거든요. 한마디로 무항생제 유기농이에요."

흥분한 교수님이 드디어 자리를 박차고 일어섰는지, 의자가 바닥에서 미끄러지며 내는 소리가 요란하다.

"그럼요. 마블링 상태가 좋아서 손님들이 대만족할 거예요. 오케이? 대신 값은 후하게……."

나는 두 손으로 입을 틀어막는다. 세상의 비밀 하나를 또 알아버린 것이다. 공포감과 분노로 손발이 부들부들 떨린다. '네 배 속이나 열어봐, 이 더러운 사기꾼아!'

타인의 비밀을 안다는 것은 불행한 일이다. 적어도 내 경험에 의하면 그것은 불행의 씨앗이다. '아는 것에 대해 함구하라.' 그것은 스핑크스의 수수께끼만큼이나 어려운 과제이며, 함정이다. 나는 천천히 뒷걸음친다. 밤의 침묵 속에서 발뒤꿈치는 둔탁한 소리를 감추지 못한다. 혹시 꿈을 꾸고 있는 게 아닐까?

건물 밖으로 나오자 거센 분노와 슬픔이 심장을 옥죄어온다. 미처 생명이 되지 못한 정액과 언젠가는 새 생명을 잉태할 에너지가될 거라 믿었던 세월이, 배 속에서 뒤섞여 부글부글 들끓는다. 휘황한 달빛 아래 서서 두 손으로 얼굴을 가린 채, 나는 흐느낀다. 아무것도 토해내지 못한 채, 숨죽여 흐느낀다.

*

그날 이후, 정확하게는 준과 알렙을 떠나보낸 그날 밤 이후 나는 다음과 같은 문장을 만났다.

'원숭이는 사람들이 자신에게 말을 시키지 않도록 하려고 의도적으로 말을 하지 않는다.'

나는 더 이상 아무하고도 진정으로 대화하지 않는다. 마음을 주는 짓은 더더욱 하지 않는다. 더러 나에게 진지하게 말을 걸어오는 인간이 있기는 하지만, 그런 '진지충' 영장류 앞에서는 코웃음이 나올 뿐이다.

이제 더 이상 누군가로부터 이해받고자 하지도 않는다. 고등학교 시절에 이해받기를 거부당한 것은 어쩌면 잘된 일인지도 모른다. 이해받는다는 것은, 작가 페르난두 페소아에 의하면 몸을 파는 행위다. 작가는 말한다.

"내가 아닌 어떤 다른 자로 중요하게 취급받는 편이, 예의와 자연스러움을 가진 인간으로 오인되는 편이 더 좋다."*

갑자기 뭔가가 부르르 떨리는 희미한 소리가 정적을 깬다. 판매 내역을 보고하라는 사장의 독촉 문자다. 들고 있던 페르난두 페소아의 책을 급히 내던진다. 책상 밑에서 대기 중인 나의 가운뎃발가락을 딛고 발딱 일어선다. 지금이야말로 새로 장착한 최신형 쇠발굽이 제 역할을 할 때이다.

고백하건대, 나는 새로 태어난 신인류다. 매일 밤 나는 예전에

---

* 페르난두 페소아, 『불안의 서』, 배수아 옮김, 봄날의책, 2014, 238쪽.

배꼽이 있던 자리에 강력한 충전기를 꽂는다. 나는 지치지 않는다. 나는 좌절하지 않는다.

나는 누구보다 빠르게 사장실로 달려간다. 길고 단단하게 진화한 나의 세번째 발톱이 딱딱한 오피스 바닥을 탕탕 치는 경쾌한 소리를 들으면서.

나는 이번 주 실적을 자신 있게 보고하기 시작한다. 사장이 읽고 있던 신문을 내려놓는다. 책상 위에 놓인 신문의 기사 한 줄이 눈에 들어온다.

'간접고용된 스포츠 마사지사 과로 끝에 사망.'

머리가 어질하다. 사장은 보고를 독촉하며 내 얼굴을 빤히 쳐다본다.

길고 단단해진 세번째 발굽이 이상하게도, 갑자기, 견디기 힘들 만큼 몹시 가렵다.

다른 세계를 상상할 자유

이수형(문학평론가)

1

　소설집 『코끼리』와 『폭식』을 출간한 바 있는 김재영을 이주노동자 문제를 선구적으로 다룬 작가로 기억하고 있다면 이번 신작 소설집 『사과파이 나누는 시간』에 실린 작품들이 다소 낯설게 느껴질 수도 있을 것이다. 그런데 김재영이 전 지구적 자본주의를 배경으로 한국에서 살아가는 이주노동자나 결혼 이주민들의 삶을, 또 반대로 미국이라는 제국의 한복판에서 그 역시 하나의 이주민으로서 살고 있는 한국인들의 삶을 새롭고 진지한 시선을 통해 탐구하고 재현하면서 작가로서의 평가를 쌓아갔다는 것은 부정할 수 없는 사실이지만, 그렇다고 해서 작가 김재영의 개성이 단지 소재적 차원에 한정되는 것만은 아니다. 『사과파이 나누는 시간』에 수록된 작품들은 이주민의 삶으로부터 한 걸음 떨어져 있지만, 그럼에도 불구하고 전작에서 보여준 작가의 특징을 계승하면서 또한 갱신하고 있음을 알 수 있다.

이러한 독법과 관련해 『코끼리』의 해설로 발표된 정호웅의 「절망과 고통의 현실, 연민의 마음」은 중요한 시사점을 제공한다. 그는 김재영의 소설에서 '상징'이 매우 중요한 역할을 수행하고 있음을 지적하고, 그중 「사라져버린 날들」에 등장하는 '천둥새'에 관한 상징을 예로 들어 다음과 같이 설명한다.

그러니까 천둥새는 자연의 폭력에는 속수무책 대처할 방도가 없는 무력한 존재이기에 초월적 존재의 힘에 기대야만 했던 인간의 절박하고 안타까운 처지가 만들어낸 가공의 상징이다. 옛사람들의 그 같은 처지는 자본의 논리, 개발의 논리 앞에 수백 년 함께 가꾸어온 삶터가 무너지고 소중히 여겨 지켜야 마땅한 것들이 마구잡이로 파괴되는 현실 앞에 무력한 지금 사람들의 처지에 대응한다. 옛사람들은 천둥새 상징으로써 희망의 앞날을 그래도 상상할 수 있었지만, 이미 초월적 존재도, 초월적 존재와 인간을 매개하는 천둥새와 같은 존재도 믿지 않는 지금 사람들에겐 그것조차 막혀 있다.*

* 정호웅, 「절망과 고통의 현실, 연민의 마음」(해설), 『코끼리』, 실천문학사, 2005, 350~351쪽.

위의 인용문에 따르면 세계는 현실과 상징이라는 두 개의 축을 중심으로 이루어져 있다. 현실의 세계에서는 "자본의 논리, 개발의 논리 앞에 수백 년 함께 가꾸어온 삶터가 무너지고 소중히 여겨 지켜야 마땅한 것들이 마구잡이로 파괴되는" 참극이 자행되고 있는데, 이런 현실이 상징 세계를 압도하고 있다는 점에 대해서는 두말할 나위도 없다. 현실의 논리 앞에 마구잡이로 파괴되는 "소중히 여겨 지켜야 마땅한 것들"이 바로 상징의 세계에 속하는 것이기 때문이다. 이와 같은 맥락을 고려한다면, 여기서 상징은 어떤 것 A를 그와 다른 것 B로 나타낸다는 단순한 사전적 의미에 그치지 않고 가시적 현실 너머에 초월적 세계나 질서가 존재함을 강하게 암시하는 것으로 볼 수 있다.

눈에 보이는 현실 세계 너머에 다른 세계가 존재하며, 나아가 현실 세계 대신 그 너머의 세계가 더 진정한 가치를 지닌다는 믿음이 과거의 유물이 되어버린 지금, 김재영 소설에서 그 흔적이 여전히 잔존해 있는 것은 무엇 때문인가? 마구잡이로 폭력을 휘두르는 현실이 낳은 비참을 외면하는 대신 누구보다 절실히 그것을 끌어안고 있기 때문 아닌가? 김재영 소설에서 힘든 삶을 가까스로 지탱해가다 헤어날 수 없는 소용돌이('외')에 집어삼켜질 현실의 운명을 끝내 피하지 못하는 이주민들에게 현실이 아닌 상징이란, 다른 세계의 존재란, 유일하게는 아닐지라도 긴박하게 요청되는 것들 중 하나임에는 틀림이 없다. 물론 이때 이주민이란 단지 고향을 떠나 타지에 살고 있는 사람만이 아니라 자본과 개발의 논리에 의해 삶터가 무너지거나 생존을 위협받고 있는 우리 모두를 의미하리라는 것 역시 익히 짐작할 만하다.

2

눈에 보이는 현실이 아닌 다른 세계의 존재에 대한 암시는 『사과파이 나누는 시간』에 실린 소설들에서도 계승되고 또 변주된다. 예컨대, 「미로」의 주인공 '희'는 아들을 바라는 부모 밑에서 다섯 번째 딸로 태어나 존재감이 희박한 채로 어찌어찌 살아가다 미국 서부를 여행하게 된다. 카지노에서 아끼던 강보 주머니를 잃어버리고 건강까지 해친 그녀는 침대에 누워 무력하게 죽음을 기다리다 객실을 청소하러 들어온 인디언 할머니로부터 다음과 같이 위로를 얻는다. "이런 어둠 속에서는 어떤 꽃이든 일찍 시들고 말아. 모하비 사막으로 가봐, 아가씨. 모하비는 인디언 말로 생명을 뜻하지. 거기서 소금나무를 찾아야 해. 수만 년 전엔 그 풀도 바다에서 살았다지, 아마. 바다 밑에 있던 땅이 솟구쳐 사막이 된 뒤에도 바다 풀들이 살아남아 나무가 되었다고 들었어. 소금기를 간직한 그 나무를 끓여 마시면 바다의 힘이 아가씨를 되살릴 거야."(70쪽)

살아 있는 생명체라곤 찾아보기 어려운 황량한 사막에서 역설적으로 소금나무를 보거나 바다 풀을 보고, 그리하여 죽음과 재생을 중첩시키는 것은 가시적인 현실 너머에 존재하는 다른 세계를 사유하는, 이른바 신화적·원형적 상상력의 대표적인 사례일 것인바 여기서 우리는 인간의 오래된 꿈과 소원을 확인할 수 있다. 「미로」의 주인공에게 그 소원은 자신이 왜 죽어야 하는지, 따라서 왜 살아야 하는지에 대한 해답을 찾는 것이며, 종국에는 제목이 암시하는 것처럼 복잡한 미로 속에서 잃어버린 자신을 찾는 것이다.

그 꿈과 소원은 개인적인 차원에서 작동하기도 하고 관계의 차원에서 작동하기도 한다. 「그 섬에 들다」에서 여자친구가 떠나고 이모의 펜션 일을 도우러 제주도로 건너온 주인공은 굿을 채록하는 한 여자로부터 '대별왕과 소별왕' 신화를 전해 듣는다. "죽은 활자로만 남은 다른 나라 서사시와 달리, 아직도 굿을 통해 재연되고 있"다는 점에서 대별왕 소별왕 신화는 생생하게 살아 있는데, 이는 곧 신화를 통해 전승되어온 꿈과 소원이 여전히 현재진행형이라는 뜻이기도 하다.

인간의 언어를 대체할 다른 소통 도구가 있다면 얼마나 좋을까. 그는 차라리 바랐다. 벌 춤처럼 사랑이 쉽게 눈에 띄기를. 꽃향기처럼 공기 중에 퍼져 전달되기를. 돌고래의 초음파 언어처럼 먼 거리에서도 분명하게 느껴지기를. 누군가를 이해하고, 또 사랑한다는 것은 얼마나 힘겨운 것인지. 서로를 잘 이해하고 있다고, 가장 사랑한다고 여기는 순간부터 서로를 오해하기 시작하고, 제멋대로 판단하고, 무시해버린다. 다시 낯선 존재가 되어 기어코 떠날 때까지.

어느 결에 가까이 다가온 랑이가 손에 든 커피를 건넸다. 따끈한 한 모금에 마음이 풀렸다.

"이러면 어떨까요, 대별왕이 송피 닷 말을 세계에 뿌리기 전으로 되돌아간다면? 꽃과 나비, 개와 고양이, 사슴과 호랑이와 두꺼비와 인간이, 그리고 산 자와 죽은 자가 서로 대화를 나누는 세계가 실제로 존재한다면?"(244~245쪽)

주인공과 여자친구가 헤어진 것도, 그녀가 고향인 제주도로 되돌아와 심방 굿을 채록하는 것도 관계에서 겪은 곤경 때문일 것이다. 세상이 분별되기 이전의 상태에서라면 "오해와 불신도 물론 사라지고" 한 걸음 더 나아가 "모두가 선량하고, 모두가 자유롭고, 또 평등한" 삶을 살 수 있지 않겠는가?

3

모두가 선량하고 자유롭고 평등한 세계에 대한 꿈과 소원은 그 자체로는 누구도 마다할 리 없는 그야말로 이상적인 상태를 가리키고 있지만, 그렇기 때문에 동시에 순진하기만 한 철없는 아이들의 상상에 불과한 것처럼 보이기도 한다. 그런데 과연 그렇기만 한가? 이상적인 세계를 꿈꾸고 소원하는 것은 철없기보다 오히려 용기 있는 행동 아닌가?

「무지갯빛 소리」의 '수연'은 입대한 조카를 면회하면서 청평사에 들른다. 그곳은 그녀가 대학 신입생이던 1987년에 만난 한 운동권 선배가 수배를 피해 은신했던 장소이기도 하다. 경찰의 추적을 피해 도망하던 선배의 죽음이 실족사로 처리되고, 수연은 평범한 삶을 살겠다고 결심했지만 삼십 년 가까운 시간이 흐르는 동안 번번이 실패해왔다. 평범한 삶으로 돌아가겠다는 의지가 부족했다고 볼 수도 있겠지만, 그녀에게 필요했던 것은 오히려 다른 방향으로의 용기 아니었을까?

하위헌스였던가. 지루한 지구에서부터 한참 높이 올라가서 지구를 내려다보길 권한 철학자가? '그렇게 고공에서 지구를 내려다 볼 수만 있다면 집을 떠나 먼 나라로 여행하는 사람들처럼 우리도 집 안 구석구석에서 이루어진 일들의 잘잘못을 더 잘 판단할 수 있을 것이며, 또 일반 사람들이 정성을 쏟아 추구하는 자질구레한 것들을 오히려 하찮게 여기게 될 것이다.'(199쪽)

그녀가 떠올리는 십칠 세기 네덜란드의 천문학자 하위헌스(Christiaan Huygens)의 말은 눈앞의 현실이 아닌 다른 세계를 본다는 것이 무엇을 의미하는지 우리에게 잘 가르쳐준다. 그것은 철없는 아이의 비현실적인 공상에 불과한 것이 아니라 현실 세계의 가치관을 상대화함으로써 공정하고 올바른 판단에 이르게 하는 반성적 성찰이다. 이런 점에서 다른 세계를 볼 수 있는 고양된 시점은 숭고하고 윤리적인 마음의 바탕을 이룬다고 할 수 있다.

전통적으로 신화적 혹은 원형적 상상으로 불린 다른 세계에 대한 상상이 『사과파이 나누는 시간』에 수록된 김재영 소설에서는 우주적이거나 천문학적 차원을 동반하는 경우를 볼 수 있는데, 표제작 「사과파이 나누는 시간」 역시 그런 사례에 속한다. 계약직 직장에 사표를 내고 애인과도 헤어진 '미래'는 부모님의 유산인 낡은 집이 재개발로 철거되면 받게 될 보상금을 기대하고 몇 달간 미국을 여행한다. 재개발 절차가 지연되어 하는 수 없이 들어가 살게 된 낡은 집, 낡은 동네에서 미래는 초등학교 동창 '우주'와 만나고, 물리학을 전공한 그로부터 "눈에 보이지 않는 어떤 신비한 에너지와 물질" 곧 우리 눈에 보이는 물질 사 퍼센트를 제외한, 우주의 구십육 퍼센트를 이루고 있는 암흑에너지와 암흑물질에 대한 이야기를 비롯해 이런저런 우주 이론을 즐겨 듣는다.

"마을 사람들이 망루로 신나 통을 들고 가는 걸 봤어. 머지않아 농성장을 경찰이 칠 것 같다면서. 우리 아버지도 거기서 주무실 거래. 아무리 협상하자고 해도 정부가 대답조차 없으니까 그러기로 했다나 봐."

"설마, 나쁜 일이 생기기야 하겠어? 양쪽 다 겁주기일 거야."

가벼운 말투가 마음을 놓이게 했는지, 우주 얼굴에서 서서히 긴장이 풀렸다.

"야, 쓸데없는 걱정 말고 별 얘기나 계속해. 중성자별의 물질이 덩어리 형태로 지구에 떨어진 적이 있어? 응?"

미래가 재촉하자 우주는 눈을 빛내며 다시 이야기 속으로 빠져들었다.

"아니, 없어. 하지만 중성자별의 미세한 조각, 즉 중성자는 사방에 널려 있지. 그러니까 찻숟가락, 종달새, 한 방울의 물 따위에 말이야. 심지어 우리 몸을 이루는 질소, 칼슘, 철의 원자 알갱이 하나하나가 모조리 별의 내부에서 합성됐다는 게 믿어져?"

"그러므로 우리는 별의 자녀들이다, 이거로군. 낭만적인걸!"

(33~34쪽)

곧 일어날 참사를 전혀 예상하지 못한 채 우주의 중성자별에 대해, 사방에 널려 있는 중성자에 대해, 우리가 별의 자녀라는 낭만에 대해 이야기하는 것은 어쩔 수 없이 허황되고 무력하지만, 그럼에도 불구하고 보이지 않는 세계에 대한 상상이야말로 현실에 질식하거나 매몰되지 않도록 하는 가장 유력한 출구가 아니겠는가? 이럴 때 머릿속에 『난장이가 쏘아올린 작은 공』의 마지막 장면이 떠오른다.

사십여 년 전, 지금만큼 혹은 지금 이상으로 가진 자와 못 가진 자의 대립이 첨예했던 상황에서 '에필로그'에 등장한 교사는 우주인을 만나 다른 '혹성'으로 여행을 떠나려 한다. 이 말을 듣고 한 학생이 묻는다. "우주인이나 비행접시의 목격 현상은 사회적인 스트레스의 순간에 나타나는 자기 방어의 결과라는 이야기를 들은 것이 있습니다. 선생님의 경우는 저희가 어떻게 이해하면 되겠습니까?"* 현실로부터 눈을 돌리려고 다른 세계를 상상하는 것은 오히려 현실과 현실의 자기를 보호하기 위한 방편이겠으나, 작가 조세희는 그것이 정신의 자유임을 강조한다. 이때 다른 세계에 대한 상상은 현실을 외면하고 현실의 자기를 보호하기 위한 것이 아니라 현실의 곤경을 넘어설 수 있는 가능성의 자유를 시험하기 위한 것인바, 김재영 소설의 상상 역시 이러한 정신적 자유의 소산일 것이다.

* 조세희, 『난장이가 쏘아올린 작은 공』, 문학과지성사, 1986, 244쪽.

作가의 말

아름다움의 지푸라기 하나
그대에게

　어느 날 갑자기 소설을 쓰기 시작한 것은 내가 서른을 갓 넘었을 무렵이었다. 등에는 생후 육 개월의 아기가 업혀 있고 손에는 아장아장 걷는 아이가 있었다. 무모한 도전이었지만 그럭저럭 성과가 있어서 문예지 신인상을 받으며 등단을 하고, 남들 앞에서 소설가라고 말하며 다니기 시작했다. 그러면서도 어쩐지 자꾸 부끄러워지곤 했다. 나만의 문학적 개성이 드러나지 않는 이상 아직 스스로를 작가라고 당당하게 말하기 어려웠던 것이다.

　등단 무렵의 나는 '왜 쓰는가'에 대해 나름대로 이유를 가지고 있었다. 1990년을 전후해 풍미했던 소위 '후일담 문학'에 대한 반발 때문이었다. 나는 '유월항쟁'으로 치열했던 1987년도에 총학생회 간부였기에 학생운동권에 깊숙이 관여했고 내부 속사정에 대해 잘 알고 있었다. 자유에 대한 갈망과 통일 염원, 정의에 대한 의협심만 있었던 것만은 아니었다. 나약하고 졸렬한, 세상에 대한 단편적인 시선과 폭력적이고 거친 태도, 그리고 심한 조급증이 있었던 게 사실이었다. 그렇다 하더라도 그 모든 잘못을 운동권 세력에게만 돌릴 수는 없고, 허물을 이유로 소중한 가치와 진정성마저 폄훼하는 건 문제였다. 냉소적으로 비웃는 몇몇 작가들의 작품이 주목받고, 시장에서 수없이 팔리는 현상을 바라보면서 나는 속으로 억울함을 느꼈다. 한 시대의 열정에 대해서 편협한 시선으로 일방적으로 매도하는 것 역시 또 하나의 폭력이라 여겨졌다.

'그래? 그렇다면 그 시대, 그 사람들에 대해 내가 직접 쓰지 뭐.'

그렇게 무모하면서도 거창한 목표를 가지고 도전을 했지만 처음부터 글쓰기란 만만치 않았다. 후일담 문학을 끝으로 지난 시대에 대한 조명은 그 자체가 독자의 관심 대상이 아니었다. 개인적으로도 글쓰기의 어려움은 당연한 거였다. 말하자면 나는 '왜 쓰는가'에 대한 의식만으로 덤벼들었던 것이다. 문학이란 '무엇을 어떻게 쓰는가'에 대한 고민이 뒷받침되어야만 완성된다는 걸 미처 몰랐던 것이다.

결국 시대에 대한 증언 대신 개인적 경험, 정확하게는 일찍 아버지와 사별한 내 어린 날의 이야기가 반영된 성장소설로 등단을 했다.

하지만 여전히 내 머릿속은 '왜 쓰는가'에 대한 문제의식이 지

배적이었던지, 다루는 소재며 내용이 내밀한 경험이나 일상의 감동보다는 시대적 문제, 소외 계층의 문제에 치우쳐 있었다.

2000년대를 전후해 국내에서는 이주노동자, 결혼 이주자 등 우리 사회 안으로 들어온 이방인들의 인권 문제가 심각했다. 나는 직감적으로 이주노동자의 문제는 우리 사회 불평등 구조가 이방인들에게 전가된 것에 다름 아니며, 다문화가정의 문제는 인종적 차별과 문화적 편견, 그리고 기본 인권의 문제를 내포한다고 판단했다. 우리 안의 세계화가 진행되는 안산시나 고양시 등 수도권의 이주민 거주지와 일터를 찾아다니며 취재를 하고, 주인공 고향인 네팔, 러시아, 태국 등의 역사와 문화, 신화 등을 공부하고 자료를 수집했다. 아주 특별하면서도 흥미로운 체험이었다.

첫번째 소설집 『코끼리』를 출간하고 가장 많이 받은 질문은 '왜 이주노동자 문제를 다루었는가'였다. 어떤 사람들은 내가 혹시 다문화가정 출신이냐고 묻기도 했다. 독자들의 질문은 곧 나에 대한 스스로의 질문이 되었다.

'너는 왜 네 이야기보다 타인의 이야기를 많이 쓰는 거지?'

정확한 원인은 알 수가 없었다. 아직 내 삶을 응시할 힘이 부족하거나, 솔직함이 부족한 게 하나의 이유라고 진단했다. 거기에는 가족 관계의 부담도 있었다. 나의 남편과 시댁의 구성원이 사회적으로 꽤나 유명한 편이어서 개인사를 드러내는 것 자체가 여러 가지 문제를 야기할 수 있다고 생각되었다. 자기 검열이 작동했던 것이다. 그렇지만 그게 전부일까?

그 무렵에 지금은 고인이 된 소설가 박완서 선생님과 중국 여행을 하게 되었고, 선생님은 나와 정반대의 고민을 한 적이 있다는 걸 알게 되었다. "나에게 왜 자꾸 개인적 경험, 그러니까 전쟁과 분단의 개인사적 경험을 반복해서 다루느냐고 물으면 나는 할 말이 없어요. 그냥 아직 할 이야기가 남아서 그래요."

책을 통해 읽은 터키의 작가 오르한 파묵의 고백도 마음에 와닿았다. 그는 당대보다는 시대를 거슬러 중세를 배경으로 삼아서 이야기를 만들 때 가장 즐겁고 문학적 상상도 풍부해진다는 거였다. 일본 작가 마루야마 겐지도 비슷했다. 그는 작가가 되기 전, 통신사로 살았던 때까지의 자기 경험을 쓰는 것에 크게 흥미를 느끼지 못했다. 오히려 완벽하게 만들어낸 소설이 쓰는 자신도 재미있고, 작품의 완성도도 좋다고 했다.

작가마다 영감을 불러일으키는 분야와 방식이 다르다는 걸 알게 되자 비로소 내가 '입이 없는' 소외된 타자들의 문제나 이국 문화를 많이 다루는 게 특별히 문제되지 않는다는 것에 안도했다. 두번째 책 『폭식』에는 미국으로 가서 일 년간 체류하며 지켜본 한인 디아스포라의 삶을 다룬 소설이 많았다. 그러나 그 뒤로는 국내·외 디아스포라의 삶을 더 이상 다루지 않았다. 이제 그 문제는 다문화가정에서 자란 다음 세대가 더 절실하게, 더 깊이 있게 다루기를 기대하기로 했다.

이번 소설집은 그 뒤 약 십여 년간 써온 것들을 모은 것이다.

'왜 쓰는가'의 문제보다는 '무엇을 어떻게 쓸 것인가'에 좀더 집중하면서. 그리고 나 자신과 타인이 경험하는 마음의 움직임에 좀더 관심을 기울이면서.

최근 몇 년간 자꾸 다음 세대들의 안타까운 삶의 조건이 눈에 들어왔다. 청년실업, 비정규직, 삼포 세대, 그리고 험한 죽음을 야기하는 이상한 국가의 잔인한 폭력……, 마땅히 사과받아야 했지만 그러지 못한, 상처받은 영혼들을 위한 노래를 부르고 싶었다.

더불어 '4차 산업혁명'이나 '신인류'로 대변되는 인류사적 변화와 최근 십여 년 동안 물리학과 천체학 분야에서의 놀라운 발견이 불러일으키는 '나락 한 알 속의 우주'와 '진짜 검고 광활한 우주'에 대한 상상도 문학적 영감을 주었다.

오 년쯤 전, 무엇에 홀린 사람처럼 제주로 갔다가 그곳에 근거지를 마련하고 육지를 오가며 살게 되었다. 그 뒤 제주라는 섬의 자연과 사람, 신화와 역사가 내겐 아주 고맙고 소중해졌다. 그 경험도 두어 편 이야기가 되었다. 앞으로는 더욱 많은 이야기가 쏟아질 것 같다.

나에게 의미와 흥미로 다가온 소설의 인물과 이야기가, 행운처럼 다가온 세계의 아름다움이 독자들에게 잘 전달되어 소통할 수 있기를 간절히 기대해본다. 멀리, 그리고 각지에 흩어져 있지만 나와 가장 내밀한 이야기를 나눈다는 점에서 독자야말로 특별한 벗이다.

어쩌다 보니 소설가로 불리기 시작한 지 이십 년이 다 되어간다. 그런데도 여전히 나는 스스로가 신인으로 여겨진다. 아직 성숙하지 못한 내 문학의 졸렬함 때문이기도 하지만, 미처 풀어내지 못한 개인적 체험, 그리고 내 젊은 날의 시대적 고민과 꿈이 아직 이야기되지 못했기 때문이다. 그래서 문학인들이 모이는 자리에서 가끔 중견작가라고 불릴 때는 매우 어색할뿐더러 송구스러운 기분마저 든다. '나이만 찼지 작품 편수도 많지 않고, 앞으로 쓸 이야기가 더 많은데…… 중년의 작가라면 모를까.'

이번 소설집을 엮기까지 시간이 오래 걸렸다. 생이 드러내는 아름다움의 지푸라기 하나라도 건져 올리기를 바라며 글을 썼다. 그동안에 청소년기를 잘 넘기고 자기만의 길을 가기 시작한 아이들과 묵묵히 지원해준 남편, 가족에게 고마울 따름이다. 내 소설에 꾸준한 관심을 가지고 조언해주신 황광수 선생님, 정호웅 교수님, 귀한 노력으로 멋지게 해설을 써주신 이수형 평론가에게 진심으로 감사드린다. 그리고 제주에서 만나 고락을 함께하는 문화예술교육연구소 '바라' 동료와 문화카페 '평화가 꽃 피는 섬' 식구들, 다정한 이웃과 절친한 벗들에게 고마운 마음을 전하며 이 기쁨을 나누고 싶다.

예쁜 책이 손에 들릴 때까지 세심하게 글을 살피고 마음 써준 '자음과모음' 출판사 직원들, 배주영 편집 주간, 기꺼이 출판을 결

정하고 책임져온 정은영 대표와 편집위원들에게도 깊이 감사드
린다.

어느새 싱그러운 녹색의 향연, 오월이다. 아침 공기가 오랜만에
아주 달다. 어쨌거나 인생을 살아가려면 자기 노력만으로는 부족
하다는 걸 이제는 좀 알 것 같다. 주변의 모든 존재들에게 행운이
있기를…….

2018년 5월
김재영

수록 작품 발표 지면

사과파이 나누는 시간

ⓒ 김재영, 2018

초판 1쇄 인쇄일   2018년 5월 23일
초판 1쇄 발행일   2018년 6월 11일

지은이   김재영
펴낸이   정은영
주간   배주영
편집   김정은
마케팅   · 이경훈 한승훈 윤혜은 황은진
제작   이재욱 박규태

펴낸곳   (주)자음과모음
출판등록 2001년 11월 28일 제2001-000259호
주소   04047 서울시 마포구 양화로6길 49
전화   편집부 (02)324-2347, 경영지원부 (02)325-6047
팩스   편집부 (02)324-2348, 경영지원부 (02)2648-1311
이메일   munhak@jamobook.com

ISBN 978-89-544-3880-3 (03810)

이 도서의 국립중앙도서관 출판시도서목록(CIP)은 서지정보유통지원시스템 홈페이지
(http://seoji.nl.go.kr)와 국가자료공동목록시스템(http://www.nl.go.kr/kolisnet)에서
이용하실 수 있습니다.(CIP제어번호: CIP2018014968)